Liebe, Schnee und Kyle

Inhaltsverzeichnis

KAPITEL 1

LARA

Puh, war das eine Nacht gewesen! Verkatert streckte ich mich in alle Richtungen und blinzelte argwöhnisch der frühen Morgensonne entgegen, die durch die Vorhänge lukte und mich an der Nase kitzelte. Wenn es schon so hell draußen war, musste es spät sein! Schnell griff ich zu meinem Handy, das seitlich in der Bettritze steckte und entsperrte das Display. Doch nach einem kurzen Blick lehnte ich mich wieder entspannt zurück. Es war ja gerade einmal 8:30 Uhr! Also, wenn man bedachte, dass ich erst um halb drei morgens ins Bett gefallen war, dann war ich eher zu früh aufgewacht, aber ganz bestimmt nicht zu spät. Vorsichtig betastete ich meine dröhnende Stirn und versuchte, den Kopfschmerz ein wenig abzumildern. Aber wahrscheinlich würden da nur ein kalter Waschlappen und eine Kopfschmerztablette helfen ... Warum hatte ich nur wieder so viel Gin-Tonic getrunken? Und warum hatte ich beim Zubettgehen die Vorhänge nicht richtig zugezogen?

Dann durchzuckte mich ein neuer Gedanke. Wollten wir heute Nachmittag nicht zurück nach Hamburg fahren?

Na klar, heute war der 27. Dezember! Die Weihnachts-feiertage waren vorbei.

Wir, das waren Seven, Dylan, Kyle und ich. Kyle und ich, wir waren hier ein paar Tage in Berlin zu Gast im Haus von Sevens Vater. Seven war meine Freundin, und Dylan war ihr neuer Freund. Wir vier hatten hier nicht nur ein tolles Patchwork-Weihnachtsfest gefeiert, sondern vor allem die anschließenden Feiertage damit verbracht, die Berliner Nachtszene ein wenig unsicher zu machen. Hier lag sogar Schnee, denn es hatte zu Weihnachten geschneit, was in Berlin auch nur noch etwa jedes zweite Jahr vorkam. So dass ich alles in allem sagen konnte: Hey, es war super gewesen. - Auch, wenn mein Kopf ein wenig dröhnte ...

Verstohlen schielte ich zu dem jungen Mann, der neben mir im Bett lag und leise schnarchte. Und wäh-rend mein Blick zärtlich über seine feinen Gesichts-züge, die Stoppeln seines Drei-Tage-Bartes, die eher schmalen Schultern und die leicht gewellten, dunklen Haare glitt, spürte ich zu meinem Leidwesen auch, dass mein Herz schon wieder etwas schneller zu schlagen begann. Missmutig seufzte ich auf. Sowas passierte mir normalerweise nicht. Das war den ganzen letzten Tag schon so gewesen. Ich war doch wohl nicht dabei, mich ernsthaft in Kyle zu verlieben?

Es war nämlich eigentlich die totale Schnapsidee gewesen, Kyle mit nach Berlin zu schleppen. Schließlich hatte ich ihn erst vor elf Tagen kennengelernt. Doch meine beste Freundin Seven hatte schon zu Beginn der Weihnachtsferien bei ihrem Vater in Berlin festge-steckt, weil sie mithelfen sollte, ihre jüngeren Halbgeschwister zu hüten. Also beschloss ich kurzerhand, sie am Weihnachtstag zu überraschen. Und weil Seven in der kurzen Zeit bereits einen superheißen Typen kennengelernt hatte, Dylan nämlich, wollte ich nicht das dritte Rad am Wagen spielen. Ich benötigte eine männliche Begleitung. Also hatte ich einfach meine Zufallsbekanntschaft Kyle gebeten, mich zu begleiten. Und er hatte „Ja" gesagt.

Als ich dann Seven an *Heilig Abend* wiedersah und Dylan kennenlernte, war ich ziemlich geflasht gewesen. Denn Dylan sah nicht nur verdammt gut aus, er war auch ein paar Jährchen älter als Seven. Und so wie Seven von ihm am Telefon erzählt hatte, war mir klar, dass es was Ernstes war. Seven hatte nämlich nach dem Tod ihres Freundes Tom vor fast genau einem Jahr keinen Kerl mehr an sich herangelassen. Monatelang hatte ich mir ihren Kummer und ihre Weinkrämpfe angehört – wie das bei besten Freundinnen eben ist. Und dann warf sie plötzlich von einem Tag zum anderen alles für einen neuen Kerl über Bord? Noch dazu für einen, der in einer anderen Stadt lebte? Ich war superneugierig gewesen.

Meine eigene neue Errungenschaft, Kyle, hielt ich daher am Anfang tatsächlich nur für eine superbequeme Affaire. Ein angenehmer Kerl, der mir nach der Pfeife zu tanzen schien. Doch wie schnell wurde ich eines Besseren belehrt: Denn kaum waren wir in Berlin angekommen, hatte es fast keine Stunde gegeben, wo ich nicht mit ihm aneinandergeraten war. Okay, es waren immer nur amüsante Kabbeleien gewesen, kein ernsthafter Streit, aber trotzdem. Sagte Kyle „Hü", dachte ich „Hott". Und umgekehrt. Genervt fuhr ich mir durch die Haare, bis ich wieder schmunzeln musste. Denn so verrückt es auch war: Genau dieses Hin und Her hatte letztendlich dazu geführt, dass ich meinen neuen *Toy-Boy* immer süßer fand.

Plötzlich drang eine laute Melodie an mein Ohr: „Jingle Bells, Jingle Bells!"

Oh nein! Bitte nicht. Mein Handy! Wieso hatte ich mir nur für heute den Wecker gestellt? Okay, der Abreisetag, stimmt ja! Aber doch nicht so früh! Schnell stellte ich den Alarm aus und ließ mich seufzend zurück in die Kissen fallen.

„Was is'n los?", hörte ich da Kyle auch schon im Halbschlaf nüllen. Bevor ich jedoch etwas erwidern konnte, hatte er sich auch schon meine Bettdecke geschnappt, sich darin eingewickelt und sich wieder umgedreht, um weiterzuschlafen.

„Hey", schimpfte ich entrüstet; dann musste ich grinsen. Dieser Typ raubte mir noch mal den letzten Nerv. Jede Nacht klaute er mir mindestens dreimal die Decke, und dreimal holte ich sie mir wieder zurück. Aber egal. Von dem Deckenklau mal abgesehen, waren das bis jetzt trotzdem die coolsten Weihnachtsferien, die ich je erlebt hatte.

Anfangs war es Kyle natürlich etwas unangenehm gewesen, dass ich ihn einfach so mit auf ein Familienfest geschleppt hatte. Doch je länger wir hier waren, umso besser schien es ihm zu gefallen. Und nun waren wir schon an drei Tagen vierundzwanzig Stunden lang nonstop zusammen. Sanft kuschelte ich mich an seinen muskulösen Rücken und kitzelte ihn ein wenig, um mir meine Decke zurückzuerobern. Ich hätte es auch fast geschafft, wenn nicht plötzlich etwas anderes meine uneingeschränkte Aufmerksamkeit gefordert hätte.

Irgendetwas rummste nämlich mit voller Wucht gegen unsere Zimmertür. Dann sprang sie auf und ein etwa siebenjähriger Junge im *Winnie-Pooh-Pyjama* kullerte auf dem Boden zu uns hinein.

„Ha, ich hab's gesehen. Ihr habt euch geküsst", brüllte der Kleine, während ein gleichaltriges Mädchen im Türrahmen stehengeblieben war und verlegen grinste. Dann rief sie: „Tschuldigung, Lara. Mein Bruder ist doof."

„So sind sie eben, die Männer", antwortete ich keck, schob aber schnell ein erschrockenes „Autsch" hinterher. Kyle war von dem Getöse richtig wach geworden und hatte mir mit der flachen Hand einfach so auf den Po geklatscht.

„Hey", schimpfte ich beleidigt. „Geht's noch?"

Doch Kyle lachte nur, schnappte sich auch noch mein Kopfkissen und versuchte, sich mit mir zu balgen.

„Gleich gibt's Frühstück", flötete Mia. Dann zerrte sie ihren Bruder aus dem Zimmer hinaus und wieder zurück auf den Flur. Wenig später hörten wir nur noch, wie die beiden Kids laut lachend die Treppen hinunterpolterten.

„Ja, ja. Wir kommen gleich", rief ich ihnen hinterher. Danach sah ich aber so schnell wie möglich zu, dass ich zur Tür stolperte und sie mit einem Ruck abschloss.

„Geschafft", lachte ich. „Nicht, dass die gleich wiederkommen." Dann betastete ich meinen Kopf und stöhnte. „Ich glaub', ich brauche gleich nicht nur ein Frühstück, ich brauche eine Kopfschmerztablette."

„Na, dann komm mal schnell her. Gebe ich dir gerne", flüsterte Kyle und grinste, wie nur Kyle grinsen konnte.

Schnell krabbelte ich wieder zurück ins Bett - zu diesem unmöglichen Typen. Und dieses Mal teilten wir uns die Decke ...

Kapitel 2

LARA

Eine Stunde später saßen Kyle und ich unten mit Seven in der gemütlich eingerichteten Küche auf der Essbank am Küchentisch und frühstückten. Nach einem schwarzen Kaffee und einer weiteren Schmerztablette ging es meinem Kopf tatsächlich besser. Ich musste grinsen, als ich sah, dass auch Seven ziemlich gerädert aussah. Kyle dagegen wirkte wie immer. Nachdenklich beobachtete ich ihn dabei, wie er sich eine große Portion Rührei auf den Teller häufte, während es in meinem Kopf ratterte. Knapp eine halbe Stunde zuvor, am Ende unseres kleinen frühmorgendlichen Techtelmechtels nämlich, hatte Kyle mir eine Frage gestellt, die mich total aus dem Konzept gebracht hatte. Ich hatte keine Ahnung, wie ich darauf antworten sollte:

Mit „Ja" oder mit „Nein"?

Als wir alle beim zweiten Brötchen saßen, in Berlin sagte man dazu übrigens Schrippen, klopfte es kurz von außen ans Küchenfenster. Zwei Minuten später streckte auch schon Dylan, Sevens Freund, seinen Kopf zu uns zur Küchentür herein. Er wohnte im Nachbarhaus und hatte zwar einen Haustürschlüssel, weil er oft den kleinen Hund von Sevens Vater ausführte, machte sich aber immer kurz vorher bemerkbar.

„Na, ihr drei Hübschen, ausgeschlafen?", begrüßte er uns, bevor er sich zu Seven hinunterbeugte und sie auf die Wange küsste. Dann stellte er eine Flasche Orangensaft auf den Tisch, griff sich einen der freistehenden Stühle und setzte sich dazu. Seven grinste und hielt ihrem Freund schnell den immer noch gut gefüllten Brötchenkorb entgegen.

„Danke, danke. Wir sind schon fast fertig mit Frühstück. Hast auch du gut geschlafen?"

„Klar", behauptete Dylan und linste verstohlen zu Kyle und mir herüber. „Und wenn ich daran denke, dass ich heute in den frühen Morgenstunden derjenige war, der uns alle nach Haus gekarrt hat, dann bin ich jetzt bestimmt auch der einzige, der keine Kopfschmerzen hat."

„Soll das eine Anspielung sein?", fragte ich keck und zog ihm den Butterteller vor der Nase weg. „So viele *Sambuca* und *Gin-Tonic* hab' ich nun wirklich nicht getrunken und Kyle trinkt sowieso kaum was."

„Ist schon gut, ist schon gut." Dylan winkte ab. „Ich habe ja gar nichts gesagt. Mir fällt nur auf, dass sich eine gewisse Lara und ein gewisser Kyle heute Morgen zur Abwechslung mal nicht die ganze Zeit necken, sondern einträchtig nebeneinander sitzen." Herzhaft biss er von dem Brötchen ab, dass er sich in der Zwischenzeit mit Schinken belegt hatte. „Aber Spaß beiseite. Sagt doch einfach, wieso eure Taschen schon unten vor der

Haustür stehen? Wir wollen doch erst nach dem Mittagessen los?"

„Eure Taschen stehen unten?", fragte Seven und schaute mich mit großen Augen an.

Selbst etwas überrascht zuckte ich mit den Schultern. „Du, ich weiß davon nichts." Dann stupste ich Kyle an. „Warum hast du unsere Taschen runtergebracht?"

„Ich dachte, wir fahren gleich nach dem Frühstück los", antwortete Kyle gut gelaunt. „Hatten wir doch gerade so besprochen, oder nicht?"

„Was hattet ihr besprochen?", fragte Seven alarmiert.

Doch ich sah sie nur mit großen Augen an und hatte keine Ahnung, wie ich darauf antworten sollte. Ich merkte nur eines: Ich fühlte mich überrumpelt. Und sowas konnte ich überhaupt nicht leiden!

„Wieso hatten wir gerade was besprochen?", zischte ich Kyle genervt an. „War es nicht eher so, dass du mich gefragt hast, ob ich dich begleiten will? Und dass ich überhaupt noch nicht „Ja" gesagt habe?!"

Verunsichert zuckte Kyle zurück.

„Ach so ... Du hast noch nicht „Ja" gesagt? Aber ich dachte, du findest die Idee toll?"

„Nun, sie ist auch toll. So für sich. Aber ich bin mir noch nicht ganz schlüssig."

Und Seven erklärte ich kurz:

„Kyle hat mich gerade gefragt, ob ich nicht Lust hätte, mit ihm in so eine Hütte oder ein Hotel zu fahren. Nach Tirol."

„Nach Tirol?!", fragten Seven und Dylan wie aus einem Munde.

„Jepp", antwortete Kyle. „Ich fahr jedes Jahr um diese Zeit nach *Rettenschöss*. Das ist ein kleiner Ort im *Kaiserwinkel*. Zu meinem Cousin."

„Aha! – Tirol ist aber schön weit weg, oder?", hakte Dylan nach.

„Ih, wo. Mit meinem Auto ungefähr sechs Stunden", erklärte Kyle. „*Rettenschöss* liegt gleich hinter der österreichischen Grenze."

„Und das dauert in deiner Karre nur sechs Stunden? Das kann ich mir gar nicht vorstellen", platzte Seven dazwischen. Und als sie Kyles beleidigten Blick sah, fügte sie schnell hinzu: „Vor allem ja auch wegen dem Wetter. In Österreich liegt überall Schnee."

„Ja, genau", meinte Dylan.

„Also, mit der *Karre* war ich vor ein paar Wochen erst beim Tüv", verteidigte sich Kyle. „Und neue Winterreifen sind auch drauf."

„Okay. - Aber wie kommt ihr über die Grenze? Braucht man da keinen Pass?", wollte Seven wissen.

„Quatsch, ein normaler Perso reicht."

„Nun ja. Lara, du musst das wissen. Dann werden wir heute Nachmittag eben nicht zusammen zurück nach Hamburg fahren", meinte Seven enttäuscht.

„Und was wird aus Silvester?", fragte Dylan. „Ich meine, Kyle, du hast doch für uns alle Karten für so einen Club bestellt."

„Am Silvestermorgen sind Lara und ich wieder zurück", sagte Kyle schnell. „Wir werden abends auf alle Fälle zusammen im *Pinks One* feiern. Ich will nur zwischen den Jahren kurz zu meinem Cousin und seiner Frau. Das mache ich immer so. - Und Lara kann mitkommen, wenn sie will."

Liebevoll puffte er mich in die Seite und sah mich erwartungsvoll mit seinen dunkelbraunen Augen an. Sofort wurde mir ganz flauschig. Warum musste Kyle auch immer so süß aussehen, wenn er was von mir wollte? Ergeben schmiegte ich mich schließlich an ihn und seufzte:

„Also gut. Ich war ja auch noch nie in Tirol."

„Du wirst es nicht bereuen!", freute sich Kyle und klatschte in die Hände. Dann sah er, dass mein Kaffeebecher leer war und goss mir Kaffee aus der großen Thermokanne nach, die auf dem Tisch stand. „Diesmal mit ein wenig Milch?"

Ich nickte, doch während ich den Kaffee trank, begannen die Gedanken in meinem Kopf zu rattern. Irgendwie war mir bei der Sache nicht wohl. Schließlich kannte ich Kyle noch nicht so lange. Dazu kam, dass ich mich in den letzten Tagen ziemlich oft mit ihm gekabbelt hatte. Was, wenn dieser *süße* Macker plötzlich eine seiner Supermacken bekam, während ich irgendwo mit ihm feststeckte? In einem Stau zum Beispiel – oder, was war, wenn es mir in Tirol überhaupt nicht gefiel? Dann konnte ich nicht einfach so abhauen. Dann war ich auf ihn angewiesen, um wieder nach Hause zu kommen. Unwirsch pustete ich etwas Luft aus und blickte verunsichert zu Dylan und Seven hinüber. Ich hasste es, von jemandem abhängig zu sein. Und Seven, meine allerbeste Freundin, wusste das nur zu gut.

„Lasst uns doch einfach mal *googlen*, wo Kyle überhaupt hinwill", schlug Seven vor, um die Stimmung ein wenig zu entladen. Sie zückte ihr Handy und öffnete die Google-Suchmaschine. „Wie hieß der Ort noch mal?"

„*Rettenschöss. Rettenschöss im Kaiserwinkel*", antwortete Kyle.

„Wieso heißt das denn *Kaiserwinkel*?", fragte ich, während ich mich rüber zu Seven beugte, die auf der anderen Seite neben mir saß, um besser in ihr Handy blicken zu können. „Steht da auch ein Schloss?"

„Nee. Da sind Berge", antwortete Seven amüsiert. „Hier, schau mal. Der Ort heißt bloß *Kaiserwinkel*, weil er am sogenannten *Kaisergebirge* liegt. Und dieses *Kaisergebirge* unterteilt man noch mal in den *Zahmen Kaiser* und den *Wilden Kaiser*."

„Aha", antwortete ich und nahm das Handy entgegen, um mich selbst kurz durch die vielen, aber richtig schönen Landschaftsbilder zu klicken.

„Wow! Diese Berge sehen ja richtig toll aus."

„Auf alle Fälle", sagte Kyle.

„Du bist wirklich zu beneiden, Lara", ergänzte Dylan und zwinkerte mir zu.

Wenig später hielt dann jeder von uns sein eigenes Handy in der Hand. Munter klickten wir uns durch verschneite Landschaftsbilder und Reiseberichte, durch vereinzelte Hotelanzeigen und bestaunten Trachtenkleider und original Tiroler Rezeptvorschläge.

„Besonders berüchtigt ist da wohl auch die Küche, was?", fragte Dylan nach einer Weile. „Davon hatte mein Vater immer geschwärmt. Diese Klopse von da, wie heißen die noch mal schnell?"

„Du meinst Knödel. *Kaspressknödel* heißen die!", erwiderte Kyle. „Die gehören zu meinen Lieblingsgerichten. Oder süße Germknödel. Das sind große Hefe-klöße mit Pflaumenmus."

„Na. Das ist doch für Lara genau richtig. Die kann auf alle Fälle noch ein wenig Speck auf den Rippen vertragen", flachste Dylan.

„Hey", meckerte ich ihn an. „Du bist wohl verrückt geworden." Und Kyle fragte ich: „Aber wir werden dort doch wohl nicht nur essen?"

„Nein, wir können auch spazieren gehen oder Schlitten fahren. Oder wir schlafen uns dort mal richtig aus."

„Haha", erwiderte ich und merkte auf einmal, wie sich in mir plötzlich so etwas wie Vorfreude regte.

Auch Kyle merkte das, und zog mich schnell zu sich heran.

„Laralein, das wird toll", flüsterte er.

Ich nickte und schmiegte mich an ihn. Sofort drückte er mir einen zärtlichen Kuss auf den Mund. Danach fühlte ich mich erleichtert, als sei eine heimliche Last von mir gefallen. Seit gestern nämlich hatte ich mir heimlich den Kopf zerbrochen, wie das mit Kyle und mir nach unserem Berlin-Trip wohl weitergehen würde. Und dabei hatte ich Angst bekommen: Angst, ihn wieder zu verlieren. Angst, dass in Hamburg plötzlich alles wieder anders war. Wie das bei den meisten spontanen Kurzbeziehungen eben auch so ist. Doch wenn Kyle jetzt mit mir nach Tirol fahren wollte, dann wollte er länger mit mir zusammen sein. Und zwar noch ungestörter - ohne Seven und Dylan. Und kaum hatte ich diesen Gedanken zu Ende gedacht, fing auch schon mein Herz wieder an, ganz dolle zu klopfen.

Kyle war in der Zwischenzeit aufgestanden und fing an, unser Frühstücksgeschirr zusammenzuräumen. Dabei ließ er mich jedoch nicht aus den Augen.

„Komm, Lara, wir sollten bald aufbrechen ... Ich verspreche dir, das wird prima. Du kannst dich auf mich verlassen, okay?"

Erwartungsvoll blickte er mich an.

„Okay. Du hast gewonnen. Ich stehe auf", erwiderte ich und musste lachen. „Obwohl ich es immer noch nicht so gut finde, dass du mich überrumpelst. Ich habe überhaupt kein Geld mehr dabei."

„Ach", winkte Kyle ab. „Du bist eingeladen. Und für ein bisschen Wegeproviant und zwei Pudelmützen fahren wir gleich noch bei dem kleinen Marktplatz vorbei. Du weißt schon, wo wir immer dran vorbeikommen, wenn es von hier zur Innenstadt geht. Heute sind nämlich die Geschäfte wieder offen. Die Feiertage sind vorbei!"

„Na, dann solltet ihr jetzt aber wirklich zügig los, bald wird es dunkel", witzelte Dylan, während er erneut in seinem Handy klickte, um die Auto-Route zu checken. „Der schnellste Weg ist wohl der über die Autobahn. „Über Potsdam, Dessau, Bayreuth, Ingolstadt, im großen Bogen an München vorbei und dann über Rosenheim, Richtung Kufstein."

„Ja, ich weiß", sagte Kyle. „Ich fahre die Strecke nicht zum ersten Mal."

Beruhigt lächelte ich ihm zu und suchte Sevens Blick. Doch die stand mittlerweile am Küchenfenster und hatte Sorgenfalten auf der Stirn.

„Schaut doch mal nach draußen", rief sie. „Es nieselt und der ganze Restschnee von gestern fängt an zu tauen. Das sind ja nicht gerade ideale Bedingungen für so eine lange Autofahrt."

Schnell liefen wir dazu und blickten aus dem Fenster. Und tatsächlich! In schönster Regelmäßigkeit tropfte es vom Giebel herunter. Der Himmel war grau in grau und sah nicht so aus, als würde er den Regen in Kürze einstellen wollen. Auf dem Rasen im Garten und auch auf den asphaltierten Wegen des Grundstücks lag gräulicher Matsch.

„Och, wie schade", entfuhr es mir. „Jetzt ist auch der restliche Schnee von Weihnachten weg."

„Das ist egal!", sagte Kyle schnell. „Auf den Autobahnen wird bei so einem Wetter gewissenhaft gestreut. Und in *Rettenschöss* liegt dann wieder richtiger Schnee, wie ich gerade beim Googlen gesehen habe; zurzeit etwa einen Meter hoch und es wird noch mehr werden. Der Winter hat ja gerade erst begonnen."

„Als Reiseproviant könntet ihr die restlichen Brötchen mitnehmen", bot Seven an.

„Hey, das ist nett von euch. Dann ist ja alles geklärt", freute sich Kyle. Flink sprang er Richtung Tür. „Ich bringe jetzt unser Gepäck in den Kofferraum und mache den Wagen startklar. - Herzlichen Dank noch einmal für die tollen Tage hier bei euch. Ich werde mich revanchieren."

„Das hast du doch schon", erwiderte Dylan. „Du hast drei Tage lang für uns alle sämtliche Eintritte in sämtlichen Clubs bezahlt. Komm, ich helfe dir jetzt mit den Taschen – und dann schau ich mir mal dein Auto an."

„Keine Sorge, ich hab' tatsächlich neue Winterreifen drauf", flachste Kyle.

Lachend und scherzend gingen die beiden jungen Männer gemeinsam hinaus.

In der Küche zurück blieben nur Seven und ich.

Kapitel 3

LARA

„Was ist denn los?", fragte ich Seven, während ich die restlichen Brötchen für die Fahrt schmierte und belegte. Denn meine Freundin lehnte nun mit dem Rücken zur Anrichte und blickte mich sorgenvoll an.

„Ich weiß nicht. Es ist mir irgendwie doch nicht so recht, dass du mit Kyle über die Berge ziehst", druckste sie herum. „Schließlich kennst du ihn kaum. Wir alle kennen ihn kaum."

„Ja, ich bin selbst ganz überrascht", antwortete ich trocken. „Aber du kennst mich ja: Immer für ein Abenteuer zu haben."

Befremdet starrte Seven mich an. „Du machst das jetzt echt, was?"

„Was?

„Nun, mit ihm nach Tirol fahren?"

„Na klar! Hast du doch gerade gehört! Du hast doch sogar noch geholfen, mich zu überreden. In Hamburg ist zwischen den Jahren sowieso nichts los."

„Aber gleich in ein anderes Land ..."

„Seven, ich bitte dich. Es ist Österreich."

„Ja, aber deinen Eltern musst du Bescheid sagen. Du hast ihnen versprochen, bis Silvester auf euer Haus aufzupassen!"

„Nun, Kyle hat doch gerade gesagt, dass wir zu Silvester wieder zurück sind. Deswegen wollen wir ja jetzt auch los. - Und mit meiner Mutter werde ich gleich noch telefonieren. Für die wird das schon okay sein, wenn ich bis Silvester *mit dir* zusammenbleibe."

Spitzbübisch grinste ich Seven an.

„Hab' ich's mir doch gedacht." Nun zog Seven einen Flunsch. „Jetzt soll ich das Ganze auch noch dekken!"

Unwirsch schüttelte ich den Kopf. Typisch Seven. Immer war sie so übergenau und überfürsorglich. Es hatte mich schon oft genervt, dass sie die Vernünftigere von uns beiden war.

„Sevi, es ist doch nur für drei Tage."

„Okay, aber dein Typ muss mir die genaue Adresse von der Hütte geben, wo er da hinwill. Und wenn du da bist, rufst du sofort an."

Nun, wo alles geklärt war, bekam ich ganz rote Wangen vor Aufregung und plapperte munter drauflos.

„Du Seven, ich freue mich jetzt total. Klar, ich fühlte mich anfangs überrumpelt. Aber das mit Kyle, das hat sich verändert. Am Anfang war er einfach nur so ein Typ. Ich wollte mir ein paar nette Tage machen. Du kennst das ja von mir. Aber mittlerweile kriege ich richtig Herzklopfen, wenn er mich ansieht. Das ist doch komisch, oder? Ich meine, normalerweise ist das doch umgekehrt. Man ist anfangs aufgeregt und verknallt und je länger man zusammen ist, umso normaler wird das alles."

Doch Seven wollte sich nicht von meiner Begeisterung anstecken lassen.

„Lara", begann sie erneut. „Ich finde das auch toll. Aber du musst mir versprechen, dass du deiner Mutter sagst, wo du wirklich bist."

„Wieso denn?", druckste ich herum. „Meine Mutter würde sich total aufregen und mich alle fünf Minuten anbimmeln."

„Lara", redete Seven weiter. „Jetzt stell dir mal vor, ihr habt unterwegs einen Unfall oder sowas. Das könnte Probleme geben, allein schon wegen der Versicherung. Und dann krieg ich einen drauf, weil ich nichts gesagt habe."

„Sevi, Kyle baut doch keinen Unfall. Ich kenne ihn jetzt ... Moment mal, ich zähle nach. Also genau elf Tage. Wenn das kein Omen ist."

„Was soll denn das für ein Omen sein?"

„Na elf. Diese Zahl ist magisch."

„Lara, du bist siebzehn. Und er ist dreiundzwanzig."

„Na und?" Amüsiert blickte ich sie an. „Guckst du zu oft *Aktenzeichen XY Ungelöst*, oder was? Außerdem werde ich in zwei Wochen achtzehn. Ich bin so gut wie volljährig."

„Wie genau hattest du ihn in Hamburg eigentlich kennengelernt?", drängelte Seven unbeirrt weiter. „Das hast du mir bislang noch gar nicht so richtig erzählt?"

Ich überlegte.

„Mhm. Also, das war in einem Club. Ich war mit Krissy und Tina losgezogen, du warst ja nicht da. Da hab' ich ihn irgendwann gesehen. Er war dort mit seiner Clique, saß aber die ganze Zeit allein herum und wollte seine Ruhe haben. Mich hatten die ganze Zeit nur so komische Typen angebaggert, die viel zu dusselig waren. Ich musste öfter an ihm vorbeilaufen, immer, wenn ich aufs Klo musste. Ich glaube sogar, ich habe ihn dabei ein- oder zweimal aus Versehen angerempelt. Na, und irgendwann hat er mich einfach festgehalten und zu einem Drink eingeladen."

„Und seine Eltern wohnen auch in Hamburg?"

„Keine Ahnung. Ist das wichtig? Auf alle Fälle hat er einen Cousin und der wohnt in Tirol. Das hat er doch gerade gesagt."

„Lara, kommst du?", hörten wir da Kyle von draußen rufen. „Wir müssen los."

„Nun, du hast es gehört, wir müssen los. - Komm doch einfach mit vor die Tür und dann gibt Kyle dir die Adresse", sagte ich resolut und packte die belegten Brötchen in die Bäckertüte, die noch auf der Anrichte gelegen hatte. Also, meine neue gute Laune wollte ich mir von Seven nicht vermiesen lassen. Im Flur zog ich meine bequemen flachen Stiefel und meine Lederjacke an und stopfte die Brötchentüte in meine große Tasche für alles, die dort auf mich wartete. Dann ging ich hinaus.

Seven gab seufzend nach, zog sich auch kurz was über und begleitete mich trotz des immer noch anhaltenden Nieselregens bis zur Autotür. Dort ließ sie sich von Kyle die genaue Tiroler Adresse geben und tippte sie schnell in ihr Handy. Dylan hatte für uns in der

Zwischenzeit noch zwei Flaschen Wasser und eine Flasche Cola herbeigeschleppt.

„Hier, ihr zwei Turteltauben. Damit ihr unterwegs nicht verdurstet."

„Lara", flüsterte Seven eindringlich. „Du meldest dich sofort, wenn ihr da ankommt, versprich es!"

„Klar!", versprach ich.

Dann umarmten wir uns zum Abschied und ich zog endlich auch die Tür neben dem Beifahrersitz zu. Kyle hatte längst den Motor angelassen, wartete aber noch, bis ich meine große Tasche vorne zwischen den Knien verstaut und mich angeschnallt hatte. Wir riefen ein letztes Mal „Tschüss" und Kyles alter, weißer Peugeot zuckelte langsam durch die matschige Ausfahrt hinaus auf die Anliegerstraße. Und obwohl sich der Nieselregen mittlerweile wieder ein wenig gelichtet hatte, bot sich uns auch hier ein eher trauriges Bild: Auch auf der ehemals dick eingeschneiten, breiten Anliegerstraße lag nur noch grau-schwarzer Matsch.

Kyle bemerkte meine besorgten Blicke.

„Das mit dem Matsch wird sich wieder legen. Und was meine Kiste hier betrifft: Mit der bin ich schon ganz oft nach Tirol gefahren."

Bevor wir ganz verschwanden, blickten wir noch mal zurück und winkten Dylan und Seven ein aller-letztes Mal zum Abschied zu. Die beiden standen trotz des nassen Wetters immer noch Arm und Arm am Gartentor und winkten sofort zurück. Sie waren ein schönes Paar. Ein Paar, das sich auch noch nicht so lange kannte und das sich schon nach wenigen Tagen gefunden hatte. Ich musste schmunzeln. Was Seven nur immer hatte. Wenn *ihr* Freund *sie* heute zu einem dreitägigen Tirol-Aufenthalt eingeladen hätte, wäre sie auch mit ihm gefahren. Gut gelaunt öffnete ich das Fenster einen kleinen Spalt, atmete tief durch und lehnte mich entspannt zurück. Ich hatte vollkommen richtig entschieden. Und vor mir lagen nun drei weitere Urlaubstage ...

Drei weitere, spannende Tage mit einem süßen Typen, in den ich gerade dabei war, mich ernsthaft zu verlieben.

Kapitel 4

LARA

Im Schneckentempo fuhren Kyle und ich wenig später über die matschige Anliegerstraße in Berlin-Zehlendorf, bis wir endlich abbiegen und auf einer etwas breiteren, zweispurigen Straße weiterfahren konnten. Hier war die Fahrbahn bereits mit Streusalz bestreut worden, so dass es für uns angenehmer wurde. Zu meiner Freude bemerkte ich auch, dass hier, wo wir gerade entlangfuhren, die Wipfel der Bäume und auch die Dächer der Häuser noch schneebedeckt waren.

Gutgelaunt betrachtete ich Kyle aus den Augenwinkeln und seufzte. Ich kam mir plötzlich vor wie im Märchen. Daran konnte auch das matschige Grau auf den Straßen nichts ändern. Unser ausgiebiges Gekuschel am Morgen und unser spontaner Trip nach Tirol hatten mich in den totalen Ausnahmestatus versetzt. Gestern Abend hatte ich noch geglaubt, dass wir heute nach Hamburg zurückkehrten und ich Kyle eventuell bis Silvester nicht wiedersehen würde. Stattdessen fuhr ich nun mit ihm nach Tirol! Mein Herz bummerte und ich seufzte erneut, nur diesmal etwas lauter, während ich gleichzeitig noch tiefer in die Polster des Beifahrersitzes rutschte.

„Hey, Süße! Was ist denn los?", fragte Kyle, als er mein Seufzen hörte.

„Nichts, wieso?", erwiderte ich ertappt und saß mit einem Ruck wieder gerade. „Du, wir dürfen nicht vergessen, gleich bei dem kleinen Marktplatz Halt zu machen. Ich brauche noch eine dickere Mütze und einen Schal. Ach ja, und Handschuhe! Ich habe doch überhaupt nichts für einen Schneeurlaub dabei."

„Stimmt ja, du hast recht. Dann müssen wir gleich da drüben abbiegen."

Als Kyle seinen Wagen wenig später auf dem Marktplatz abgestellt hatte, entdeckten wir, dass sich dort nicht nur eine Drogerie, sondern auch ein WOOLWORTH befand. Dort konnten wir uns für kleines Geld mit bunten Fingerhandschuhen, passenden Pudelmützen und dicken Schals im Partnerlook eindecken.

Eine halbe Stunde später saßen wir wieder im Auto und bogen endlich über die nächstbeste Autobahnauffahrt auf die Autobahn ab. Wir waren erleichtert: Die Fahrbahn war frei, es war weit und breit kein Schneematsch zu sehen. Kyle und ich hatten uns beim kleinen Marktplatz nicht nur Strickwaren gekauft, sondern in der Drogerie gleich daneben auch noch leckere Schoko-Proteinriegel und Apfelsaft. Mit der Brötchentüte und den Getränken von Seven und Dylan fühlten wir uns nun für die lange Autofahrt gut gerüstet. Kyle drehte eine Weile an den Radioknöpfen herum, bis er einen Musiksender gefunden hatte, der uns beiden gefiel. Dann summte er zu den ständig wechselnden Liedern und ich grinste zufrieden.

„Du, ich bin jetzt richtig froh, dass du mich überredet hast, mitzukommen", sagte ich irgendwann. „Es ist Jahre her, dass ich so richtig im Schnee war. Meine Eltern sind mit mir und meinem Bruder zwar auch immer im Winter in Urlaub gefahren, aber nur gen Süden. Und das bedeutete, dass wir Kinder in irgendeinem All-Inclusive-Club an irgendeinem Strand rumgammeln und einen Frucht-Cocktail nach dem anderen trinken mussten."

Kyle lachte.

„Aber das ist doch auch nicht schlecht. - Ich finde vor allem schön, dass wir jetzt endlich mal ganz allein sind. Nur du und ich. Ich hoffe aber auch, du fängst gleich nicht wieder an zu streiten?"

„Wer ich?", erboste ich mich. „Du fängst doch immer an."

„Nein, du."

„Nein, du."

Es war also mal wieder so weit. Wir mussten beide lachen. Und damit es jetzt nicht endlos so weiterging, gab ich nach.

„Wie war das denn bei dir früher zu Weihnachten? So mit deinen Eltern, meine ich. Hast du noch Geschwister?", fragte ich, um das Thema so schnell wie möglich in eine neue Richtung zu lenken. Doch wenn ich ehrlich war, interessierte mich das wirklich. Kyle war zu Weihnachten ganz allein gewesen war und hatte selbst an *Heilig Abend* niemanden anrufen wollen. Erst vermutete ich, dass er eine Abneigung gegen traditionelle

Familienfeste hatte. Doch das Gegenteil war wohl der Fall: Denn bei Seven und ihrer Familie hatte es ihm die ganze Zeit sehr gut gefallen. Und jetzt wollte er mit mir sogar seinen Cousin besuchen … Aus Familientradition. Zwischen den Jahren.

Kyle schien aufgrund meiner privaten Frage unangenehm berührt und druckste erst eine Weile herum, bis er antwortete.

„Ich habe keine Geschwister. Und meine Eltern sind tot. Autounfall, als ich vier war", sagte er knapp.

„Was echt? Das tut mir leid", erwiderte ich erschrocken. „Mein Gott, ich hatte ja keine Ahnung. Wie tollpatschig von mir."

„Wieso denn tollpatschig? Du hattest keine Ahnung. – Aber erzähl mal, wieso warst du ganz allein?"

„Meine Eltern sind dieses Jahr mit meinem kleinen Bruder zu Verwandten gefahren, um einen runden Geburtstag zu feiern. Und auch nur, weil ich hoch und heilig versprochen hatte, alle Feiertage bei Seven zu übernachten, haben sie mich allein zurückgelassen."

„Ach so."

„Ja, und als Seven dann überraschend zu ihrem Vater musste, bin ich ihr zu Weihnachten eben hinterhergefahren. Den Rest kennst du ja."

Dann schwiegen wir wieder. Ich sah versonnen aus dem Fenster und Kyle blickte aufmerksam auf die Fahrbahn. Mittlerweile hatten wir den Berliner Raum längst verlassen und befanden uns kurz hinter Potsdam.

„So!", sagte Kyle. „Jetzt geht's *aufi* Richtung Dessau. Dann an den Leipziger Flughafen vorbei, dann über Ingolstadt Richtung München. Schließlich um

München herum und nach Rosenheim. Und kurz hinter Rosenheim ist dann die österreichische Grenze und dann sind wir fast da."

„Bei deinem Cousin?"

„Ja, bei meinem Cousin in *Rettenschöss*! Schau selbst, wir müssen einfach der Route von meinem Navi folgen. Kinderleicht ist das!"

Zufrieden folgte ich seinem Blick und betrachtete die eingestellte Navi-Anzeige seines Handys, das mittlerweile vorne in einer Handyhalterung rechts neben seinem Lenkrad steckte. Es war schon toll, zu was diese Allround-Dinger, die man vor ein paar Jahren noch Telefon genannt hatte, mittlerweile fähig waren. Die weitere Fahrt verlief angenehm, vor allem auch, weil die Autobahn fast leer war. Die meisten Autofahrer waren schon an ihrem Urlaubs-Zielort und diejenigen, die Silvester nach den Weihnachtsfeiertagen wieder zu Hause verbringen wollten, befanden sich zu unserer großen Erleichterung auf der Gegenseite unserer Fahrbahn.

Es kam nun immer öfter vor, dass ich Kyle während der Autofahrt verstohlen betrachtete. Und dabei zu meinem Leidwesen auch jedes Mal aufs Neue merkte, dass mein Herz klopfte, wenn er mich dabei erwischte und zurückgrinste. Nun gut: Ich war also tatsächlich dabei, mich in ihn zu verlieben. Ich hoffte inbrünstig, dass das gut ging. Denn dieses Ding hier mit Kyle, auf das ich mich gerade einließ, war totales Neuland für mich. Normalerweise war mir wichtig, dass mich die Typen nicht zu sehr einschüchterten und dass ich immer diejenige war, die den Ton angab. Am Anfang hatte Kyle dieses Spielchen auch mitgespielt. Doch plötzlich war es immer mehr er, der bestimmen wollte, wo es lang ging; auch wenn er das auf eine sehr subtile und smarte Art und Weise tat.

Etwas bedrückt räusperte ich mich und rutschte ein wenig auf meinem Sitz hin und her. Sofort wurde Kyle aufmerksam.

„Was ist los?", fragte er.

„Nichts! Alles klar", erwiderte ich schnell. Und dann quatschte ich auch schon wieder munter drauf los. Über dies und das und jenes.

Die für mich ungewohnten Landschaftsbilder rasten draußen zu beiden Seiten nur so an uns vorbei und je näher wir unserem Zielort kamen, umso mehr veränderte sich auch wieder die Beschaffenheit der Fahrbahn. Längst waren nicht nur zu allen Seiten Berge zu erkennen, sondern auf der Fahrspur lag auf einmal Schnee. Das war zwar irgendwie faszinierend, hatte aber auch zur Folge, dass Kyle das Tempo ganz schön drosseln musste.

„Ich glaube, es wird gleich Zeit, die Schneeketten anzulegen", meinte er nach einer Weile und beschloss, an der nächsten Autobahn-Raststätte, die sich schon im Raum München befand, anzuhalten.

Ich freute mich sehr darüber, denn das lange Sitzen ging mir allmählich auf den Keks. Ich wollte mir unbedingt die Beine vertreten. Außerdem hatte ich Lust auf einen heißen Kaffee. Nachdem wir die Raststätte erreicht hatten, suchte ich die Toiletten auf, während Kyle seinen Wagen erstmal zu einer Zapfsäule fuhr, um nachzutanken. Als ich zurückkam, stand Kyles Auto ein paar Meter weiter auf einem langen Parkplatz neben einem Gerät. Kyle sprang drumherum und war emsig dabei, den Reifendruck zu messen. Danach machte er sich daran, die Schneeketten über die Reifen zu ziehen.

„Wow!", lobte ich ihn, nachdem ich eine Weile aufmerksam zugeschaut hatte. „Das sieht ja richtig fachmännisch aus, wie du das so machst." Ich assistierte ihm dann ein wenig und so waren wir schnell fertig.

Bei der Raststätte befanden sich aber nicht nur Toiletten und eine Tankstelle, sondern auch ein ziemlich großer Verkaufsshop mit einem kleinen Bistro. Und so beschlossen Kyle und ich, uns vor der Weiterfahrt dort ein wenig reinzusetzen, um uns auszuruhen und um endlich mal wieder einen heißen Kaffee zu trinken. Direkt am Eingang, seitlich von der Kasse, hing ein riesengroßer Wandspiegel, in dem sich jeder, der den Verkaufsshop betrat, erst einmal selbst erblickte. Ich erschrak richtig, als ich uns selbst so unverhofft gegenüberstand. Doch dann bekam ich einen leichten Höhenflug: Du meine Güte, waren wir ein gut aussehendes Paar! Ich, zierlich, mit meiner schwarzen Lederjacke und meinen langen, blonden Haaren. Und Kyle? Er war einen Kopf größer, hatte funkelnde, dunkelbraune Augen und schulterlanges, leicht gewelltes Haar. In seinem, bis zu den Knien reichenden Ledermantel sah er nicht nur cool, sondern auch ein wenig verwegen aus. Komisch, dass mir das vorher noch nicht so aufgefallen war. Aber am meisten überraschte es mich, wie galant er plötzlich war. Er hielt mir wie selbstverständlich die Tür auf und ließ mir auch sonst überall den Vortritt. Bestimmt wurde ich gerade von jeder Frau beneidet, die uns so zusammen sah. Im Shop bekamen wir nicht nur einen sehr guten, heißen Kaffee, sondern auch leckere Donuts. Hungrig ließen wir uns gleich mehrere Sorten in eine Tüte packen und gingen zu einem der langen Stehtische, um in Ruhe den Kaffee zu trinken und um wenigstens schon einmal einen oder zwei der Donuts zu verzehren.

„War dein Vater eigentlich Italiener?", platzte es irgendwann aus mir heraus, als ich ihm so gegenüberstand. „Du siehst ein bisschen so aus."

„Ja, du hast es erfasst. Aber nicht nur mein Vater stammte aus Italien. Meine Mutter auch", antwortete Kyle nachdenklich, während er seinen zweiten Donut aß.

„Oha", sagte ich überrascht. „Aber du heißt doch Kyle?"

Verschmitzt blickte er mich an.

„Eigentlich heiße ich Fabricio."

„Ach, tatsächlich?" Nun war ich baff. Hatte er mir gar nicht seinen richtigen Namen gesagt? „Ich finde aber, Kyle passt viel besser zu dir", meinte ich dann.

„Danke schön", flötete er zurück. „Lara passt auch gut!" Dann wischte er sich kurz den Mund mit einer Serviette ab und meinte: „Bleibst du bitte noch hier? Ich muss mal dringend telefonieren. In fünf Minuten bin ich wieder da."

Als Kyle nach zehn Minuten noch nicht zurückgekehrt war, wurde ich unruhig. Trotzdem verwarf ich aufkeimende Unsinnsgedanken, so nach dem Motto: „Siehst du, schon bei der erstbesten Gelegenheit brennt er an einer Tankstelle durch und lässt dich irgendwo in Deutschland mittellos zurück." - So ein Quatsch. Was mein Unterbewusstsein bloß immer hatte. Und dann, just in dem Moment, als ich aufstehen wollte, um ihn zu suchen, stand Kyle auch schon wieder vor mir:

„Guck mal, was ich erstanden habe!"

„Was ist das?", fragte ich überrascht und starrte auf das kleine, sternförmige Plastikding, das er in der Hand hielt.

„Das ist eine *Vignette*. Das Dingerl muss ich ab dem Grenzübertritt zu Österreich gut sichtbar an meiner Heckscheibe kleben haben. Sonst lässt man uns nicht weiter, beziehungsweise sonst wird's teuer. Das ist der Nachweis, dass ich die vorgeschriebene Maut für Österreich bezahlt habe."

„Ach, tatsächlich? Was kostet denn so ein Ding?", fragte ich neugierig.

„Ungefähr zehn Euro für zehn Tage, das passt schon."

„Für zehn Tage?", hakte ich nach. „Wir wollen doch zu Silvester wieder in Hamburg sein?"

„Ja, ich weiß. Aber das hier ist die günstigste. Für drei Tage gibt es keine."

Wenig später saßen wir wieder im Wagen. Da es bereits dunkel wurde, schaltete Kyle beim Losfahren die Scheinwerfer ein. Und kurz darauf fädelte er sich auch schon wieder in den Autobahn-Verkehr ein. Nach einem Blick auf die Navi-Anzeige sah ich, dass die österreichische Grenze nicht mehr sehr weit war. Zufrieden lehnte ich mich zurück, genoss die Weiterfahrt und versuchte, auch im Halbdunkel von der vorbei-huschenden Landschaft so viel wie möglich zu erhaschen. So fuhren wir eine kleine Weile und sagten nichts.

Bis Kyle sich ganz unvermittelt auf die Oberschenkel schlug und anfing zu lachen.

„Wieso lachst du?", fragte ich irritiert.

„Ich amüsiere mich gerade ein bisschen. Du hast ja echt keine Ahnung, wo ich dich hinbringe."

„Wieso?", fragte ich alarmiert und bekam ein wenig Muffensausen. „Wo bringst du mich denn hin?"

„*Na grias di, fesches Madln! Wia hoaschn du?*", platzte er daraufhin langsam und gestelzt heraus, so dass wir beide schallend lachen mussten.

„Wie bitte?", fragte ich prustend, als ich wieder ein wenig Luft hatte. „Was heißt das denn?"

„Na, was wohl? Das ist unsere gängige Tiroler Mundart zur Begrüßung, und zwar für alle hübschen Frauen, die nicht bei Zwei auf dem Baum sind. Aber warte, es gibt noch lustigere Sachen: Oder weißt du etwa, was ein *Kuchakaschtla* ist oder ein *Oachkatzl*?"

„Nein, nicht wirklich."

Und so klärte mich mein neuer Freund auf, dass es sich bei dem ersten Begriff ganz einfach um einen Küchenschrank und bei dem zweiten um ein ganz normales Eichhörnchen handelte. Irgendwann waren wir dieses neue Spielchen leid und ich merkte, wie mich die Müdigkeit übermannte. Und so fing ich an zu gähnen und konnte nicht mehr aufhören.

„Oh, du bist müde", sagte Kyle und strich mir zärtlich mit der rechten Hand eine Strähne aus dem Gesicht, und zwar so zärtlich, dass mir schon wieder ganz wuschig wurde. Schnell setzte ich mich aufrecht und betete, dass Kyle nicht merken würde, wie schnell mein Herz schlug, nur weil er mich kurz berührt hatte.

„Hey, halte die Hände auf dem Lenkrad", schimpfte ich daher schnell mit ihm, während ich erneut gähnte. „Wann sind wir denn endlich da?"

„In vierzig Minuten sind wir an der österreichischen Grenze."

Kapitel 5

LARA

Irgendwann merkte ich, wie Kyle das Tempo drosselte. Ich war wohl kurz eingenickt gewesen, doch als der Wagen langsamer fuhr, wachte ich sofort auf. Verschlafen rieb ich mir die Augen.

„Hey, sind wir schon an der Grenze?"

„Nein", erwiderte Kyle seltsam tonlos, während er angestrengt nach vorne starrte, um Genaueres zu erkennen.

„Was ist dann los?", fragte ich. „Etwa ein Unfall?"

„Mhm. Ich vermute, dass da drüben eine Baustelle ist. Deshalb geht es hier nur einspurig weiter."

„Aha."

Nun reckte auch ich den Hals und versuchte, etwas durch die beschlagenen Scheiben zu erkennen. Doch das war gar nicht so einfach, denn draußen war es mittlerweile richtig dunkel und die notdürftige Autobeleuchtung gab nicht so viel her, dass man meterweit hätte schauen können. Doch wenig später erblickten wir tatsächlich jede Menge Leitplanken und Warndreiecke, die eine sehr lange Baustelle abriegelten. Anscheinend war hier eine Fahrbahn beschädigt gewesen und konnte wegen dem Wintereinfall erstmal nicht weiter saniert werden. Als wir eine gefühlte Ewigkeit später fast schon an der Baustelle vorbeigefahren waren, standen plötzlich überall Polizisten, die jedes vorbeifahrende Auto aufmerksam musterten. Sie winkten zwar die meisten Autos durch; doch ungefähr jeder dritte Fahrer musste seine Dokumente vorzeigen. Als wir an der Reihe waren, bemerkte ich zu meinem Erstaunen, dass vor allem Kyles Hamburger Autokennzeichen das Interesse der Beamten geweckt hatte. Sie begannen zu flüstern und zu tuscheln. Kyle musste nicht nur durchs offene Fenster alle seine Dokumente und auch meinen Personalausweis zeigen, sondern auch noch aussteigen und den Kofferraum öffnen, der anschließend mit Hilfe eines Drogenspürhundes durchsucht wurde.

„Übertreiben die nicht ein bisschen?", fragte ich erstaunt, als Kyle wieder neben mir saß und weiterfahren durfte. „Ich meine, wir kommen schließlich nicht aus Holland!"

„Keine Ahnung, Süße", meinte er, während er versuchte, möglichst unbefangen zu wirken. Trotzdem erkannte ich, dass sich auf seiner Stirn Schweißperlen gebildet hatten.

„Nimm' doch die Mütze ab im Auto, wenn dir warm ist", meinte ich.

„Wie bitte?"

„Na, deine Stirn! Hier!"

Fürsorglich griff ich in eine meiner Jacken-
taschen, zog ein Päckchen Papiertaschentücher heraus
und reichte ihm eins.

„Ach so. Danke."

Gehorsam, aber auch etwas genervt, schnappte
sich Kyle das Taschentuch und wischte sich flüchtig die
Schweißperlen fort. Danach zog er sich jedoch zu
meinem großen Erstaunen die Mütze noch tiefer ins Gesicht.

„Du, wenn ich müde bin, hab' ich das immer.
Kalter Schweiß und Schüttelfrost", klärte er mich auf
und probierte kurz, sein typisches verschmitztes
Grinsen aufzusetzen, was ihm aber nicht so gut wie
sonst gelang.

„So und jetzt nichts wie weg hier."

„Ja!"

Ich freute mich auch.

„Ich bin ja so gespannt, wie es da aussieht, wo
dein Cousin wohnt. *Rettenstein* heißt der Ort. Richtig?"

„Ret-ten-schöss!!", korrigierte mich Kyle. „Das
hab' ich dir heute Morgen bestimmt dreimal gesagt!"

„Wirklich? Na gut. Auf nach Ret-ten-schöss!", al-
berte ich ihm nach.

Danach übermannte mich wieder die Müdigkeit.
Also alt werden wollte ich heute Abend nicht mehr in
diesem Auto. Neugierig presste ich mein Gesicht seitlich
gegen die Autoscheibe und versuchte wieder, so viel
wie möglich von der vorbeiziehenden Landschaft zu
erhaschen. Zu meiner Freude erkannte ich nicht nur
eine lange und gewaltige Bergkette, sondern auch, dass

man plötzlich einen ganz freien Blick in den Himmel hatte.

„Oh, schau nur, die vielen Sterne!", rief ich entzückt. „So schön habe ich das schon lange nicht mehr gesehen." Ich war restlos begeistert. „Wie heißen denn die großen Berge da hinten noch mal?"

Kyle sah mich irritiert an und machte dann ein Gesicht, als hätte er in eine grüne Tomate gebissen.

„Also Lara, auch das hab' ich dir heute Morgen ein paarmal gesagt. *Kaisergebirge* heißen die *Dingerls*. Und die sind weltberühmt. In *Rettenschöss* hat man vor allem einen Blick auf den „*Zahmen Kaiser*". Der „*Wilde Kaiser*" liegt weiter südlich. Also richtig mittendrin in Tirol."

„Aha", erwiderte ich flappsig. „Wie gut, dass ich in Erdkunde nie aufgepasst habe."

Kyle grinste und wollte mir schon eine Gegenbemerkung entgegenholzen, als mein Handy vibrierte.

Überrascht zuckte ich zusammen. Mein Handy hatte die ganze Zeit in der Innentasche meiner Lederjacke gesteckt, und ich hatte es fast schon vergessen. Ungewöhnlich für mich, da ich es bis zu der Zeit, bevor ich Kyle kennenlernte, normalerweise nie länger als zehn Minuten aus der Hand gelegt hatte.

„Oh nein", jammerte ich. „Das sind bestimmt meine Eltern, die gerade wissen wollen, was ich mache und wie's mir geht. Hoffentlich hat Seven nichts verpetzt."

Umständlich zog ich meine Fingerhandschuhe aus und friemelte das gute Stück hervor. Ich entsperrte das Display, öffnete den Telefonreiter und war überrascht: Der Anruf kam von einer unterdrückten Nummer. Irritiert starrte ich auf die Buchstaben PRIVATER ANRUF, als es erneut vibrierte.

„Ja, hallo?", nahm ich schnell ab. Ich war neugierig geworden und ziemlich verdutzt, als es daraufhin knackte und die Verbindung abbrach.

Erstaunt blickte ich Kyle an.

„Hier ist wahrscheinlich gerade ein Funkloch", meinte er knapp, während er sich weiter auf den Verkehr konzentrierte. Trotz des sternenklaren Himmels war es sehr dunkel geworden. Die Scheinwerfer seines Wagens, die karge Autobahnbeleuchtung und die Reflexstreifen an den Fahrbahnbefestigungen gaben nicht allzu viel her. Doch da Kyle wegen den Schneeketten auf der Autobahn sowieso nur fünfzig Kilometer die Stunde fahren durfte, bekam er das einigermaßen gut hin. Wenig später trudelte eine SMS in mein Postfach. Neugierig klickte ich die Nachricht an und stutzte.

„O Gott, was will denn der von mir?"

„Wer?", fragte Kyle.

„Hi Blondie", las ich laut vor. „Hier ist Mike aus Überlangen. Kommst du Silvester auf unsere Party?"

Verständnislos blickte ich auf. Dann prustete ich los: „Du lieber Himmel, ich hab' echt keine Ahnung, wer das ist. Und antworten kann ich auch nicht. Der hat keine Nummer mitgeschickt."

„Na, dann *isses* wohl auch nicht so wichtig", meinte Kyle trocken und presste die Lippen zusammen. „Oder der ruft gleich noch mal an."

„Wie nervig!", rief ich und fingerte schnell im Menü herum, um die Nummer zu blockieren.

„Hattest du eigentlich viele Freunde vor mir?",
fragte Kyle plötzlich.

„Wie bitte? - Wie kommst du denn jetzt darauf?"

Perplex blickte ich ihn an, während es mir heiß
und kalt den Rücken hinunterlief. *War Kyle eifersüchtig?*

„Nun, warum sollte ich nicht draufkommen?", erwiderte Kyle und sah mich kurz prüfend an. „Du bist
eine ziemlich hübsche Frau. Und vielleicht hab' ich mich
ja mittlerweile in dich verliebt."

Ich war so baff, dass ich die schnippische Gegenfrage, die mir schon auf der Zunge lag, sofort wieder
hinunterschluckte. Ein Kerl, der zugab, dass er sich in
mich verliebt hatte, das machte mich irgendwie miss-
trauisch. War das normal?

Kyle sah meinen verdutzten Gesichtsausdruck
und musste lachen. Doch dann wurde er schnell wieder
ernst.

„Sag mal, hast du in deinem Handy eigentlich die
Standortbestimmung eingestellt?"

„Wieso?"

„Nur so. Also, wenn die eingestellt ist, kann man
deinen Standort ermitteln, wenn man deine Nummer
hat, und sich ein bisschen damit auskennt, oder?"

„Keine Ahnung", murmelte ich. „Vielleicht. Ist das
wichtig?"

„Schaltest du sie bitte aus?"

„Ich soll was?"

„Du sollst sie bitte ausschalten", bat Kyle erneut,
und diesmal hatte seine Stimme einen Unterton, den
ich noch nie bei ihm gehört hatte.

Mit großen Augen starrte ich vor mich hin und schluckte.

„Du meinst … die Standortbestimmung?"

„Lara, es tut mir leid. Aber ich hab' keine Lust, dass später noch irgendwelche Typen an unserem Urlaubsort auftauchen. Ich möchte echt ein paar Tage meine Ruhe haben, verstehst du das?"

„Sag mal spinnst du? Wer soll denn da auftauchen?", platzte es aus mir heraus. Doch als ich sah, wie sehr sich Kyle mittlerweile am Steuer verkrampft hatte, lenkte ich ein. Erneut suchte ich im Menü meines Handys herum und stellte die Standortbestimmung aus. Dann steckte ich mein Handy wieder weg und starrte mürrisch auf die Anzeige von Kyles Navigator. Höchste Zeit, dass wir ankamen, wo wir hinwollten. Irgendwie hatte mir dieser kurze Zwischenfall die Laune verdorben.

Kyle merkte das natürlich und gab sich Mühe, mich wieder aufzuheitern.

„Den Navi brauchen wir jetzt eigentlich gar nicht mehr. Ab hier kenne ich mich aus wie in meiner Westentasche", plapperte er betont munter drauflos.

Doch ich merkte, dass nicht nur seine Stimme leicht zitterte, sondern dass sich auch schon wieder Schweiß-perlen auf seiner Stirn gebildet hatten. Die Luft im Auto war auf einmal wieder viel zu stickig, meine Hände froren auch noch in den Handschuhen weiter, die ich trug und ich nahm verstärkt das Knirschen der schweren, mit Schneeketten bestückten Autoreifen von Kyles treuer Autokutsche auf der Fahrbahn wahr. Dann gab ich mir einen Ruck.

„Warum bist du eigentlich so genervt, nur weil ich mal einen Anruf bekomme?", fragte ich geradeheraus, als mir das beständige Schweigen unangenehm wurde. „Es ist doch ganz normal, dass sich zum Jahresende irgendwelche Leute melden, um einem *was Gutes* zu wünschen."

„Wieso? Ich sage doch gar nichts mehr!"

Aha! Damit war das Thema für Kyle schon erledigt? Na gut. Dann spielte ich das Spielchen mal mit. Wenig später musste Kyle erneut das Tempo drosseln, weil sich vor uns eine kleine Autoschlange gebildet hatte.

„Oh! Hier ist aber jetzt die Grenze!", freute ich mich.

„Jupp", antwortete Kyle.

„Fein."

Und um mir die restliche Zeit ein wenig zu versüßen, öffnete ich meinen Rucksack und nahm mir ein Getränk und einen von den restlichen Schokoriegeln heraus.

„Möchtest du auch was essen oder trinken?"

„Nein. Ich schätze, wir kriegen gleich ein *gschmachiges* Abendessen."

„Ein - was?"

Doch Kyle reagierte nicht. Stattdessen bemühte er sich, die kleine *Vignette*, die vorne an der Heckscheibe klebte, wieder ordentlich zurechtzurücken. Als wir bei dem kleinen Grenzhäuschen ankamen, wurden wir zu unserer großen Erleichterung einfach durchgewunken, ohne dass Kyle noch einmal seinen Führerschein oder die Fahrzeugpapiere vorzeigen musste. Noch nicht einmal unsere Personalausweise wollten die Grenzbeamten sehen.

„Na, das ging ja diesmal schnell. So, und jetzt los in den Endspurt. Ich habe Hunger!"

Mit gemütlichen fünfzig Stundenkilometer ging es weiter, bis wir von der Autobahn abfahren konnten. Und dann hatten wir auch schon *Rettenschöss* erreicht. ***Rettenschöss im Kaiserwinkel*** stand in großen Buchstaben auf einem gelben Schild direkt an der Ortseinfahrt. Erleichtert seufzte ich auf. Wahrscheinlich würde ich morgen von der ganzen Sitzerei einen schlimmen Muskelkater haben. Neugierig presste ich mein Gesicht seitlich gegen die Autoscheiben, um auch hier auf der dunklen Landstraße so viel wie möglich von der vorbeiziehenden Landschaft erkennen zu können. Kyle aber hatte nun doch mit seinem Auto zu kämpfen. Es ging leicht bergauf.

„Wohnen hier eigentlich viele Leute? Also, in *Rettenschöss*?", fragte ich. „Ich meine, ist das ein Dorf oder ist das eine Stadt?"

„*Rettenschöss* ist ein Ort, der aus mehreren Weilern besteht."

„Was ist ein Weiler?"

„Ein Weiler, das sind immer drei oder vier *Häusle* oder *Höfle*, die beisammenstehen. Die stehen hier überall um den Berg herum verstreut. Morgen früh kannst du es besser erkennen. Und auch die tolle Berglandschaft, in die ich dich verschleppt habe."

„Aha", erwiderte ich beeindruckt, bis ich was Neues entdeckte. „Guck mal", rief ich verzückt. „Es fängt an zu schneien. Und was für dicke Flocken!"

Doch Kyle fand das komischerweise gar nicht toll.
„Verfluacht no amol eini."

Schimpfend schaltete er die Scheibenwischer ein und drückte stärker aufs Gas. Gepeinigt heulte der Motor auf.

„Nicht, dass wir hier gleich doch noch stecken bleiben. Das wäre wirklich großer Mist."

Nervös öffnete Kyle das Handschuhfach vor meiner Nase, griff sich den weichen Lappen, der darinnen lag und wischte die Scheibe, die innen mittlerweile stark beschlagen war, in seinem Blickfeld blank.

„Fahren wir jetzt eigentlich permanent bergauf?", fragte ich.

„Na, das hoffe ich doch", druckste Kyle herum. „Es sei denn, meine Karre macht vorher schlapp."

„Oje", klagte ich. „Ich habe auch das Gefühl, dein Auto wird immer langsamer."

„Das ist aber nur, weil ich kaum aufs Gas trete", meinte Kyle großspurig. „Damit die Reifen nicht durchdrehen, Süße. Wir haben jede Menge Neuschnee, da muss man aufpassen."

„Aha", erwiderte ich.

Doch im nächsten Moment war es auch schon passiert: Kyles Auto war in einem frischen Schneehaufen steckengeblieben. Munter drehten die Reifen durch und wir kamen keinen einzigen Zentimeter mehr voran.

„Oh nein. Das ist ja eine schöne Bescherung!", rief ich traurig. „Ausgerechnet jetzt, wo ich so müde bin."

„Ach, keine Sorge", meinte Kyle und zückte sein Handy. „Ich rufe einfach Toni an, der wartet eh schon auf uns. Der kommt uns holen."

Währenddessen schneite es lustig weiter. Es dauerte nicht lang, und Kyles Auto war mit einer zentimeterdicken Schneeschicht bedeckt. Die Scheibenwischer, die emsig liefen, hielten uns jedoch den Blick nach vorne frei. Irgendwann, vielleicht zehn Minuten später, konnten wir im Dunkeln zwei riesengroße Scheinwerfer erkennen, die sich langsam, aber sicher, auf uns zu bewegten.

„Na, da ist er ja schon", rief Kyle erfreut und klatschte sich mit der Hand auf den Oberschenkel. „Auf Toni ist Verlass. Komm, wir steigen aus."

Ich jedoch bekam erstmal keinen Ton heraus und blieb sitzen, wo ich saß. Zu merkwürdig fand ich das Fahrzeug, das sich da im hohen Schnee auf uns zubewegte.

„Was ist denn das für ein komisches Auto, was der da hat? Ist das ein Bus?", fragte ich.

„Das ist eine Schneeraupe", erwiderte Kyle und grinste.

Kapitel 6

LARA

„Eine Schneeraupe? Was um Himmelswillen ist das?"

Ich rieb mir die müden Augen und starrte skeptisch durch die Frontscheibe hinaus auf das längliche Ding, dass sich mit stotterndem Motor langsam durch den Neuschnee arbeitete.

„Komm, lass uns aussteigen, Lara. Dann kannst du besser gucken. Wir müssen den Wagen sowieso hier stehen lassen."

Doch ich lehnte mich zurück und verschränkte die Arme. Ich fühlte mich viel zu müde, um aufzustehen. Da stieß Kyle mit Schwung seine Tür auf. Sofort stoben die frische Winterluft und ein paar Schneeflocken hinein.

„Komm schon, Süße, die frische Luft macht dich wieder wach."

„Aber wieso sollen wir jetzt mit so einem komischen Ding weiterfahren", fragte ich, immer noch skeptisch.

„Eine Schneeraupe fährt überall dorthin, wo sonst *nüscht* mehr fährt", erklärte Kyle. „Ich denke aber, Toni will ein wenig Eindruck schinden, weil ich ihm gesagt habe, dass ich einen weiblichen Gast mitbringe. Denn die restlichen paar Meter hätten wir jetzt nun wirklich auch zu Fuß marschieren können."

„Wie bitte?"

Genervt blickte ich auf. Also in dem Fall würde *ich* natürlich mit dieser Schneeraupe vorlieb nehmen, denn *ich* würde jetzt bestimmt nirgends mehr *hinmarschieren*. Schon gar nicht mit Gepäck. Trotzdem blieb ich weiter sitzen, als Kyle ausstieg, und wartete geduldig, bis das raupenartige Gefährt direkt vor uns zum Stillstand gekommen war. Erst dann öffnete ich die Beifahrertür und stieg auch aus. Spätestens jetzt war ich sehr froh, dass ich mich morgens bei der Abfahrt für meine bequemen Stiefel entschieden und meine Lieblings-Stiefeletten mit dem Absatz in die Reisetasche verfrachtet hatte. Der Schnee lag überall fast einen Meter hoch, und auf der Fahrbahn war er zwar ein wenig geräumt und platt gewalzt worden, doch der Neuschnee hatte schon wieder alles mit einer frischen, und leicht rutschigen Schicht bedeckt. Neugierig betrachtete ich die Schneeraupe. Sie war quietschrot und aus der Nähe gesehen doch nicht ganz so groß, wie ich angenommen hatte. Ähnlich wie Planierraupen auf einer Baustelle, bewegte sie sich auf dem Schnee auf dicken Kettenrädern fort.

„Wow!", meinte ich und nickte Kyle anerkennend zu. Im selben Moment verstummte der lautknatternde Motor, die Fahrertür öffnete sich und ein junger Mann sprang heraus. Er trug einen blauen Schneeanzug und eine bunte Pudelmütze. Sein Alter schätzte ich auf vielleicht dreißig Jahre. Strahlend und mit ausgebreiteten Armen knöpfte er sich als erstes Kyle vor, der die Begrüßung genauso herzlich erwiderte.

„Ja gruezi Bruda. Scheen di zu sehn."

Ich musste grinsen. Diese Worte hörten sich für meine Hamburger Ohren recht ungewöhnlich an, doch Dank Kyles kleiner Einführung in die *Tiroler Mundart* kam mir der Dialekt nicht mehr ganz so fremd vor. Bei dem weiteren Wortwechsel, bei dem es übrigens recht lustig und auch laut zuging, musste ich allerdings passen. Ich verstand nur noch Bahnhof. Das Tirolerische, besonders wenn es schnell gesprochen wurde, war wohl doch eine Sache für sich. Trotzdem ließ ich mir meine Irritation nicht anmerken, als Toni nach einer Weile auch mich begrüßte.

„Gruezi, ich bin Lara!", stellte ich mich lächelnd vor und streckte ihm meine rechte Hand zur Begrüßung entgegen, während ich mir mit der linken Hand die Mütze noch tiefer ins Gesicht zog. Die umherwirbelnden Schneeflocken hatten zwar etwas nachgelassen, kitzelten aber unaufhörlich im Gesicht.

„Gruezi", antwortete Toni. Und dann fügte er auf tadellosem Hochdeutsch hinzu: „Schön, dass du mitgekommen bist, Lara."

Erleichtert atmete ich auf. Ich würde mich hier also auch in den nächsten drei Tagen ganz normal unterhalten können. Toni bemerkte meine Erleichterung und grinste spitzbübisch. Dann öffnete er mit Schwung die Schiebetür der Beifahrerseite seiner Schneeraupe und forderte mich auf, einzusteigen.

„Setz dich schon mal *eini*, Lara. Ich verfrachte mit Kyle schnell noch euer Gepäck – und dann geht's *aufi, aufi auf'm Berg*."

Nachdem die beiden Männer wenig später unter viel Gelächter und Geschwätze unsere Reisetaschen und auch meine große Tasche in den hinteren Raum der Schneeraupe geladen hatten, schob Kyle seinen Wagen mit Tonis Unterstützung noch schnell in die geschützte Ecke eines Parkplatzes, der sich neben einer kleinen Kneipe mit einer angebundenen Werkstatt befand, und verschloss ihn sorgfältig. Dann kletterte er neben mich auf den breiten Beifahrersitz, während Toni wieder vor dem Steuer Platz nahm. Per Knopfdruck schloss Toni die Schiebetüren zu beiden Seiten, startete den Motor und schon ging es los. Natürlich musste er die Raupe erst auf der zugeschneiten Dorfstraße wenden, aber irgendwie schaffte er auch das, so dass wir schließlich den seichten Berg hinauftuckerten. Ich hatte mittlerweile alle Skepsis überwunden und freute mich fast wie ein kleines Kind, das zum ersten Mal mit dem Karussell fahren durfte. Es war so toll und aufregend!

Etwa zwanzig Minuten später hielt Toni vor einem großen, liebevoll restaurierten Holzhaus. Wir hatten unser Ziel erreicht! Ich war mehr als froh. Dankbar ließ ich mir von Kyle dabei helfen, aus der mächtigen Schneeraupe zu klettern. Als ich wieder festen Boden unter den Füßen hatte, genoss ich erstmal die wundervolle, frische Abendluft. Hier oben auf dem Berg war sie noch viel berauschender als gerade etwas tiefer im Ort, wo Kyles Wagen schlappgemacht hatte. Danach betrachtete ich das hübsche Haus mit seinen verspielten Giebeln, den kunstvoll geschnitzten Erkern und den kleinen Balkonen. Und ich bewunderte die großen Panorama-Fenster zur linken Seite hin, die nicht nur oben im Obergeschoss, sondern auch unten im Erdgeschoss eingebaut worden waren. Die übergroße, hölzerne Haustür war traditionell gestaltet. Sie war schmuckvoll verziert und in ihrer Mitte prangte ein gusseiserner Türklopfer.

„Herzlich Willkommen ihr zwei, in unserem frisch-restaurierten Schloss! Siehst du, Kyle? Alles wieder ein wenig wie *annodazumal,* aber mit den Raffinessen unserer Zeit", sagte Toni, und ihm war anzusehen, wie stolz er war.

Kyle staunte und nickte anerkennend. „Da hat sich ja in den vergangenen Monaten einiges getan. Herzlichen Glückwunsch. Von außen kann es sich schon mal sehen lassen."

„Es kann sich auch von innen sehen lassen", konterte Toni. „Du wirst staunen. - Bist das erste Mal in Tirol, Lara?", wandte Toni sich dann mir zu.

„Ja", erwiderte ich wahrheitsgemäß. „Aber es ist toll hier. Viel schöner, als ich gedacht hatte."

Ich war gerade dabei gewesen, ein wenig hin- und herzuhüpfen, um meine, vom langen Sitzen steifge- wordenen Beine wieder beweglich zu kriegen und hatte mich über die weißen Wölkchen gefreut, die ich beim Ausatmen in die dunkle Abendluft gezaubert hatte. Nun grinste ich etwas verlegen. Es schneite mittlerweile gar nicht mehr, so dass man auch wieder einen freien Blick in den Himmel hatte. Er war voller funkelnder Sterne. Es war einfach nur wunderschön. Aber auch die Umge- bung war es. Andächtig blickte ich mich nach allen Sei- ten um. Tonis Hotel war so nahe an den *Zahmen Kaiser* gebaut, dass man die Gebirgskette selbst in der

Dunkelheit gut erkennen konnte. Zur entgegengesetzten Seite, also hinter Tonis Anwesen, konnte ich schemenhaft zwei weitere Häuser mit Gehöften ausmachen. Alle Höfe schmiegten sich seitlich an einen hohen, mit Schnee bedeckten Nadelwald, während sie zur rechten Seite von freien Feldern umsäumt wurden. Ein kleines Naturparadies!

„Ist das hier ein eigenes Dorf?", fragte ich, nachdem ich alles betrachtet hatte.

„Nein, das hier ist ein Weiler. Ein Dorf, das hat auch eine Kirche mit allem Drum und Dran, das kommt weiter oben. Da können wir morgen gerne hinspazieren", flüsterte mir Kyle ins Ohr.

Er war, während ich meine neue Umgebung betrachtet hatte, leise von hinten herangekommen. Nun packte er mich mit seinen starken Armen und drehte mich so ungestüm zu sich herum, dass mir in Sekundenschnelle der Puls hochschoss und mir eine nie gekannte Hitze ins Gesicht jagte.

„Hey", beschwerte ich mich und wollte ihn wegstupsen, doch Kyle ließ mich nicht los. Und so ergab ich mich seinen Zärtlichkeiten, bis wir uns zum Abschluss, Wange an Wange, eng aneinanderschmiegten und endlose Minuten Arm in Arm verharrten. Nur Kyle und ich und ich und Kyle.

„Toll hier, was?", fragte er schließlich.

„Ja", hauchte ich, und platzte dann ganz unromantisch heraus: „Aber morgen früh will ich als erstes einen Schneemann bauen."

„Au, mei", stöhnte Kyle. „Das fängt ja gut an. Ich reiche dir wohl nicht, was?"

„Wie bitte?"

Und schon bückte er sich und griff in den frischen Schnee. Wollte er jetzt etwa einen Schneeball formen? Doch bevor es dazu kam, hörten wir auch schon Tonis Stimme. Der stand nämlich längst im offenen Hauseingang und wartete auf uns.

„Hey, ihr zwei *Turteltäuble*! Kommt ihr endlich? Maria hat längst das Essen fertig."

Also verschoben Kyle und ich die Schneeballschlacht auf den nächsten Morgen und stapften lachend und scherzend Richtung Haus.

Kapitel 7

LARA

Nachdem Kyle und ich vor der Haustür an einem Eisenrost die nassen Stiefel ausgezogen hatten und danach über die Schwelle in die gute Stube schritten, drehte ich mich noch ein letztes Mal um, um in den sternenklaren Himmel zu blicken. Und sah zu meinem Entzücken, wie eine riesengroße Sternschnuppe vom Himmel fiel!

„Och, guck mal, Kyle! Eine Sternschnuppe!"

Noch ehe Kyle begriff, wie ihm geschah, hatte ich ihn auch schon wieder herumgedreht. „Schau doch nur, Sternschnuppen. Erst eine und jetzt fallen sogar mehrere vom Himmel. Wir müssen uns was wünschen!"

„Lara, das kenn ich schon. Das ist hier immer so", entgegnete Kyle lachend, doch ich hatte bereits meine Augen geschlossen und bewegte langsam, aber lautlos meine Lippen. Als ich die Augen wieder öffnete, stand Kyle ganz dicht vor mir. Anscheinend hatte er mich „beim Wünschen" aufmerksam beobachtet.

„Und? Was hast du dir gewünscht?", wollte er wissen.

„Das darf man doch nicht verraten", wich ich, gespielt entrüstet, aus und fragte dann spitz: „Was hast du dir denn gewünscht?"

„Ich?" Nachdenklich verdrehte Kyle die Augen. „Natürlich ein neues Auto. Was sonst?"

„Hey, du bist unmöglich. Romantisch kannst du überhaupt nicht sein, oder?"

Lachend puffte ich ihn in die Seite; bis er mich einfach hochhob und erst hinter der Schwelle im Vorraum des Hauses wieder absetzte. Mit einem Schlag umgab uns wohlige Wärme. Und ich bekam sofort wieder große Augen:

Innen war das Haus noch viel schöner eingerichtet, als die hübsch restaurierte Holz-Fassade von außen erahnen ließ. Die Rezeption, die sich direkt gegenüber dem Eingang befand, wurde von einem dunkel gebeizten Tresen umrahmt. Und obwohl alles ein wenig altmodisch gehalten war und auch viele nostalgische Geräte herumstanden, zum Beispiel ein großes Wählscheibentelefon aus den *Siebziger Jahren*, und ein altmodisches Faxgerät, war technisch anscheinend alles auf dem neuesten Stand. Denn auch der große *Mac*-Bildschirm, der leistungsstarke Rooter und der, nach den neuesten ergonomischen Standards gestaltete Bürostuhl waren nicht zu übersehen. Der restliche Vorraum war so eingerichtet, dass er mich an die Puppenstube erinnerte, die ich als Kind besessen hatte. Alle Regale, Tischchen und auch Sitzgelegenheiten waren ganz augenscheinlich liebevoll ausgesuchte Einzelstücke aus Großmamas Zeiten, restauriert und hochpoliert. Hübsch bestickte Kissen auf den Stühlen und farbenkräftige Läufer auf dem glatten

Parkett sorgten für Behaglichkeit. Kleine und auch größere Landschafts-Gemälde in runden oder eckigen Rahmen schmückten die Wände. Doch noch etwas anderes nahm ich zu meiner Erleichterung wahr: Den Wohlgeruch leckerer Speisen!

Schnell zogen wir auch noch Lederjacke, Mantel und Mützen aus und schlüpften dankbar in die Filzpantoffeln, die in einem Regal gleich bei der Haustür standen und die anscheinend nur auf uns gewartet hatten, denn sie passten Kyle und mir wie angegossen.

„Das sind Original *Tiroler Hauspatschen*", flüsterte Kyle mir ins Ohr. Dann nahm er mich bei der Hand und wir folgten Toni durch die hölzerne Tür, die in den Speisesaal führte.

Dort wurden wir bereits erwartet. Eine hübsche, blonde Frau mit langem Pferdeschwanz, in Pulli und Jeans, kam auf uns zu und begrüßte Kyle genauso herzlich, wie es zuvor Toni getan hatte.

„Herzlich willkommen, Du! *Scheen, dass da wieda dahoam bist*. - Wie war die Fahrt? Seid ihr gut durchgekommen?"

„Alles prima, bis dann unten beim *Huberwirt* die Batterie schlappmachte." Und zu mir gewandt sagte er: „Darf ich dir Tonis Frau vorstellen? Das ist Maria. Die beste Köchin im ganzen *Kaiserwinkel*."

Maria winkte lachend ab und kam dann auch zu mir, um mich zu begrüßen. Doch als sie mein Gesicht erkannte, ging sie sofort wieder einen Schritt zurück und rief ganz erstaunt:

„Ja, mei. Ich dachte gerade, du hast Spaß gemacht. Aber das ist ja tatsächlich nicht die Giulia, die du da mitgebracht hast!"

Verdutzt blickte ich sie an und wusste im ersten Moment gar nicht, was ich denken oder gar sagen sollte. Fragend schaute ich dann zu Kyle.

„Giulia?"

Kyle war von einer Sekunde zur anderen blass geworden; versuchte aber sofort, die leicht peinliche Situation ins Witzige zu ziehen.

„Natürlich ist das *nicht* Giulia! Das ist Lara. Das sieht man doch. Und ich hab's auch am Telefon gerade gesagt – und auch so gemeint."

„Ja, vor zwei Stunden, als du nach langer Zeit mal wieder angerufen hast", versuchte Toni seine ins Fettnäpfchen getretene Frau in Schutz zu nehmen. „Aber wir freuen uns natürlich, dass Lara da ist. Und zwar sehr. Sie ist viel netter."

Spitzbübisch zwinkerte er mir zu.

Ich freute mich natürlich über dieses Kompliment und nickte dankend zurück, doch wunderte ich mich gewaltig. Schließlich hatte Kyle mir erzählt, er fahre immer zwischen den Jahren nach Tirol und seine Verwandtschaft würde schon ganz heiß auf ihn warten. Also blieb ich stehen, wo ich stand, verschränkte meine Arme vor dem Oberkörper und fragte:

„Wieso denn vor zwei Stunden? Was meint er damit?"

„Hach, lasst mich doch alles erklären", mühte Kyle sich nun ab. „Also, das ist Lara, meine *neue* Freundin. Wir kommen direkt aus Berlin. Dort waren wir ein paar Tage bei Laras Freunden. In Berlin hatte es übrigens zu Weihnachten auch gerade mal geschneit, aber nicht sonderlich viel …"

„Ach so, und nun setzt ihr euren Winterurlaub hier fort? Das ist eine gute Idee", freute sich Maria. Dann kam sie ganz nah zu mir heran und reichte mir beide Hände.

„Entschuldige bitte, das war gerade unhöflich von mir. Ich war nur so überrascht. Ein anderes *Madel* hatte der Kyle nämlich noch nie mit hergebracht."

„Ist schon gut", lenkte ich ein und versuchte, dabei möglichst unbefangen zu wirken. „Kyle und ich, wir sind erst seit zwei Wochen zusammen."

Doch insgeheim war ich natürlich ein wenig beleidigt. Was faselte Kyle auf einmal so wirr durcheinander? Und meine Frage, wieso er mir zuvor erzählt hatte, er fahre hier vor Silvester immer hin, hatte er überhaupt nicht beantwortet, sondern galant umsprungen. - Also dieser Aufenthalt ging ja gut los. Verstimmt blinzelte ich Kyle an und registrierte dann zu meiner Genugtuung, dass er wenigstens immer noch zerknirscht aussah. Und während er weiter versuchte, die Situation zu glätten, machte sich mein Magen bemerkbar. Und zwar mit einem so lauten Knurren, dass es die anderen nicht überhören konnten. Sofort kam Bewegung in alle.

Toni klatschte in die Hände und rief:

„Nun, jetzt aber ran an den Salat. Da bin ich wohl nicht der einzige, der dringend was in den Magen bekommen sollte. Und falls ihr euch vorher ein wenig frischmachen wollt … Lara, dort drüben findest du Toiletten und auch einen Waschraum. Kyle zeigt dir alles."

Auch Maria entschuldigte sich sofort. „Wie kann ich euch hier nur so lange stehen lassen. Macht euch schnell frisch, ich hole die Speisen."

Und mit diesen Worten eilte sie durch eine angrenzende, mittelhohe Schwingtür in die Küche.

Kyle aber zog mich schnell zu einer Tür, die sich zwei, drei Meter weiter neben dem Eingang zur Küche befand und meinte:

„Komm, der Waschraum ist hier."

Dankbar für die Möglichkeit, verschwand ich kurz darauf gemeinsam mit ihm hinter der Tür, während Toni zu Maria in die Küche lief, um ihr dort zur Hand zu gehen.

Als wir wenig später alle an dem ovalen, hübsch eingedeckten Tisch saßen - die Tischdecke war blaukariert, das Porzellan war blau geblümt und neben den Tellern lag versilbertes Besteck - hatte ich auch etwas Ruhe, mir den Speisesaal genauer anzusehen: Auch hier fanden sich überall antik wirkende, aber bequeme Holzmöbel und stilvolle Gemälde an allen Wänden. Es gab eine leckere Gemüsesuppe mit kleinen, knusprigen Bratlingen, die mir als die sogenannten *Tiroler Kaspressknödel* vorgestellt wurden, von denen mir Kyle schon in Berlin erzählt hatte. Als zweiten Gang gab es Kalbsbraten mit einer leckeren Sauce und Röstkartoffeln, die Toni, Kyle und Maria einfach „Tiroler Gröstl" nannten. Ich kaute glücklich vor mich hin und genoss das Essen. Es schmeckte traumhaft.

„Sind wir eigentlich die einzigen Gäste?", fragte ich, nachdem ich meinen größten Hunger gestillt hatte. „Ich meine, hier ist alles so wunderwunderschön. Absolut perfekt."

„Ja, ihr seid sozusagen unsere Test-Gäste", erwiderte Toni. „Unser Hotel sieht nur auf den ersten Blick so perfekt aus. Oben in der ersten Etage sind noch nicht alle Zimmer fertig. Eröffnen können wir erst im Frühling."

„Also, ich finde auch, hier hat sich einiges getan", warf Kyle ein. „Ihr habt ganz schön was aus der Hütte raus-geholt. War bestimmt nicht billig, oder?"

Toni winkte gelassen ab.

„Das kriegen wir alles wieder rein. Wir sind von April an bis zum Ende nächsten Jahres komplett ausgebucht."

„Ach, ihr seid sogar schon ausgebucht?"

„Ja", bestätigte Maria lachend. „Und darauf sind wir auch sehr stolz."

Während dem restlichen Essen unterhielten wir uns noch über dieses und jenes. So erfuhr ich schnell, dass Toni der einzige Cousin von Kyle war, der in Tirol lebte; der Rest der Familie wohnte nach wie vor in Italien. Und dass Toni seit zwei Jahren mit Maria verheiratet war. Sie stammte ursprünglich aus Köln, war aber nach einem ausgiebigen Urlaub hier vor drei Jahren sozusagen „kleben" geblieben.

„Es hatte mir hier so gut gefallen. Ich wollte nicht mehr weg, Lara", schwärmte sie und blinzelte Toni dabei glücklich an.

Ich fand das beeindruckend. Einfach so wegen einer Urlaubsliebe in einem fremden Ort zu bleiben? Ich, für meinen Teil, konnte mir das überhaupt nicht vorstellen.

Und dann hatten wir zu viert tatsächlich noch einen wunderschönen ersten Abend. Spätestens beim zweiten Glas Rotwein löste sich auch bei mir die Zunge und es wurde lustig und laut. Oder besser gesagt: Laut und lustig. Und zwar so lustig, dass ich meinen Unmut über Kyle schnell wieder vergessen hatte und mir nur noch auffiel, wie süß seine Grübchen und wie funkelnd seine dunkelbraunen Augen waren. Verliebt lehnte ich mich immer mal wieder wie nebenbei an seine Schulter und lächelte ihn an. Zwei Stunden später wollte ich nur noch ins Bett. Meine Augen fingen an zu tränen und ich musste unaufhörlich gähnen.

„*I seh schoa, ihr müsst jetzt aufi*", meinte Toni nach einer Weile amüsiert. „Die Lara muss jetzt *ausrasten*."

Mit großen Augen sah ich ihn an.

„Ich muss was?"

Da fing Kyle an zu lachen und gab seinem Cousin einen kleinen Stupser.

„Wie kannst du ihr nur sowas sagen, das versteht sie doch gar nicht." Und zu mir gewandt fügte er hinzu: „*Ausrasten* heißt bei uns *Ausruhen*. Der Toni meint einfach, du gehörst ins Bett."

„Ach so. Du meine Güte. Ja, bitte unbedingt", erwiderte ich und musste nun auch lachen. Umständlich mühte ich mich von dem bequemen Stuhl hoch.

„Dann kommt, ich bring' euch jetzt *aufi* und zeig' euch euer Zimmer", sagte Toni. „Vorher aber holen wir noch euer Gepäck aus der Raupe."

Kapitel 8

LARA

Als Toni und Kyle das Gepäck aus dem Auto holten, ging ich kurz mit vor die Tür und machte mit dem Handy ein paar Fotos von dem eingeschneiten Anwesen und dem Sternenhimmel. Die wollte ich unbedingt vorm Schlafengehen noch Seven zuschicken. Schließlich hatte ich versprochen, mich nach meiner Ankunft in *Rettenschöss* sofort zu melden. Nach dem *Knipsen* ging ich wieder rein, setzte mich auf die breite Bank, die innen neben der Haustür stand und öffnete den Chat in meinem Handy. Natürlich hatte Seven mir längst mehrere Nachrichten geschickt, mit der dringenden Bitte, ich solle mich doch endlich mal melden. Also antwortete ich mit einigen Fotos und tippte noch dazu: „Ich ruf dich morgen früh an. Gute Nacht."

Wenig später zog Kyle mich auch schon die, mit Schlingenteppich ausgelegten Treppenstufen der breiten Wendelholztreppe hoch, die ins erste Obergeschoss führte. Toni war derweil mit einem Großteil unseres Gepäcks vorausgegangen und lud es, als er oben angekommen war, erstmal mit großem Schwung mitten auf den Flur. Als Kyle und ich neben ihm standen, riss ich meine müden Augen doch noch einmal ganz weit auf: Wie geschmackvoll auch hier oben alles eingerichtet war!

„Also, der Flur ist schon einigermaßen fertig, aber in den vier Gästezimmern, die wir hier oben haben, muss tatsächlich noch viel gemacht werden. Ich zeig' sie euch jetzt einfach mal", meinte Toni.

Und schon öffnete er die erste Tür und lud uns ein, einen Blick hineinzuwerfen.

„Wow!", rief Kyle, als wir den schmuckvollen, aber vor allem auch gemütlich eingerichteten Raum betrachteten.

„Hier ist ja alles grün. Wie originell!"

„Ja, das ist unser Grüner Raum! Jedes unserer Zimmer ist nicht nur in einer eigenen Farbe gehalten, sondern hat auch ein eigenes Badezimmer und einen Whirlpool!"

„Das ist ja toll", sagte ich und ließ meine Blicke schweifen: Über die samtgrünen Vorhänge, über das grün bezogene Boxspringbett mit seinen vielen seidenen Deko-Kissen, über die grüngestreiften Bezüge der Stühle an dem kleinen, runden Holztisch und über den dunkelgrün und beige gemusterten Perserteppich, der auf dem polierten Parkett lag.

„Welche Farbe haben denn die drei anderen Räume?", fragte ich dann neugierig.

„Blau, rot und golden", antwortete Toni. „Kommt doch noch eben kurz mit ins Badezimmer", lockte er uns weiter. „Die Wasserleitungen müssen hier zwar noch angeschlossen werden, aber man kann schon sehen, wie toll das mal wird."

Neugierig folgten wir ihm und begutachteten wenig später das modern eingerichtete Bad. Natürlich war im Grünen Raum auch das Badezimmer in Grün gehalten: Großflächige und modern marmorierte Kacheln sorgten für viel Behaglichkeit. Und was mir persönlich besonders gefiel: Der runde Whirlpool und die goldenen Wasserhähne, die sich am Pool und am Wasserbecken befanden. Begeistert lief ich zum Waschbecken und versuchte, den Hahn aufzudrehen. Doch natürlich lief kein Wasser heraus.

„Och", rief ich. „Das ist ja schade."

Toni lachte.

„Ich sagte ja gerade, die Wasserleitungen müssen noch angeschlossen werden. Aber im Blauen Raum gleich gegenüber läuft das Wasser schon. Wenn ihr wollt, könnt ihr dort für die Zeit eures Aufenthalts wohnen."

„Was denn, echt?", rief Kyle. „In so einem klasse Zimmer?"

„Klar", meinte Toni. „Kommt einfach mit und fühlt euch wie Zuhause."

„Hey! Mensch, danke", erwiderte Kyle und nahm Toni kurz in den Arm. Dann fasste er mich wieder an die Hand und zog mich hinter sich her zurück auf den Flur.

„Also, du hast es gehört. Unser Bett ruft nach uns! Und zwar direkt gegenüber."

Nur zu gerne ging ich mit.

Ich war mittlerweile so fix und fertig, dass ich mich kaum noch auf den Beinen halten konnte. Wenn es nötig gewesen wäre, hätte ich auch auf dem Flur übernachtet. Müde wartete ich, bis Toni und Kyle unser Gepäck in den *Blauen Raum* gewuchtet hatten. Dann schlurfte ich hinterher und hielt die Luft an:

Auch dieses Zimmer sah aus wie aus dem Bilderbuch. Welch Glück wir hatten, dass wir hier übernachten durften. Sozusagen als Test-Gäste, wie Toni uns lachend erneut versicherte. Und deswegen ganz kostenfrei! Dankbar hängte ich meine Lederjacke, die ich von unten mitgenommen hatte, an den hölzernen Garderobenständer, der sich direkt beim Zimmereingang befand und ließ mich dann vorsichtig auf einen der hübsch, gepolsterten Stühle gleiten.

„Keine Angst, die wirken zwar etwas grazil, aber die halten ganz schön was aus", sagte Toni schnell, der mich beobachtet hatte.

Ich nickte dankbar und schaute mich weiter im Raum um. Was für eine hübsche Einrichtungsidee, alles Ton in Ton zu halten: Eine blaue Tagesdecke, blaue Vorhänge, ein blau gemusterter Teppich, blaue Kissen und eine blaugemusterte Tiffany-Deckenlampe fanden sich hier. Und ein Blick durch die weit offenstehende Tür des Badezimmers bestätigte, was ich sowieso schon vermutet hatte: Auch hier war alles Blau in Blau.

„Also ihr zwei Turteltäuble, wir suan uns moagen zum Frühstück. Schlafis guat!", fiel Toni zurück in seine Tiroler Mundart und schwirrte hinaus.

Als die Tür ins Schloss gefallen war, atmeten Kyle und ich tief durch und blickten uns an. Endlich waren wir allein! Grinsend zog Kyle die Tagesdecke vom Bett und sah mich einladend an.

„Na, Süße, immer noch müde?"

„Ach und wie. Ich glaub', ich bin fast zu müde, um mich auszuziehen."

„Kein Problem, da helfe ich gern."

Und so ging es blitzschnell, bis wir an jenem ersten Abend im Bett lagen. Sogar das Duschen verschoben wir ausnahmsweise auf den nächsten Morgen. Ich konnte einfach nicht mehr. Lediglich Schlafwäsche anziehen und das Zähneputzen konnte ich mir nicht verkneifen.

„Wir müssen aber unbedingt gleich morgen früh einen Schneemann bauen", sagte ich zu Kyle, als wir glücklich eingemummelt unter der Decke lagen und auch das Licht endlich ausgeknipst war.

„Unbedingt. Von mir aus können wir gleich damit anfangen. Hättest du gerne einen kleinen oder einen großen?"

„Ach, hör auf", lachte ich. „Ich bin jetzt einfach zu müde."

Stattdessen hörten wir noch eine Weile *Spotify.* Wir kuschelten uns eng zusammen und teilten uns Kyles Kopfhörer, und zwar so lange, bis ich eingeschlafen war.

Mitten in der Nacht wachte ich plötzlich auf. Ich wunderte mich darüber, denn ich war eigentlich immer noch todmüde. Dazu kam, dass ich überhaupt nicht wusste, wo ich war, bis mir wieder einfiel: Na klar, ich war mit Kyle in Tirol. Doch irgendwie kam mir unser Schlaf-zimmer fremd vor. Hatte das vorm Einschlafen nicht anders ausgesehen? Angestrengt stierte ich in die zwielichtige Dunkelheit und versuchte, mich zu sammeln. Und dann war mir klar: Ich lag zwar immer noch im gleichen Bett, aber das Bett stand mitten in einem Wald auf einer Lichtung. Über mir hing ein fahler Mond am Himmel und daneben glitzerten viele Sterne. Der schöne Schnee war auch fort, stattdessen herrschte Sommer. Lieblicher Blütenduft umhüllte mich, kleine Nachtfalter schwirrten umher. Trotz der bizarren Szenerie fühlte ich mich glücklich. Doch als ich irgendwann zur Seite blickte, erschrak ich mächtig: Kyle war gar nicht da!

„Kyle? Kyle!", rief ich, plötzlich panisch, und schmiss mich im nächsten Augenblick auch schon wie eine Irre auf seine Seite des Bettes, durchwühlte seine Decke und das Kissen. Sofort hörte ich einen dumpfen Aufschrei.

„Hey!", rief mein Freund und versuchte, mich mit seinen langen Armen abzuwehren. „Was machst du denn da? Willst du mich umbringen?"

Sofort hielt ich inne.

„Mein Gott, da bist du ja! Sorry! Ich dachte, du wärst weg!"

„Lara!"

„Entschuldige!"

Peinlich berührt blickte ich ihn an. Kyle musterte mich prüfend, strich mir dann zärtlich einige Strähnen aus der Stirn und zog mich in seine Arme.

„Hast du mich vermisst?"

„Ja", gab ich leise zu und schmiegte mich an ihn.

Kyle sagte nichts mehr. Stattdessen deckte er mich so zu, dass wir beide unter einer Decke lagen und begann, mein Gesicht und meinen Hals mit tausend kleinen Küssen zu bedecken. Tiefer und tiefer wanderten seine Lippen. Ich ließ alles mit mir machen. Ich war so froh, dass er bei mir war und ich in seinen Armen, dass auch meine immer noch bleierne Müdigkeit keine Rolle mehr spielte. Wir küssten und küssten uns und konnten gar nicht mehr aufhören.

Eine halbe Stunde später dann lag ich mal wieder verschwitzt, aber zufrieden, in Kyles Armen. Glücklich betrachteten wir einander im Zwielicht und lächelten uns an.

„Es ist toll hier, nicht wahr?", fragte er.

„Ziemlich", antwortete ich.

Und dann übermannte uns erneut die Müdigkeit und wir schliefen durch bis zum nächsten Morgen ...

Kapitel 9

LARA

Als ich am nächsten Morgen aufwachte, wusste ich sofort, wo ich war. Ich war in Tirol! Und zwar mit Kyle! Schon wollte ich mit einem Satz aus dem Bett springen und aus dem Fenster schauen, um zu sehen, wie es draußen bei Tageslicht aussah, doch sank ich schnell wieder in die Federn zurück. *Autschnochmal*, mir schmerzten alle Glieder! Ich fasste es nicht. Jetzt lag ich endlich einmal mit einem Traumprinzen in einem breiten, komfortablen Bett und dann wachte ich mit Muskelkater auf … Na ja. Wahrscheinlich, weil ich den ganzen Vortag im Auto verbracht hatte. Trotzdem war ich superglücklich. Besonders nach dieser letzten Nacht. Es war hundertpro die richtige Entscheidung gewesen, mit Kyle hierherzufahren. Und nun war ich sehr gespannt, was uns die nächsten Tage bringen würden.

Behutsam beugte ich mich zu Kyle hinüber und betrachtete liebevoll sein Gesicht. Er schnarchte leise und sah dabei so zufrieden und entspannt aus, dass ich ihn richtig beneidete. Warum ging es seinem Körper im

Gegensatz zu meinem nur so gut? Schließlich hatte er gestern viel mehr geleistet als ich. Er hatte nicht nur den ganzen Tag im Auto verbracht, nein, er war auch noch die ganze Strecke gefahren. Ich hatte ja keinen Führerschein und hatte mich beim Fahren leider nicht mit ihm abwechseln können.

Ein paar Minuten später versuchte ich erneut, mich aufzusetzen und kämpfte dabei auch gegen einen leichten Kopfschmerz an. Wahrscheinlich sollte ich endlich mal damit aufhören, jeden Abend irgendetwas Alkoholisches in mich hineinzuschütten. Doch das war leichter gedacht als getan. Während der Weihnachtsfeiertage und während unserer nächtlichen Clubbesuche in Berlin war es nahezu unmöglich gewesen, *„Nein"* zu sagen. Und gestern Abend? - Nun ja. Da waren von unseren Gastgebern natürlich noch zwei Flaschen Rotwein zum Essen *entkorkt* worden.

Als es mir wenig später doch gelungen war, aus dem Bett zu krabbeln, streckte ich mich erstmal in alle Richtungen. Dann lief ich neugierig zum Fenster und zog die Vorhänge beiseite. Nachdem Kyle mir gestern Abend noch von der tollen Aussicht bei Tageslicht vorgeschwärmt hatte, wollte ich mich endlich mit eigenen Augen davon überzeugen.

Und ich wurde nicht enttäuscht! Es war sogar noch viel schöner, als Kyle es mir beschrieben hatte. Bei Tageslicht war der Anblick des berühmten *Kaisergebirges* aus dieser unmittelbaren Nähe geradezu überwältigend. Auch musste erneut Neuschnee gefallen sein. Denn von unseren Fuß- und Reifenspuren vom Abend zuvor war auf dem Hof nichts mehr zu entdecken. Ich war mehr als beeindruckt. Ein zauberhaftes Fleckchen Erde war das hier. Der morgendliche Winterhimmel strahlendblau und die Sonne, die trotz der vorherrschenden Kälte von oben hinunterschien, verlieh der wunderschön eingeschneiten Landschaft ein märchenhaftes Glitzern.

Als ich mich satt gesehen hatte, drehte ich mich um und betrachtete auch den Raum, in dem wir übernachtet hatten und der für die nächsten Tage der unsrige war, mit neuen Augen. Jetzt bei Tageslicht wirkte auch hier vieles noch hübscher; vor allem aber kam mir das ganze Zimmer wesentlich größer vor. Ich öffnete eines der Fenster, um frische Luft hineinzulassen und dehnte und streckte mich in alle Richtungen. Anschließend fror ich an den Füßen. Ich schnappte mir meine Socken, die noch neben dem Bett auf dem Boden lagen, zog sie an und ging ins Bad, um mich ein wenig frisch zu machen.

Als ich zurückkam, war auch Kyle wach.

„Hey Süße, kannst du die Wasserspülung nicht leiser laufen lassen? Und was soll die kalte Luft? Du hast mich wach gemacht!"

„Und hey du, kannst *du* nicht endlich aufhören, mich ständig *Süße* zu nennen? Ich kriege davon allmählich Kopfschmerzen", konterte ich und griff mir das erstbeste Kissen, um es Kyle entgegenzupfeffern. Doch der war wendiger als ich. Wie ein Flitzebogen sprang er aus dem Bett, packte mich bei den Handgelenken und zog mich zu sich heran. Und dann lag ich schneller wieder auf dem Bett, als ich gucken konnte. Quietschend wehrte ich mich, doch es war aussichtslos! Ein nie gekanntes Glücksgefühl überschwemmte mich.

Sogar die Kopfschmerzen waren mit einem Mal verflogen. Tief entspannt gab ich mich Kyles großen Händen und seinem starken Körper hin … Und seinen zärtlichen Küssen.

Eine halbe Stunde später lag ich glücklich und zufrieden in Kyles Armen. Leicht benommen betrachtete ich seine smarten Gesichtszüge, seine nicht zu breite, aber muskulöse Brust und stellte erneut fest, dass ich mich noch nie wohler in den Armen eines Mannes gefühlt hatte. Also, einfach nur so eine Affäre war das mit uns definitiv nicht mehr. Und sofort meldeten sich wieder meine Bedenken. Ob das mit uns langfristig überhaupt gutgehen konnte? Kyle war sechs Jahre älter als ich. - Unwillig schüttelte ich mit dem Kopf, um die Gedanken zu verjagen.

„Was ist denn?", fragte Kyle, der gerade versucht hatte, mit seinen schmalen Fingern den Bogen meiner Lippen nachzufahren. „Warum schüttelst du so wild mit dem Kopf?"

„Nur so", schwindelte ich.

Doch Kyle ließ sich nicht so leicht umlenken

„Komm! Sag schon, Sü… - Mhm, ich meine, Lara. Woran hattest du gerade gedacht?"

Mit festem Griff zwang er mich zu sich heran und blickte mir eindringlich in die Augen.

„Hey, was soll das?", beschwerte ich mich. Geschickt machte ich mich frei und rückte ein wenig von ihm ab. „Wieso ist das jetzt so wichtig, woran ich gedacht habe? Aber ganz einfach: Ich habe Hunger", antwortete ich keck und hoppste im nächsten Moment auch schon wieder vom Bett, damit Kyle mich nicht erneut zu sich heranziehen konnte.

„Wie kommt das eigentlich, dass der Boden auf einmal nicht mehr kalt ist?", fragte ich dann, als ich wieder barfuß auf dem Boden herumtappste. „Ich meine, das Fenster ist immer noch offen und draußen sind Minusgrade und hier ist nirgends ein Heizkörper."

„Fußbodenheizung", lachte mein Freund und wies auf den Boden. „Die fährt sich morgens von alleine hoch."

„Ach, wirklich? Wow! Das wird ja immer besser. Es ist wunderschön hier."

„Ja, das finde ich auch. Wenn die Renovierungsarbeiten im Frühling abgeschlossen sind, dann wird das hier für Toni und Maria bestimmt eine richtige Goldgrube."

„Mit Sicherheit", antwortete ich, schlüpfte in meinen Morgenmantel, den ich am Vorabend lässig über einen der Stühle geworfen hatte und ging zum Fenster, um es wieder zu schließen. Dabei warf ich noch einmal einen schnellen Blick nach draußen.

„Kyle, es ist wirklich wunderschön hier! Vor allem diese *Kaiserberge* da drüben!", rief ich begeistert. „Die sehen so fantastisch aus. Und geschneit hat es auch wieder."

Eine halbe Stunde später saßen wir im Speisesaal am Frühstückstisch und lachten und scherzten.

„Na, ihr zwei! Gut geschlafen?", fragte Toni, als er aus der Küche kam und uns sah.

„Auf alle Fälle", erwiderte ich, während ich von meinem Honigbrötchen biss. „Vielen Dank für das Frühstück! Und dann noch der tolle Ausblick hier und die frische Luft und der viele Schnee. Einfach nur toll."

„Wie lange wollt ihr denn jetzt bleiben?", fragte Toni, während er sich einen freien Stuhl schnappte, um sich kurz zu uns zu setzen.

„Nun, Silvester wollen wir auf alle Fälle wieder in Hamburg sein", sagte ich. „Wir feiern dort mit meinen Freunden." Schnell warf ich Kyle einen Blick zu, damit er das bestätigte, doch der hatte gar nicht zugehört. Stattdessen blickte er gedankenverloren aus dem Fenster.

„Kannst du eigentlich Skifahren?", fragte Toni dann. Und als ich verneinte, meinte er:

„Also, die Skipiste drüben in *Walchsee* lohnt sich dann natürlich nicht für euch. Aber ihr könntet heute einen Spaziergang machen, hoch ins Dorf. Ich kann euch gerne Schneeschuhe leihen. In meinem Schuppen habe ich einen ganzen Vorrat davon."

„Schneeschuhe?", fragte ich. „Was ist das denn?"

Kyle, der uns mittlerweile wieder zugehört hatte, grinste.

„Wie der Name schon sagt: Es sind Schuhe", erklärte er mir. „Und zwar Schuhe, mit denen du über den Neuschnee gleiten kannst, ohne zu versinken."

„Aha."

Ich überlegte. Dann flachste ich: „Oder wir holen uns aus Tonis Schuppen einfach einen Schlitten und du ziehst mich hoch ins Dorf."

In diesem Moment war ein leises Klappern zu hören. Es kam von der Tür, die sich hinter mir befand. Kyle, der mir gegenüber saß und schon eine lustige Gegenbemerkung auf den Lippen gehabt hatte, hielt inne und starrte mit offenem Mund an mir vorbei.

Erstaunt folgte ich seinem Blick und drehte mich um. Maria, die zuvor noch für ein wenig Büroarbeit an der Rezeption gesessen hatte, stand im offenen Türrahmen. Sie hatte zwei Polizeibeamte im Schlepptau, die nun an ihr vorbeigingen und zu uns in den Speisesaal kamen.

„*Gruezi miteinand!*", ließen sie verlauten und traten erst dann ganz nah an unseren Tisch, nachdem wir den Gruß erwidert hatten.

„Wir wollen auch gar nicht lange stören. Aber wir suchen eine flüchtige Person."

Und schon hatten sie zwei in Plastikfolie eingeschweißte Fotos gezückt, die sie Toni, Kyle und mir nacheinander unter die Nase hielten. Überrascht betrachtete ich die beiden Abbildungen. Sie zeigten einen noch ziemlich jungen, dunkelhaarigen Mann.

„Kennen's den?", fragten uns die Polizeibeamten einzeln.

„Nein", sagte Kyle. „Absolut unbekannt. Leider."

Und auch Toni und ich, wir konnten nur mit dem Kopf schütteln. Obwohl ich beim Betrachten der Fotos doch ein wenig stutzte. Ich kannte den darauf abgebildeten Mann zwar nicht, aber irgendwie bekannt kam er mir trotzdem vor. Als hätte ich ihn schon einmal irgendwo gesehen.

„Schade. Falls euch doch noch was einfällt, *sagt's einfach auf der Wach'n Bescheid.* Wir sollen alle Häuser hier im Umkreis warnen. Der Flüchtige trägt eine Schusswaffe."

„Eine Schusswaffe?", stammelte ich aufgeregt und hätte mich fast verschluckt.

„Was hat er denn angestellt?", fragte Kyle.

„Er hat am dreiundzwanzigsten eine andere Person lebensgefährlich verletzt. In Hamburg. Ein Komplize sitzt bereits in Untersuchungshaft."

„In Hamburg? Und da sucht ihr hier?", fragte Maria ganz verwundert. Sie stand immer noch in der offenen Tür und hatte die ganze Zeit aufmerksam zugehört.

„Laut Zeugenaussagen hat sich die flüchtige Person Richtung Österreich abgesetzt", erklärt der Polizist trocken und steckte die Fotos wieder in die Innentasche seiner Dienstuniform zurück.

Prüfend blickte Toni erneut zu Kyle, doch der zuckte nur noch einmal mehr mit den Schultern.

Als die Polizisten gegangen waren, sahen wir uns alle mit großen Augen an.

„Hattest du am dreiundzwanzigsten was davon mitbekommen?", fragte ich Kyle.

„Ich? Wieso? - Wir waren doch am dreiundzwanzigsten zusammen."

„Ja, das ist wirklich ein komischer Zufall."

„Puh, keine Ahnung."

Dann erhob Kyle sich so abrupt, dass er mit den Knien gegen die Tischplatte stieß.

Geistesgegenwärtig griff ich nach dem Geschirr, damit es nicht vom Tisch fiel und stellte es wieder ordentlich hin.

„Oh, sorry", entschuldigte sich mein Freund sichtlich verlegen und half mir dann, mit den restlichen Servietten die Kaffeeflecken aufzutupfen, die nun neben vielen Brötchenkrümeln die Tischdecke zierten.

„Ach, lasst man gut sein, ihr zwei. Ich mache das schon", meinte Toni. „Macht ihr euch jetzt mal für euren Ausflug klar. Ich schau in der Zwischenzeit, was ich euch an Ausrüstung leihen kann."

„Also, Lara", meinte Kyle, als er mich mal wieder an die Hand nahm und hinauszog. „Holen wir uns gleich die Schneeschuhe bei Toni ab und stapfen dann zusammen hoch ins Dorf?"

„Wenn du meinst, dass ich mit Schneeschuhen klarkomme, gerne", erwiderte ich lachend. „Ich hab' aber echt noch nie auf so Dingern gestanden."

„Ach, das ist kinderleicht. Gleich im Wald haben wir einen breiten, gemütlichen Trampelpfad. Es wird dir gefallen."

„Wir müssen mit den Dingern durch einen Wald stapfen?", fragte ich.

„Klar", sagte Kyle, während er mir verschwörerisch zublinzelte. „Wenn wir ins Dorf wollen, müssen wir durch den Wald. Aber keine Sorge. Es wird dir gefallen."

„Überredet. Aber nur, wenn wir vorher einen Schneemann bauen."

„Och nö, bitte nicht."

„Ach, komm schon, Kyle, nur einen ganz kleinen. Du hast es gestern Abend versprochen!"

Doch Kyle versuchte, sich mit Händen und Füßen herauszureden.

„Lara, bitte nicht gleich nach dem Frühstück. Außerdem ist der Neuschnee noch viel zu locker. Wir bauen deinen Schneemann heute Nachmittag, okay?"

„Wir bauen heute Morgen einen kleinen Schneemann, und heute Nachmittag einen großen", ließ ich nicht locker. „Ich gehe einfach schon mal vor und fange an. Ich möchte Seven noch ein paar Fotos schicken."

Eine halbe Stunde später saßen Kyle und ich vorm Haus auf der breiten Holzbank und erholten uns von unseren Lachanfällen. Kyle hatte nämlich darauf bestanden, zu dem kleinen Schneemann, den ich gebaut hatte, unbedingt auch noch eine kleine Schneefrau zu formen. Laut und lustig hatten wir uns dabei ans Werk gemacht, wobei es nicht nur nach dem Motto ging: „Wer baut die schönste Schneefigur?", sondern auch: „Wer ist zuerst fertig!"

Nun standen unsere beiden Schnee-Unikate Seite an Seite in Tonis Vorgarten und erinnerten auf den ersten Blick eher an zwei Gartenzwerge. Wir hatten bei unserem Spiel sehr viel Spaß gehabt, vor allem, als ich zum Schluss noch darauf bestand, ein paar Selfies zu schießen.

Als Kyle und ich dann auch damit fertig geworden waren, probierten wir die Skianzüge und die gepolsterten Thermostiefel an, die Toni uns nach draußen gebracht hatte. Der Skianzug und auch die Stiefel, die für mich bestimmt waren, gehörten eigentlich Maria. Und obwohl der Anzug viel zu weit war, passten die Stiefel wie angegossen. Und das war auch wichtig: Schließlich mussten wir darüber ja auch noch die Schneeschuhe ziehen und die sollten gut sitzen. Als ich schließlich meine ersten Schritte auf den Dingern versuchte, fand ich es sehr eigenartig; aber nachdem ich ein paar Mal vor dem Haus hin- und hergeglitten war, fing es an, richtig Spaß zu machen.

Begeistert strahlte ich Kyle an.

„Klappt?", fragte er.

„Klappt!", antwortete ich.

„Na, dann los!"

Und so winkten wir Toni und Maria, die im Türrahmen standen und uns beobachtet hatten, zu und stapften und schlitterten Hand in Hand zu der Stelle vor Tonis Hof, wo der breite Weg begann, der durch den hohen Nadelwald führte.

Unser Ziel war das kleine Dorf, das sich laut Kyles Aussage nur etwa zwei Kilometer entfernt auf einer weiteren Anhöhe befand.

Kapitel 10

LARA

„Wow! - Das ist ja wie im Märchenwunderland!", entfuhr es mir, als wir den Waldweg erreicht hatten und auch schon die ersten Schritte gestapft waren. Andächtig blieb ich stehen, atmete tief die frische Schneeluft ein und sah mich nach allen Seiten um. Rechts und links umgaben uns riesenhohe Nadelbäume und da sie nicht sehr eng beisammenstanden, waren nicht nur ihre Wipfel mit Schnee bedeckt, sondern auch die unteren Zweige. Sie sahen aus wie „mit Puderzucker bestäubt".

Kyle flachste.

„Klar - wie im Märchen. – Du könntest aber auch sagen: Wow, wir trampeln gerade auf einer Riesenmenge gefrorenem „H2O" herum."

„Hey, bist du ein Langweiler. Schäm dich!", schimpfte ich und puffte ihn leicht in die Seite.

„Hilfe, hör auf! Ich ergebe mich!" Und schon riss Kyle die Arme hoch und spielte den Besiegten. „Aber ich geb's zu, du hast recht. Ich habe diesen Anblick in den letzten zwei Jahren auch ganz schön vermisst."

„In den letzten zwei Jahren?", fragte ich. „Hast du in Berlin nicht erzählt, du fährst zwischen den Jahren *immer* hier hin? - Ach, stimmt ja, ich glaube, das wolltest du mir sowieso noch erklären, oder?"

„Was?"

„Na, warum du in Berlin gesagt hast, du müsstest hier unbedingt hin, weil du das zwischen den Jahren immer so machst, während Maria gestern meinte, dass du sie und Toni mit unserer Ankunft überrascht hast."

Betreten hielt Kyle inne. Dann druckste er herum.

„Ach, das gestern war ein Missverständnis. Normalerweise fahre ich ja auch jedes Jahr zwischen den Jahren. Nur in den letzten beiden Jahren hatte ich es nicht geschafft."

„Ach so. Und das mit Giulia ist zwei Jahre her?", fragte ich vollkommen perplex.

„Was meinst du?"

„Na, wieso hatte Maria vermutet, du bringst eine Giulia mit?"

„Ach so. Mit der war ich im Sommer hier."

„Aha?"

„Mei Lara, jetzt hör doch mal auf. So kenne ich dich ja gar nicht", fuhr Kyle plötzlich total aus der Haut.

Überrascht blieb ich stehen und starrte ihn an. Und dachte so bei mir: *Nun, so genervt kenne ich dich eigentlich auch nicht.* Doch bevor ich dann meinerseits auch eine schnippische Bemerkung loslassen konnte, lenkte Kyle ein.

„Komm, lass jetzt einfach gut sein, ja? Ich bin schließlich nicht umsonst mit dir jetzt hier. Wie kommst du denn mit den Schneeschuhen zurecht? Immer noch okay?"

„Ja, ganz wunderbar. Hätte ich nicht gedacht bei meinem Musekelkater."

Liebevoll sah Kyle mich an und schlang plötzlich so fest seine Arme um mich, dass ich kaum noch Luft bekam ... Und dann küssten wir uns. Es war unser erster superlanger Kuss so zwischendurch, seit wir hier in Tirol waren und ich genoss es sehr.

„Das hier ist heute für mich der schönste Anblick", flüsterte er mir ins Ohr. „Du, hier im Schnee mit mir und mit deiner lustigen Zipfelmütze."

„Oh warte", konterte ich. „Du hast auch so eine lustige Zipfelmütze an."

Und schon hatte ich sie ihm vom Kopf gerissen und versuchte, auf meinen Schneeschuhen davon zu eilen. Natürlich kam ich nicht weit. In Sekundenschnelle hatte Kyle mich eingeholt und dann lagen wir auch schon beide im Schnee und balgten herum. Irgendwann lösten wir uns voneinander, blieben auf dem Rücken liegen und schauten glücklich hinauf in den windstillen, azurblauen Himmel, der sich über unserem Weg auftat.

„Oh, schau nur, wie schön", flüsterte ich erneut ganz verzückt.

„Ja, wir haben ein Traumwetter. Dadurch, dass es die ganze Nacht geschneit hat, ist der Himmel leer und die Sonne hat wieder Platz. Also, *aufi*! Jetzt geht es hoch ins Dorf!"

Hand in Hand marschierten wir also weiter und sprachen eine Weile gar nicht. Wir waren einfach ein Mann und eine Frau, die durch einen verzauberten Winterwald stapften. Und wir waren ganz allein.

Lediglich ein Specht oder ein Rabe meldeten sich ab und an mit ihren krächzenden, bizarren Stimmen zu Wort. Diese Abgeschiedenheit ließ mich wieder an den Vorfall vom Morgen denken.

„Das war doch heute beim Frühstück irgendwie gruselig mit der Polente, oder?", fragte ich Kyle.

„Wovon sprichst du?"

„Na, die Polizei, die plötzlich im Speisesaal stand. Die nach dem Typen aus Hamburg sucht."

„Und was war daran gruselig?"

Abrupt war Kyle stehengeblieben und sah schon wieder supergenervt aus.

„Nun, wir kommen auch aus Hamburg und sind jetzt in Tirol. Das ist doch eigenartig, dass wir hier in so einem kleinen Kaff mit sowas konfrontiert werden."

„Na, die suchen eben überall. Gerade in so kleinen Orten wie hier, kurz hinter der deutschen Grenze. Das haben die doch gesagt …"

„Ja, aber der Typ soll eine Schusswaffe haben. – Nicht, dass der jetzt hier irgendwo im Wald rumturnt."

Leicht beunruhigt ließ ich seine Hand los und wandte mich ein wenig von ihm ab, um mich besser horchend in alle Richtungen drehen zu können.

Kyles Gesichtsausdruck wechselte schlagartig.

Er begann zu grinsen, und stürzte dann plötzlich so unvermittelt auf mich zu, dass wir beide strauchelten und wenige Sekunden später schon wieder im Schnee lagen.

„Hey, pass doch auf!", schimpfte ich.

„Nun, wolltest du heute nicht noch einen großen Schneemann bauen?", fragte Kyle.

„Aber doch nicht so", schimpfte ich und versuchte lachend und schneespuckend wieder auf die Füße zu kommen. Was aber ohne Kyles Hilfe kaum möglich war. Doch auch er musste sich sehr anstrengen. Denn nicht nur, dass wir beide Schneeschuhe und einen unförmigen Thermoanzug trugen, der in meinem Fall auch noch zwei Nummern zu groß war. Nein, wir waren auch noch in einer leichten Senke gelandet, wo der Boden unter dem Schnee besonders tief und nachgiebig war, einfach, weil er hauptsächlich aus verrotteten Nadeln und Reisig bestand.

Wir mussten mal wieder so lachen. Doch irgendwann, nach mehreren Versuchen, gelang es uns erneut, auf die Beine zu kommen. Hand in Hand brachten wir unseren kleinen Marsch dann ohne weitere Zwischenfälle zu Ende. Mittlerweile mussten wir uns auch etwas mehr anstrengen, denn der Waldweg führte immer stärker bergauf, so dass wir die Schneeschuhe seitlich aufsetzen mussten, um voranzukommen. Ganz so wie diejenigen Ski-fahrer, die sich zum Ziel gesetzt hatten, den Abfahrtshang ohne Seilbahn zu erklimmen. Es klappte aber ganz gut, und schließlich lichtete sich der Winterwald.

Der Weg wurde breiter, die Tannen rechts und links kleiner und der Baumbestand lichter. Und dann konnten wir von weitem die ersten Parkplätze und dörflichen Gebäude erkennen. Auch hier standen überall liebevoll restaurierte Berghütten.

Das Dorf war winzig klein. Ich glaube, in Hamburg oder Berlin hätten wir es noch nicht einmal *Dorf* genannt. Neben drei, vier Wohnhäusern fanden sich noch eine kleine Kirche mit Kapelle, zwei Tante Emma-Läden, ein Frisör, der, nach seinem Ladenschild zu urteilen, auch als Café diente, ein etwas größeres Restaurant, das „Der Huberwirt" hieß und zwei kleine Souvenirshops. An allem vorbei führte eine breite, von plattgewalztem Schnee bedeckte Straße, die an einen Boulevard erinnerte. Sie war gesäumt von altmodischen, gusseisernen Behältern, in denen dekoriertes Tannengrün steckte und breiten Holzbänken, auf denen man nach Lust und Laune verweilen konnte. Und überall wuselten Touristengruppen oder sehr beschäftigte Einheimische herum. Die Einheimischen schienen Kyle alle gut zu kennen und riefen ihm von allen Seiten Willkommensgrüße zu:

„*Willkommen Bua, och wieda dahoam?*"
Ich wunderte mich vor allem über den Trubel.

„Wo kommen denn all die Leute her?", fragte ich neugierig. „Ich meine, das ist doch hier nur so ein klitze-kleines Kaff?"

„Das sind Reisegruppen, die ihre Unterkünfte in den größeren Nachbarorten haben", erklärte Kyle. „Die sind hier überall mit geschulten Fremdenführern unterwegs. Mittags machen sie hier Halt und kehren beim *Huberwirt* ein."

Dann führte Kyle mich weiter herum. Als ich mir alles in Ruhe angeschaut hatte, jedes einzelne Haus und die kleine Dorfkirche sogar noch von innen, ging ich mit Kyle auch in die beiden *Souvenirshops*. Neben Postkarten, Schüttelgläsern, Ferngläsern und bedruckten Tellern, Stofftieren und Püppchen, gab es dort auch Praktisches wie Regenschirme, Sitzkissen, Sonnen-

90

brillen, Mützen und Getränkeflaschen. Sofort hatte ich meinen Vater vor Augen, wie er mir nach seinen Tirol-Kuren immer eines dieser Andenken mitgebracht hatte. Die kleinen Püppchen in ihren Trachtenkleidern waren mir dabei in besonders guter Erinnerung geblieben.

Kyle gab mir etwas Geld, damit ich mir ein paar Postkarten und ein Schüttelglas kaufen konnte. Danach setzten wir uns draußen auf eine der Holzbänke. Ich hatte schon wieder jede Menge Fotos mit meinem Handy gemacht und versuchte nun, diese an Seven zu schicken. Doch leider war das Funknetz nicht gut, so dass es nicht auf Anhieb klappte. Also schmiegte ich mich einfach an Kyle und genoss die Sonnenstrahlen, die trotz der vorherrschenden winterlichen Temperaturen, wärmend in mein Gesicht schienen. Direkt gegenüber befand sich der Eingang zum *Huberwirt* und nachdem wir mitbekommen hatten, dass eine größere Touristengruppe das Restaurant verließ, meinte ich:

„Du, ich habe Hunger. Wenn die jetzt alle weg sind, finden wir drinnen doch bestimmt ein Plätzchen, oder?"

„Klar. Komm, wir gehen jetzt *eini*", meinte Kyle und sprang auf.

„*Eini*?", fragte ich lachend.

„Jupp, so heißt das hier."

Witzelnd und gut gelaunt betraten wir den *Huberwirt*. Sofort umgaben uns nicht nur eine angenehme Wärme und lautes Stimmengewirr, sondern auch der Geruch von leckeren Speisen. Kyle wurde beim Eintreten sofort wieder von ein paar Einheimischen begrüßt; auch mir wurde freundlich zugenickt und dann bot man uns auch schon an einem besonders langen Tisch zwei gegenüberliegende Fensterplätze an. Zufrieden dankten wir und setzten uns hin. Neugierig ließ ich meine Blicke schweifen. Auch dieses Restaurant war, ähnlich wie das kleine Hotel von Toni, sehr puppenstubenmäßig eingerichtet. Stilvolle, aber praktische Holzmöbel, bunte Sitzkissen, hübsche karierte Vorhänge an den Fenstern sowie Bilder mit Berglandschaften und Geweihen an den Wänden.

Hungrig studierte ich wenig später die Speisekarte. Kyles Lieblingsessen, *Tiroler Kaspressknödel*, schienen wohl allgemein sehr beliebt zu sein. Sie waren in der Karte ganz zuoberst aufgeführt. Man konnte diese knusprigen, kleinen Bratlinge mit Suppe oder Salat bestellen. Kyle aber wollte sie zusammen mit einer großen Portion *Tiroler Gröstl* haben, und gab das dann so bei der Bestellung an. Ich wollte unbedingt etwas probieren, das ich zuvor noch nie gegessen hatte und entschied mich für: *Schlutzkrapfen* mit Salat. *Schlutzkrapfen,* so erklärte Kyle mir, waren Teigtaschen, ähnlich wie Ravioli, nur eben mit einer Art Kartoffelbrei gefüllt. Dazu aß man entweder Butter mit Kräutern oder Sauce nach Wahl.

Nach dem leckeren Essen ruhten wir uns auf den Liegestühlen aus, die auf der hinteren Terrasse des Restaurants für die Gäste bereitstanden. Aufs Neue genoss ich die tolle Bergkulisse. Hier musste es auch im Sommer wunderschön sein. Eine Stunde später machten wir uns daran, den Heimweg anzutreten. Bis auf einmal Kyles Handy anfing, wie wild zu bimmeln. Aber mit einem Handyton, den ich gar nicht kannte.

„Hast du deinen Handyton gewechselt?", fragte ich. Doch Kyle sah mich nur ganz komisch an.

„Was ist denn los?", fragte ich besorgt, als ich keine Antwort erhielt.

„Nix. Ich muss mal kurz telefonieren. Bin gleich wieder da."

Und schon war er um die nächste Ecke verschwunden.

„Klar, mach nur. Ich lauf nicht weg", rief ich ihm noch hinterher.

Als Kyle zehn Minuten später zurückkam kam, sah er sehr nachdenklich aus.

„Was war denn los?", fragte ich erneut.

„Mein Chef will, dass ich morgen arbeite. Jemand ist krank geworden."

„Was? Du hast doch Urlaub!"

„Eben drum. Hab' ihm gesagt, mein Auto ist kaputt. Ich stelle die zweite Sims in meinem Handy jetzt einfach stumm, und gut ist."

Da der Rückweg durch den Wald leicht abschüssig war, schlug Kyle vor, die Schneeschuhe einfach auszuziehen und stattdessen mit einem Schlitten hinunterzufahren. Und den passenden Schlitten konnten wir uns tatsächlich beim *Huberwirt* ausleihen. Ich war Kyle für diese Überraschung wirklich mehr als dankbar, denn mir hatte schon vor dem mühevollen Abstieg gegraust. Der Schlitten wirkte schon etwas älter, aber er war sehr stabil. Kyle und ich, wir hatten darauf superbequem hintereinander Platz.

Gemeinsam zogen wir das Ding bis zum Rande des Dorfes, setzen uns dann kichernd und flachsend darauf und starteten wenig später die Abfahrt.

Kapitel 11

LARA

Die Schlittenfahrt mit Kyle abwärts durch den Wald verlief im Großen und Ganzen lustig. Trotzdem handelte ich mir dabei ein paar blaue Flecken ein, was ich allerdings erst später bemerkte. Der kurvenreiche Waldweg war nämlich nicht immer so abschüssig, dass der Schlitten von allein abwärts glitt. Oft war es, trotz der dicken Schneedecke, recht holprig - was an unter-liegenden Wurzeln oder Steinen lag - und Kyle musste entweder sitzend mit den Füßen nachhelfen oder mir von hinten einen Schubser geben. Als wir irgendwann das Wäldchen hinter uns gelassen hatten und mit dem Schlitten vor Tonis Gasthaus standen, war ich mehr als froh. Oder besser gesagt: Ich war nicht nur mehr als froh, ich war fix und fertig.

So schnell wie möglich sah ich zu, dass ich die dicken Thermostiefel im Hauseingang auszog und die Treppe hoch in unser Zimmer kam. Dort kletterte ich aus dem Skianzug und schmiss mich auf das schöne, breite Boxspringbett. Ich wollte nur noch meine Ruhe haben. Kyle wunderte sich darüber; er selbst fühlte sich noch ganz fit. Also ließ er mich ein wenig allein und ging runter zu Toni, um ihm ein wenig beim Holzhacken zu helfen. Ich musste schmunzeln. Wo nahm der Mann nur seine Energie her? Auf den ersten Blick sah Kyle eher schmächtig aus. Und doch hatte ich schnell gemerkt, dass sein Körper total durchtrainiert war und dass es sehr lange brauchte, bis er mal müde wurde. Bei welcher Tätigkeit auch immer. Schnell zog ich meine Leggins aus, kuschelte mich unter die Decke und war eingeschlummert. Eine Stunde später wachte ich auf.

Mein Handy surrte.

Es war Seven! Stimmt ja, wir hatten ja noch gar nicht telefoniert, seit ich hier angekommen war. Freudig ging ich ran.

„Hey du, hast du meine Fotos bekommen?"

„Klar", tönte mir sofort Sevens vergnügte Stimme entgegen. „Dylan und ich, wir sind richtig neidisch."

„Oh, wie toll deine Stimme zu hören. Endlich können wir nach diesen ganzen *Whats Apps* mal richtig reden."

Schnell platzierte ich mit der freien Hand mein Kopfkissen am Kopfende des Bettes so, dass ich mich bequem dagegen lehnen konnte und wieder ein wenig aufrecht saß. Dann plapperte ich munter drauf los.

„Weißt du, es ist wirklich wahnsinnig schön hier, Seven. Das Haus, die Berge, auch Toni und Maria sind nett, so Ende Zwanzig würde ich mal tippen. Das Zimmer, das wir haben, ist auch ein Traum. Wir dürfen es sozusagen testen. Die ersten richtigen Gäste werden erst im Frühling erwartet", sprudelte ich heraus.

„Ja, ja, ich weiß. Das hast du mir alles schon ge-schrieben", meinte Seven lachend. Doch dann verstummte sie und ich merkte, wie sie nach den passenden Worten suchte.

„Was ist denn?", hakte ich nach.

Doch anstelle einer Antwort erhielt ich eine Gegenfrage:

„Wie geht es *Kyle*?"

„Na, gut geht's dem. Wieso fragst du so komisch?"

„Weil ich gestern, und auch heute schon wieder, ziemlich komische Anrufe erhalten habe. Von einer privaten Nummer. Irgendjemand sucht Kyle und setzt seine Clique unter Druck, wie mir soeben auch noch Krissy bestätigt hat."

„Krissy? Welche Krissy?"

„Na, Krissy eben. Du warst doch mit ihr zusammen, als du Kyle und seine Clique kennengelernt hast. Die wird zurzeit wegen ihm total belagert."

„Und wieso?", fragte ich.

„Wissen wir nicht. Damit rückt keiner raus."

Das hörte sich gar nicht gut an. Hatte Kyle etwa was angestellt, bevor er mit mir aus Hamburg abgehauen war? Ich spürte, wie mir mulmig wurde.

„Aber du hast denen doch hoffentlich nicht gesagt, wo wir sind, oder?", hakte ich nach.

„Natürlich nicht. Das wäre ja das Letzte, wenn euch jemand bei eurem kleinen Liebesurlaub stört."

„Du, irgendwie ist das komisch, was du da erzählst. Ich hatte nämlich gestern auf der Hinfahrt auch einen Anruf von einer Privaten Nummer. Kyle war danach total nervös und wollte unbedingt, dass ich die Standortbestimmung im Handy ausstelle."

„Na fein. Klingt irgendwie nicht gut."

Betreten schwieg ich.

„Aber woher haben *irgendwelche* Leute meine Nummer?"

„Keine Ahnung, vielleicht von Krissy. Weißt du, die Hamburger Nachtszene ist ein Dorf. Zurzeit gehen sowieso komische Gerüchte um. Da war vor irgendeinem Club eine Schießerei vor Weihnachten."

„Eine Schießerei? Aber mit sowas hat Kyle doch nichts zu tun", sagte ich schnell. „Doch jetzt, wo du's sagst: Hier im Hotel waren heute zwei Polizisten und haben uns Fotos gezeigt, von irgendeinem Kerl aus Hamburg. Ich glaube, dabei ging es auch um eine Schießerei. Aber ich kannte den Typen nicht. Und Kyle auch nicht."

„Bei euch in Tirol fahnden die jetzt sogar? Das ist krass."

„Finde ich auch."

„Mmh", meinte Seven und schwieg wieder eine Weile. Dann meinte sie: „Und wie geht's euch generell so? Dir und Kyle? Also, von diesen Sachen mal abgesehen. Streitet ihr immer noch so gern?"

„Du, überhaupt nicht. Wir verstehen uns irgendwie immer besser. Ich fürchte sogar, ich bin ernsthaft dabei, mich richtig zu verlieben."

„Oha."

„Da sagst du was. Obwohl Kyle natürlich weiterhin seine Eigenarten hat."

„Na, welcher Mann hat die nicht", fand Seven. „Ich bin ja auch noch nicht so lange mit Dylan zusammen, eigentlich nicht viel länger als du mit Kyle, und ich kann nur sagen: Männer sind und bleiben ein Kapitel für sich."

Ich wollte ihr gerade zustimmen, als ich ein Geräusch aus dem Badezimmer hörte.

„Du Sevi, warte mal kurz. Ich muss mal im Bad nachgucken, ich glaube, da fließt Wasser..."

Ich ließ das Handy liegen und stand auf, um nach dem Rechten zu sehen.

Zwei Minuten später lag ich wieder auf dem Bett und telefonierte weiter.

„Also, Männer sind wirklich ein Kapitel für sich. Da hockt Kyle doch tatsächlich hinter verschlossener Tür im Bad und chattet herum. Und ich dachte, der wäre unten bei Toni."

„Was, echt jetzt?"

„Wenn ich's doch sage. Du, ich mache jetzt einfach mal Schluss und melde mich abends wieder."

„Ja, okay! Tschau!"

Als Seven dann aus der Leitung verschwunden war, merkte ich, wie dringend ich mal „musste". Wie praktisch. Jetzt würde es noch nicht einmal einen komischen Eindruck machen, wenn ich erneut gegen die Badezimmertür klopfte.

Gedacht, getan.

„Kyle?", trällerte ich wenig später so unbefangen wie möglich, als ich wieder vorm Bad stand. „Lässt du mich bitte rein. Ich „muss" mal. Du kannst doch draussen weiterchatten. Ich bin jetzt wach."

Sekunden später wurde erneut die Verriegelung von innen gelöst und die Tür sprang auf. Grinsend stand Kyle im Türrahmen.

„Bitte schön. Madame, ich war sowieso fertig."

„Wieso gehst du eigentlich zum Chatten ins Bad?"

„Du hast geschlafen. Ich wollte dich nicht stören."

„Aber du hattest abgeschlossen. Und jetzt gerade schon wieder."

„Aus Versehen", meinte Kyle knapp und versuchte, sein Grinsen beizubehalten. Dann baute er sich vor mir auf und meinte: „Spionierst du mir jetzt etwa nach?"

„Ich mache was?" Entgeistert starrte ich ihn an. „Ich „muss" mal, das ist alles."

„Nun bitte, das Bad ist frei."

Leicht verstimmt zog ich einen Flunsch. Jetzt waren wir schon wieder aneinandergeraten. Und das auch noch wegen so einer Lappalie! Genervt benutzte ich die Toilette, während es in meinem Kopf weiterratterte. Also, wenn Kyle sich zum Chatten ins Bad zurückzog und sich dabei auch noch einschloss, war es ihm sehr wichtig, dass ich bestimmte Kontakte nicht mitbekam. Natürlich schossen auch Sevens Worte noch in meinem Kopf herum:

„Du, die suchen Kyle hier überall."

Und schlagartig wurde mir klar: Natürlich wusste Kyle längst, dass man ihn suchte. Wahrscheinlich war das sogar der Grund gewesen, dass er nicht nach Hamburg zurückwollte, sondern mit mir weiter nach

Tirol gefahren war. Anders, als er noch in Berlin behauptet hatte, hatte man ihn hier nämlich nicht erwartet! - Ich bekam einen Kloß im Hals.

Warum log Kyle mich an? Was hatte er zu verbergen? Ob er doch was Kriminelles angestellt hatte? - Ach, Quatsch, wies ich mich schnell selbst zurecht. Was immer der Grund war, es musste etwas anderes sein. Wahrscheinlich wollte er mich bloß nicht mit irgend-welchen Kleinigkeiten belästigen. Schließlich verbrachten wir hier sowas wie einen Liebesurlaub und hatten uns fest vorgenommen, uns auf keinen Fall stören zu lassen. Trotzdem blieb meine Stimmung danach erst einmal unten. Kritisch betrachtete ich mich nach dem Händewaschen im Spiegel, und suchte mir schnell ein paar Dinge aus meinem Kosmetiktäschchen, um mein *Make Up* aufzufrischen. Was immer Kyle vor mir verbarg, ich würde es schon noch herausfinden. Und zwar ohne einen Elefanten, der im Porzellanladen herumtrampelte. Schließlich schlüpfte ich aus dem Bad ins Zimmer zurück.

Kyle hatte es sich auf dem Bett gemütlich gemacht und blätterte in einer Zeitschrift, die er irgendwo im Zimmer gefunden haben musste.

„Na Süße, bist du endlich fertig?", rief er mir entgegen, als er mich sah. „Wie hat dir unser erster Urlaubstag denn bis jetzt gefallen?"

Irritiert blieb ich stehen. Kyle versuchte ganz normal zu wirken und dennoch fiel mir natürlich auf, dass seine Fröhlichkeit nur aufgesetzt war. Und so hatte ich keine Lust, auf seine Frage zu antworten.

„Vielleicht hörst du einfach mal auf, mich ständig *Süße* zu nennen. Ich heiße Lara!", funkte ich ihn an. Zu meiner eigenen Überraschung sogar ruppiger, als ich wollte. Doch schließlich verbarg Kyle etwas vor mir und ich war sauer. Und dieser Umstand ließ sich nicht so einfach zur Seite schieben.

„Lara! Ja, natürlich heißt du Lara."

Sichtlich betroffen schwenkte Kyle um und blickte mich verunsichert aus seinen braunen Augen an. „Was hast du denn plötzlich?"

„Du fragst ernsthaft, was ich plötzlich habe?" Fast hätte ich laut aufgelacht. „Also ich habe mich nicht für eine ziemlich lange Zeit ins zugesperrte Klo gehockt und mit Gott und der Welt herumgechattet."

Verlegen senkte Kyle den Blick. Dann sagte er leise:

„Nun ja. Ich musste ein paar Sachen klären. Da brauchte ich Ruhe zu."

„Mit wem musstest du denn Sachen klären? Etwa mit den ganzen Typen, die dich gerade in Hamburg suchen?"

Verdattert starrte Kyle mich an.

„Wie kommst du denn auf sowas? Wer sucht mich denn?"

„Warum bist du wirklich mit mir nach Tirol gefahren, Kyle?", fragte ich spitz, während ich mich bemühte, ruhig zu bleiben. „Auf jeden Fall nicht, weil du es immer zwischen den Jahren machst, so wie du in Berlin behauptet hast. - Warum hast du gelogen?"

Irritiert fuhr sich Kyle mit beiden Händen durch die ungekämmte Mähne.

„Puh!", atmete er dann laut aus. „Lara, ich habe nicht gelogen! Ich hatte mich vielleicht ein bisschen ungeschickt ausgedrückt. Ich wollte nicht nach Hamburg zurück, weil ich noch eine Weile mit dir zusammenbleiben wollte. Und da kam mir das mit meinem Cousin gerade recht. Und jetzt gerade hatte ich noch mal mit meinem Chef gechattet, weil der keine Ruhe gegeben hatte und ich dich nicht beim Schlafen stören wollte."

„Hattest du oben im Dorf nicht gesagt, du stellst deine zweite Nummer ab?"

„Ja, aber trotzdem musste ich doch noch mal gucken, was der so geschrieben hat. Er ist immerhin mein Chef."

„Ach so." Augenblicklich fühlte ich mich etwas besänftigt. Doch dann legte ich noch einmal alles auf eine Karte. „Seven hat aber gerade angerufen und erzählt, dass deine Clique dich sucht ..."

„Ach, meine Clique. Also weißt du ... Natürlich suchen die mich. Aber müssen die Jungs denn immer wissen, wo ich bin? Ich bin doch nicht mit denen verheiratet."

„Trotzdem komisch das Ganze."

Nun beugte Kyle sich vor und winkte mich zu sich heran. „Lara, komm doch bitte mal her. Hattest du echt gedacht, ich spiele dir was vor?"

Zögernd setzte ich mich zu ihm auf die Bettkante. Und da zog Kyle mich auch schon näher und wollte mich küssen, doch ich wich seinen Umarmungsversuchen aus. Stattdessen stand ich wieder auf und setzte mich auf einem der Stühle, die an dem runden Tisch vor dem Fenster standen.

„Ich habe gar nichts gedacht", erwiderte ich und sah aus dem Fenster. Mürrisch registrierte ich, dass mir die Landschaft draußen plötzlich nicht mehr so toll vorkam, wie noch am Morgen. „Ich möchte jetzt einfach ein bisschen meine Ruhe haben."

Natürlich war das gelogen. In Wirklichkeit ärgerte ich mich mal wieder maßlos über mich selbst. Denn mir war bei dieser kleinen Streiterei auch aufgefallen, wie gern ich Kyle mittlerweile hatte. Als das mit ihm und mit mir vor Weihnachten begann, war Kyle für mich nicht mehr als eine nette Zufalls-Bekanntschaft gewesen. Doch wie sehr hatte sich das Blatt seitdem gewandelt. Jetzt war ich verliebt. Nicht auszudenken, wenn es bei ihm nicht so sein sollte …

Kyle gab sich mit meiner Antwort natürlich nicht zufrieden. Mit schmalen Augen taxierte er mich und bohrte weiter:

„Lara, was hast du denn auf einmal? Heute Vormittag war doch noch alles in Ordnung?"

„Es ist auch immer noch alles in Ordnung", versuchte ich ihn zu beruhigen, machte aber keine Anstalten, zu ihm zurückzugehen.

„Also gut, wenn du nicht zu mir kommst, werde ich dich jetzt holen."

Und schon war er bei mir, riss mich vom Stuhl hoch und nahm mich in den Arm.

„Lara", flüsterte er. „Ich ertrage es nicht, wenn du so zu mir bist. Es tut mir leid, wenn ich komisch war.

Außerdem wollten wir heute Nachmittag noch einen großen Schneemann bauen, schon vergessen?"

Sofort puffte ich ihn in die Seite.

„Hey, hör damit auf, das ist nicht witzig." Trotzdem musste ich lachen. „Mir tut es auch leid", lenkte ich ein. „Ich bin einfach irgendwie angespannt. Ich habe mir Sorgen gemacht. Aber wenn es nur dein Chef war, der will, dass du wieder arbeiten kommst. Da soll der lange warten."

„Und wie!"

Und so verbrachten wir den restlichen Nachmittag gemeinsam im Bett, bis es irgendwann Zeit wurde, zum Abendbrot runter in den Speisesaal zu Toni und Maria zu gehen. Auch der zweite Abend in *Rettenschöss* fand so einen schönen Ausklang. Es wurde nach dem Essen wieder viel erzählt und gelacht, bis Kyle und ich schließlich gegen zweiundzwanzig Uhr Arm in Arm die Wendeltreppe hochstiegen und wenig später wieder in unserem wunderschönen und bequemen Bett auf dem Zimmer lagen.

Ich muss danach ziemlich schnell eingeschlafen sein, denn ich konnte mich am nächsten Morgen nicht mehr daran erinnern, wer von uns beiden das Licht ausgemacht hatte.

Kapitel 12

LARA

Als ich am nächsten Morgen die Augen aufschlug, war die stark zerwühlte Bettseite neben mir leer. Das beunruhigte mich – aber wieso bloß? Doch dann saß ich mit einem Ruck aufrecht. Richtig. In der vergangenen Nacht hatte ich wieder so komisch geträumt. Ich lag allein im Bett und Kyle war fort! Aber nun war ich doch wach. Oder träumte ich immer noch? Beherzt zwickte ich mir selbst in die Wange und jammerte schnell auf. Das hatte weh getan. Also war ich wach!

Und bevor ich mich weitersorgen konnte, hörte ich auch schon das wohlbekannte Surren von Kyles Rasierapparat. Es kam aus dem Bad ...

Erleichtert seufzte ich auf und ließ mich zurück in die Federn fallen. Eigenartig, dass meine Nerven so blank lagen. So kannte ich mich überhaupt nicht. Wahrscheinlich hatte ich unterschwellige Verlustängste entwickelt, weil ich dabei war, mich in Kyle zu verlieben. Oder lag es am Alkohol? Tatsächlich hatte ich es immer noch nicht geschafft, wenigstens einen Tag die Finger von Wein oder Sekt zu lassen. Jedes Mal kam etwas anderes dazwischen. Am Abend unserer Anreise hatten Toni und Maria uns Rotwein zum Abendessen serviert. Gestern Nachmittag wollte Kyle zum Anlass unserer Versöhnung unbedingt noch mit Sekt anstoßen. Und zum Abendbrot gab es natürlich wieder Wein, ohne den das herzhafte Abendbrot laut Toni auf keinen Fall geschmeckt hätte.

Gedankenverloren griff ich nach meinem Handy, um die Uhrzeit zu checken. Dabei fiel mein Blick aber nicht nur auf die Uhr, sondern auch auf die Datums-Anzeige. Meine Güte, es war nicht nur bereits nach neun Uhr, wir hatten heute auch schon den 29. Dezember! Als Kyle dann fünf Minuten später frisch geduscht und rasiert vor mir stand, strahlte ich ihn an.

„Guten Morgen! - Weißt du eigentlich, dass wir uns heute vor genau vierzehn Tagen kennengelernt haben?"

„Vor genau vierzehn Tagen? Mein Gott, du zählst die Tage?", flachste mein neuer Herzensmensch, während er sich mit einem der weichen, hellblauen Badetücher, die im Badezimmer für uns auslagen, seine dunkelbraunen Haare frottierte.

Sofort stieg mir die Röte ins Gesicht. Doch anstatt wie sonst eine schnippische Bemerkung zu meiner Verteidigung rauszuhauen, flötete ich ihm mit einem leichten Augenaufschlag entgegen:

„Nun, du weißt doch, so sind wir Frauen …"

„Haha, jetzt hör aber auf."

Mit Schwung warf Kyle das Handtuch über die nächstbeste Stuhllehne und begann schallend zu lachen. Ich beschloss, dass einfach zu ignorieren. Flink sprang ich aus dem Bett und ging hoch erhobenen Hauptes an ihm vorbei, um im Kleiderschrank nach frischen Klamotten für den Tag zu suchen. Doch Kyle versuchte, mich am Handgelenk festzuhalten, um mich an sich zu ziehen. Geschickt wich ich aus. Dann ging alles sehr schnell: Kyle eröffnete eine wilde Jagd auf mich; mitten durchs Zimmer und über Bett und Stuhl, bis wir schließlich wieder dort landeten, wo wir die Nacht verbracht hatten.

Nämlich in unserem superbequemen Boxspringbett!

Eine Dreiviertelstunde später starteten wir den zweiten Versuch, uns anzukleiden. Die Wetter-App in meinem Handy zeigte: Nachdem in der vergangenen Nacht noch einmal viel Neuschnee gefallen war, würde der heutige Tag sonnig und niederschlagsfrei bleiben. Ideal für ein oder zwei lustige Ausflüge, fand Kyle.

„Heute müssen wir etwas Besonderes unternehmen, damit du möglichst viel vom *Kaiserwinkel* siehst, bevor wir übermorgen wieder abreisen."

„Und was schlägst du vor?"

„Nun, als erstes etwas Lustiges mit ein bisschen Bewegung und danach noch etwas Besonderes. Lass dich einfach überraschen."

Als wir wenig später unten am Frühstückstisch saßen, dauerte es nicht lange, bis sich Toni und Maria dazu gesellten. Kyle erzählte den beiden von unseren Ausflugsplänen.

„Na, da kommen wir natürlich mit. Und für die lustige Aktion mit ein bisschen Bewegung hätte ich auch schon einen prima Vorschlag", meinte Toni. „Wir fahren einfach nach *Walchsee* zum Eisstockschießen! Das ist immer lustig! - Und Lara kennt das bestimmt noch nicht, oder?"

„Eisstockschießen?" Irritiert sah ich ihn an. „Ist sowas gefährlich?"

Sofort prusteten Kyle, Toni und Maria los.

„Gefährlich? Für uns ist es nicht gefährlicher als eine Partie Minigolf. Doch natürlich kommt es drauf an, wie du spielst", erwiderte Toni.

„Nun gut", stimmte ich zu. „Dann bin ich gern dabei."

„Gebongt. *Walchsee* ist eine super Idee", freute sich auch Kyle. „Da sieht Lara gleich auf dem Weg dorthin noch richtig viel von unserer schönen *Kufsteiner* Landschaft. Und danach gehen wir irgendwo was essen."

Dieser Vorschlag überzeugte uns alle. Fröhlich machten wir uns nach dem Frühstück fertig und schlüpften in unsere Schneeanzüge. Diesmal fuhren wir nicht mit Tonis Schneeraupe, sondern kletterten zu viert in seinen dunkelgrünen Jeep, der mich mit seinen zahlreichen Sonderausstattungen und den klobigen Schneeketten jedoch eher an ein Kriegsgefährt aus STAR WARS erinnerte, als an ein Auto. Maria nahm vorne neben Toni Platz, Kyle und ich, wir saßen hinten. In gemütlichen fünfzig Stundenkilometern verließen wir Tonis Grundstück und tuckerten aus dem Örtchen *Rettenschöss* hinaus.

Walchsee war der unmittelbare Nachbarort von *Rettenschöss*. Dort gab es nicht nur einen Eislaufplatz, sondern direkt daneben auch eine gepflegte

Eisstockbahn, erklärte mir Kyle, der während der Fahrt seinen Arm um mich gelegt hatte. Kuschelnd erwiderte ich kurz seinen Druck, wandte mich dann aber schnell wieder dem Ausblick durch die Autofenster zu und presste meine Nase gegen die kalte Scheibe. Fasziniert bestaunte ich die schneebedeckte Landschaft. Nicht nur *Rettenschöss* war schön, der gesamte *Kaiserwinkel* war ein Traum:

Zur einen Seite begleitete uns ohne Unterlass der mittlerweile schon so vertraut gewordene *Zahme Kaiser* und zur anderen Seite weißgepuderte Tannenwälder, zugeschneite, hügelige Almen und eisverfrorene Seen. Ich verliebte mich immer mehr in diesen Ort. Hier musste ich unbedingt meinen nächsten Sommerurlaub verbringen. Doch dann rechnete ich nach. Der Sommer begann in sechs Monaten. Ob ich dann überhaupt noch mit Kyle zusammen war? Nachdenklich musterte ich meinen neuen Herzensmann von der Seite, und spürte sofort, wie sehr ich mir das wünschte. Kyle und ich, wir hatten zwar ab und zu unsere Meinungsverschiedenheiten, aber komischerweise lernten wir uns dadurch auch immer besser kennen.

Als wir bei der *Walchseer* Eisstockbahn ankamen, herrschte zu unserer Erleichterung nicht allzu viel Betrieb. Toni und Kyle begrüßten den Eiswart wie einen alten Kumpel und ließen sich von ihm vier Eisstöcke und eine flache Scheibe geben. Damit stellten wir uns aufs leere Spielfeld.

„So, Lara", begann Toni. „Eisstockschießen ist ein Kinderspiel. Du brauchst dafür nur ein wenig Geschick..."

„...und du musst dich natürlich an die Regeln halten", fuhr Kyle fort.

„Aha, und wie sind die Regeln?"

„Ganz einfach. Siehst du die kleine flache Scheibe hier? Das ist eine *Daube*. Sie wird von einem Spieler, der gleich von uns allen ausgezählt wird, auf das Spielfeld geworfen. Dann bilden wir zwei Mannschaften. Ich schlage vor, in der ersten Runde spielst du mit mir und Maria spielt mit Toni. Wir alle werden dann reihum versuchen, mit unseren Eisstöcken so nahe wie möglich an die *Daube* zu kommen, ohne diese zu berühren. Die Mannschaft, die mit ihren Stöcken am nächsten an die *Daube* herangekommen ist, hat gewonnen."

„Aha. Und dann geht das wieder von vorne los?"

„Dann geht das wieder von vorne los."

Gesagt, getan. Ich merkte schnell, dass man zum Werfen nicht nur ganz schön weit ausholen musste, sondern, dass man auch Kraft brauchte, denn der Eisstock war unten mit Eisen verstärkt, damit er gut landen konnte. Und er war mindestens so schwer wie eine Kegelkugel. Nachdem ich blutiger Anfänger ein paarmal das Werfen geübt hatte, machten wir uns ans ernste Spielen. Schnell wurde es superlustig. Wir johlten und lachten und hatten jede Menge Spaß. Irgendwann, als wir mit unseren beiden Mini-Mannschaften in der Punktezahl etwa gleichstanden, wurde auch mir endlich die glorreiche Aufgabe zuteil, die *Daube* auszuwerfen. Doch ich war mittlerweile so übermütig geworden, dass ich etwas zu weit nach hinten ausholte und mein Gleichgewicht verlor. Und schon strauchelte ich leicht zu Seite, die *Daube* entglitt meinen behandschuhten Händen und landete zu meinem Entsetzen mit einem dumpfen Platsch auf Kyles bestiefelter Fußspitze.

Kyle sprang schnell im Kreis.

„Aua, bist du wahnsinnig geworden? Pass doch auf!"

Toni und Maria standen stumm daneben, bis sie unvermittelt lachen mussten; aber eher aus Verzweiflung und Hilflosigkeit, als aus Belustigung. Sie entschuldigten sich auch sofort dafür. Ich dagegen brachte kein Wort heraus. Als Kyle sich wieder einigermaßen eingekriegt hatte, nahm ich bestürzt seine Hand.

„Es tut mir so leid!"

„Lara, das weiß ich doch", stöhnte Kyle, während er sich bückte und mit leidendem Gesicht seinen Fußrücken und seine Zehen betastete, so gut er das durch den dicken Stiefel konnte. Danach bog und streckte er den Fuß vorsichtig nach allen Seiten. „Alles okay. Nix gebrochen", sagte er.

Erleichtert atmete ich auf. Ich wollte das Spiel danach natürlich abbrechen, aber Kyle bestand darauf, dass wir weiterspielten. Und so schnappte er sich selbst die *Daube* und warf sie mit Karacho in die Mitte. Mit mäßigem Enthusiasmus beendeten wir kurz darauf unser letztes Spiel und stellten uns danach noch eine Weile an den Rand des Spielfelds, um den gesamten Spielablauf zu besprechen und die Punkte auszuwerten. Wir kamen schnell zu dem Schluss, dass beide Mannschaften gewonnen hatten. Mir hatte das Eisstockschießen tierisch Spaß gemacht, und da Kyle nach meinem kleinen Wurf-Unfall Gott sei Dank keine erwähnenswerten Verletzungen davongetragen hatte, vergaß ich den kleinen Zwischenfall schnell wieder.

Zum Mittagessen kehrten wir in der kleinen Hütte ein, die direkt neben der Eislaufbahn stand. Auch hier wurden Toni, Maria und Kyle sofort per Handschlag vom Wirt begrüßt. Mir gefiel diese Herzlichkeit, die uns überall begegnete und ich merkte, dass ich mich selten so wohl gefühlt hatte. In Großstädten wie Berlin und Hamburg war es in der Öffentlichkeit viel unpersönlicher, egal, wie gut man sich kannte. Wir aßen Pommes und Steak mit Salat und ließen es uns schmecken.

Eine Stunde später verließen wir die Hütte wieder, steuerten Tonis Jeep an, und kletterten einer nach dem anderen hinein. Als wir alle saßen, und auch schon wieder angeschnallt waren, drehte sich Toni mit einem verschmitzten Grinsen zu uns um und fragte:

„Und nun, Kyle. Hattest du nicht eine Überraschung für Lara geplant?"

„Eine Überraschung?", fragte ich erstaunt. „Lasst uns doch einfach noch ein wenig herumfahren. Wenn ich erst wieder zu Hause bin, werde ich die tollen Berge und das alles hier so schnell nicht wiedersehen."

„Aber natürlich fahren wir jetzt noch eine Weile herum, Prinzessin", erwiderte Kyle, während er ein breites, dunkelrotes Tuch aus der Innentasche seiner Lederjacke zog. Und während er Toni geheimnisvoll zuzwinkerte, fuhr er fort: „Unser kleiner Ausflugstag ist nämlich noch nicht beendet. Und weil ich für dich etwas gaaaaanz Besonderes geplant habe, werde ich dir jetzt die Augen verbinden."

„Wie bitte? Du tust bitte was? Das ist jetzt nicht dein Ernst?" Irritiert saß ich mit einem Ruck gerade und wollte Kyle abwehren, doch Toni und Maria mussten kichern.

„Lara! Keine Sorge!", beruhigten sie mich. „Die Super-Überraschung, die Kyle für dich vorbereitetet hat, wird dich für alles entschädigen."

Also gab ich klein bei und ließ mir die Augen verbinden.

„Das dauert jetzt aber nicht eine Stunde oder so?", vergewisserte ich mich mit einem mulmigen, aber auch prickelnden Gefühl im Bauch, als Kyle endlich fertig war und Toni den Motor anließ.

„I wo, allerhöchstens zehn Minuten."

„Also gut."

Ergeben lehnte ich mich zurück.

Im nächsten Moment ließ Toni auch schon den Motor an und fuhr los. Es war ein ziemlich komisches Gefühl für mich, nun als *Blinde* zwischen *Sehenden* zu sitzen und natürlich zermarterte ich mir die ganze Zeit das Gehirn, was Kyle nur vorhatte. So viele Sehenswürdigkeiten, außer eben die tolle Landschaft, gab es hier doch gar nicht. Kyle spürte meine Unsicherheit und legte fürsorglich den Arm um mich.

„Keine Bange, Maus, es dauert nicht lange."

„Gut zu wissen", antwortete ich flapsig und begann, zu meinem eigenen Erstaunen, mein neues Handicap zu genießen. Es fühlte sich plötzlich ganz anders an, so nah bei Kyle zu sein. Ich nahm seinen Geruch und seine Stimme viel intensiver wahr als sonst und der Druck seines Armes, der fest um meine

Schultern lag, jagte mir einen wohligen Schauer nach dem anderen den Rücken hinunter.

Als Tonis Jeep dann mit einem Ruck wieder stillstand, war ich im ersten Moment enttäuscht, denn ich hatte begonnen, diese neuvertraute Zweisamkeit zu genießen. Doch dann siegte die Neugier. Ich entwand mich Kyles Griff und wollte mir die Binde von den Augen reißen, als Kyle meine Hand festhielt.

„Nicht so schnell, Süße. Die Binde lässt du bitte noch an. Ich helfe dir jetzt erst einmal beim Aussteigen."

„Wie bitte?"

Und ob ich wollte oder nicht, ich musste lachen. „Du willst mir jetzt wie einer Blinden aus dem Auto helfen? Na, das kann ja heiter werden."

„Ja, ich schätze auch. Das wird nicht unspaßig."

„Oh warte! Das schreit heute Abend nach einer Retourkutsche", schimpfte ich, nachdem ich umständlich an seiner Hand aus dem hohen Jeep geklettert war und wieder mit beiden Beinen auf dem Boden stand.

„Gebongt! Ich freu mich drauf. — Aber jetzt nehmen wir erstmal mit dieser Kutsche hier vorlieb."

Und in der nächsten Sekunde hatte Kyle mir auch schon die Binde von den Augen gezogen, mich bei den Schultern gefasst und sanft herumgedreht.

„Tadaaa!", flötete er. „Wie gefällt dir meine Überraschung?"

Ich sagte gar nichts, denn ich war sprachlos. Ich rieb mir die Augen, um mich besser an das helle Nachmittagslicht zu gewöhnen und starrte dann in die Richtung, in die Kyle gewiesen hatte. Etwa vier Meter vor uns befand sich eine altmodische, aber mit Decken und Polstern ausgestattete Schlitten-Kutsche, vor der zwei große, weiße Pferde in schmuckvollem Geschirr standen.

„Ist das ein Pferdeschlitten? Wir fahren jetzt mit einem Pferdeschlitten?", platzte es aus mir heraus.

„Eye, eye, Prinzessin. Ein Pferdeschlitten!"

„Wow, wie geil ist das denn?", freute ich mich. „Ich bin noch nie Pferdeschlitten gefahren."

„Nun, dann wird's Zeit."

Und galant wie ein Gentleman bot Kyle mir seinen Arm an und führte mich zu dem pompösen Schnee-Gefährt. Dabei fiel mir auf, dass Kyle leicht hinkte. Also war der *Dauben*-Vorfall von gerade doch nicht ohne Folgen geblieben. Sofort bekam ich wieder ein schlechtes Gewissen, während Kyle sich jedoch nichts anmerken ließ und weiterhin ein strahlendes Gesicht aufsetzte.

Der Kutscher war ein gemütlich wirkender, aber noch junger Mann, der sofort von seinem Sitz heruntersprang, als er uns sah. Er begrüßte mich und Kyle mit freundlichem Handschlag, wechselte mit Kyle aber auch noch ein paar private Worte. Das Gleiche tat er wenig später mit Toni und Maria. Die beiden hatten in der Zwischenzeit einen guten Parkplatz für den Jeep gefunden und waren wieder zu uns gestoßen. An der herzlichen Begrüßung war auch mal wieder zu erkennen, dass selbst dieser Kutscher hier Toni, Maria und Kyle gut kannte. Na klar, er war ja auch irgendwie ihr Nachbar.

Nachdem wir die Pferde kurz begrüßt und gestreichelt hatten, begannen wir, einer nach dem anderen, in den Schlitten zu klettern. Toni setzte sich neben Maria und ich setzte mich neben Kyle. Die weich gepolsterten Bänke waren im Schlitten so angeordnet, dass sich immer zwei Personen gegenübersaßen. Ich fand's toll, denn so konnte man sich während der Fahrt besser unterhalten.

Und dann ging es auch schon los.

„Hye Ho", rief der Kutscher den Pferden fröhlich zu und hob die Zügel. Diese Zeichen reichten. Die Pferde, die zuvor noch wie aus Stein gemeißelt dagestanden hatten, begann zu schnauben und die Mähnen zu schütteln. Viele kleine Glöckchen bimmelten, als sich die Pferde dann langsam in Bewegung setzten. Wahrscheinlich waren sie im Pferdegeschirr eingenäht. Der Schlitten ruckte erst kurz nach vorn und fing dann langsam an, sich zu drehen. Brav hielten die beiden Schimmel auf die vom plattgewalzten Schnee bedeckte Straße zu, die sich in sanften Kurven durch die schneebedeckte *Walchseer* Landschaft zog. Als der Schlitten endlich ganz gerade auf der Straße stand, fielen die Pferde in einen langsamen Trab. Glücklich strahlte ich Toni und Maria an und schmiegte mich in Kyles Arme. Es war einfach zauberhaft.

„Danke, mein Lieber", flüsterte ich ihm ins Ohr. „Diese Überraschung ist dir wirklich gelungen."

Die Pferde schienen gut zu wissen, wo sie langzulaufen hatten, denn auch der Kutscher lehnte sich alsbald genauso in seinem Sitz zurück, wie wir es taten und genoss die frische Winterluft und die angenehme, leicht wärmende Nachmittagssonne.

Kyle begann, ein wenig von der Gegend zu erzählen, durch die wir gerade fuhren, zeigte mal hier und mal dorthin und schien ganz in seinem Element. Dabei erfuhr ich nicht nur, dass der Ort seinen Namen hatte, weil er direkt an dem gleichnamigen See lag, sondern auch, dass *Walchsee* für Tirol-Reisende auch im Sommer ein absoluter Geheimtipp war: Es gab Strandbäder und einen Aqua-Fun-Park, die *Kletterarena Kaiserwinkel* und natürlich tausend Möglichkeiten, die umliegende Bergwelt, die des *Zahmen Kaisers* eben, zu erkunden.

Interessiert lauschte ich. Ich fand es auch toll, so viel zu erfahren, weil das hier ja die Gegend war, in der Kyle aufgewachsen war. Auch Maria hörte aufmerksam zu und schaute dabei interessiert in alle Richtungen. Toni dagegen hatte seine Mütze ein wenig tiefer gezogen und sah fast so aus, als würde er jeden Moment einschlafen.

„Hey", lachte ich und stupste ihn ein wenig mit den Füßen an. „Bist du müde? Aber klar, wahrscheinlich hast du die Tour mit Maria schon tausendmal gemacht, oder?"

Toni zuckte nur mit den Achseln und fing an zu grinsen, während Maria ihn vorwurfsvoll anblitzte.

„Also Lara", sagte sie dann zu mir. „Du wirst dich jetzt vielleicht wundern, aber ich mache diese Tour heute auch zum allerersten Mal. Obwohl der Toni diese Kutschstrecke seit seiner Kindheit bestimmt in- und auswendig kennt."

„Wirklich?", fragte ich ungläubig. „Ich dachte, du wohnst schon eine Weile hier, oder nicht?"

„Das stimmt schon", bestätigte Maria. „Aber du musst wissen: Der Toni ist ein kleiner Langweiler. Mir hat er sowas Schönes von allein noch nicht angeboten."

„Na, du hast ja auch noch nie gesagt, dass du sowas gut findest. – Und außerdem: Wir haben andere tolle Sachen gemacht. Also bitte ...", verteidigte Toni sich und sah nun doch ein wenig verlegen aus.

„Na ja, das stimmt schon. Aber zumindest an unserem Hochzeitstag hättest du mich auch mal mit sowas Schönem überraschen können. Da muss erst mal wieder eine von Kyles Freundinnen bei uns übernachten, damit auch ich in den Genuss komme."

„Wie bitte? Wie meinst du denn das jetzt?", fragte ich irritiert.

„Ach, nur so", winkte sie ab. „Kyle fährt doch diese Tour ständig. – Hast du sie das letzte Mal nicht im Juli gemacht? Das war mit Giulia, oder?"

„Im Juli?" Sofort spürte ich einen kleinen Eifersuchtsstich im Herzen und sah Kyle erstaunt an. „Im Juli liegt hier doch gar kein Schnee."

Kyle, der mit einem Schlag ziemlich blass um die Nase geworden war, blickte eine Weile verständnislos zwischen Maria und mir hin und her, bis er meinte:

„Ja, sag' einmal, was erzählst du immer für einen Blödsinn, Maria! Klar, habe ich die Tour schon mal gemacht, aber du tust gerade so, als bringe ich hier alle paar *Woch'n* ein anderes *Madl* mit."

„Tut mir leid." Nun schaute Maria richtig erschrocken drein. „So war das doch nicht gemeint.

Aber mit der Giulia hast du diese Tour doch schon gemacht, oder? Mit *a Kutschn*? Im Sommer?"

„Ja, mit *a Kutschn*."

Beleidigt verschränkte Kyle nun die Arme vor der Brust und starrte in die Ferne. Nach einer Weile aber blickte er verlegen grinsend zu mir und flüsterte:

„Du, das ist nicht so, wie du denkst. Im Winter habe ich diese Tour noch nie gemacht."

„Ist schon gut. Du kannst ja nichts dafür", lenkte ich ein und grinste tapfer zurück. - Doch konnte ich es trotz meines guten Willens nicht verhindern, dass ich schlucken musste. Meine Güte, es war gerade so romantisch gewesen. Ich hatte mich echt wie im siebten Himmel gefühlt; bis Maria mit diesem blöden Spruch alles kaputt gemacht hatte.

Tief atmete ich durch, rutschte dann aber doch wieder näher zu Kyle heran, damit er seinen Arm um meine Schultern legen konnte.

„Kyle, es ist gut. Du bist ja auch nicht der erste Freund, den ich habe."

„Wie? Etwa nicht?", fragte er gespielt erbost. Doch dann wurde er wieder ernst und meinte leise: „Lara, trotzdem, das war gerade irgendwie blöd."

„Ja, ich weiß. Wir vergessen das einfach, okay? - Und eigentlich bin ich ja auch diejenige, die sich bei dir entschuldigen sollte."

„Wie meinst du das? Wofür denn?"

„Na, dein Fuß. Der tut doch bestimmt noch weh, oder? - Bestimmt kann dir Toni später eine Schmerztablette geben", flüsterte ich Kyle leise ins Ohr

„Fuß? Tablette? Wovon sprichst du?"

„Na, dein Fuß! Ich hatte dir vor einer Stunde die *Daube* draufgeknallt."

„Ach so, der Fuß. Ach Lara, da ist nichts. Wenn ich gleich im Hotel die Strümpfe ausziehe, wirst du sehen, dass ich noch nicht einmal einen blauen Nagel habe."

„Na hoffentlich."

Und so ließen wir es dabei und genossen die restliche Schlittenfahrt. Und je länger ich Arm in Arm mit Kyle hinten auf der Bank saß, umso schneller fing auch mein Herz wieder an zu bummern, wenn er mich wie zufällig berührte oder mir unverhofft etwas ins Ohr flüsterte.

Als wir zwei Stunden später wieder in Tonis Hütte im schönen *Rettenschöss* angekommen waren, ließen wir den weiteren Nachmittag und den Abend gemütlich ausklingen. Es war herrlich gewesen, mal einen ganzen Tag unterwegs gewesen zu sein, aber es hatte uns alle auch ein bisschen geschafft. Und so verkrümelte ich mich mit Kyle schnell nach oben auf unser Zimmer, während Toni sich mit Maria unten zurückzog. Nachdem wir uns nach dem Umziehen noch eine Kleinigkeit zu essen und zu trinken hochgeholt hatten, ließen wir uns auf unser gemütliches Boxspringbett fallen und klickten uns mit einem Glas Weißwein durch das *Netflix*-Programm.

Kyle wollte mir auch später auf keinen Fall seinen Fuß zeigen; ich hatte aber durch den Türspalt schon mitbekommen, dass er sich nach dem Duschen etwas kühlendes Gel auf Zehen und Fußrücken aufgetragen hatte. Irgendwie fand ich das schon wieder süß. Das Männer da aber auch so stur waren. Bei einer normalen Grippe konnten sie tagelang im Bett liegen, aber wehe, sie hatten sich mal irgendwo gestoßen, dann wurde das auf Deibel komm raus nicht zugegeben. Aber was soll's. Trotz des kleinen Zwischenfalls war der Tag herrlich gewesen. Das Eisstockschießen hatte mir großen Spaß gemacht. Ich schickte Seven die neuen Bilder, die ich mit dem Handy geschossen hatte und schrieb noch einen kurzen Abendgruß dazu. Dann stellte ich das Handy auf lautlos und packte es weg. Dieser Abend sollte jetzt nur noch Kyle und mir gehören.

Leider wurde ich aber von der Serie, die wir schauten, so müde, dass ich irgendwann nur noch am Gähnen war. Also wechselten wir das Programm und entschieden uns für eine lustige Komödie.

„Wie schade eigentlich, dass wir immer noch nicht den tollen Whirlpool ausprobiert haben", meinte ich irgendwann. „In zwei Tagen reisen wir ab und wir waren noch kein einziges Mal drin. Ständig bin ich zu groggy."

„Wir machen das morgen früh, okay?", versprach Kyle, während er mir zärtlich durchs Haar fuhr und mich auf die Stirn küsste. Dann wechselten wir mit Ach und Krach die riesige Tagesdecke gegen Kopfkissen und Steppdecken und bereiteten uns für die Nacht vor. Nach einer kurzen Dusche fiel ich endgültig ins Bett und war dann ziemlich schnell eingeschlafen.

Mitten in der Nacht wachte ich wieder auf! Eigentlich war ich nicht sonderlich überrascht darüber, denn dieses Spielchen kannte ich ja schon. Diese Sache mit dem „Nachts-Hochschrecken" lief, seit ich mit Kyle in Tirol war. Ich hätte mir mittlerweile einen Wecker danach stellen können.

Und trotzdem war es dieses Mal anders. Denn meine langen, blonden Haare klebten im Gesicht und auch der Rest meines Körpers war schweißgebadet ...

Kapitel 13

LARA

Im Schlafzimmer war es ungewöhnlich duster. Durch die zugezogenen Vorhänge fiel nur sehr wenig Mondschein herein und gar kein Licht von dem Neonschild, das über dem Haupteingang von Tonis Haus prangte und das über Nacht draußen gewöhnlich für Außenbeleuchtung sorgte. Trotzdem sah ich sofort, dass Kyles Platz neben mir im Bett leer war.

„Kyle? Kyle, wo bist du denn?", wollte ich rufen, doch nur ein Krächzen entwich meiner Kehle. Mein Mund war trocken und mein Körper fühlte sich an, als sei er aus Blei. Mühsam versuchte ich, gegen die unnatürliche Schwere anzukämpfen, um mich schnellstmöglich in die sitzende Position zu bringen. War etwa der ganze gestrige Ausflugstag mit Eisstockschießen und Pferde-Schlittenfahrt so anstrengend gewesen, dass ich schon wieder Muskelkater hatte? Allmählich wurde ich doch alt! Dann tastete ich so gut es ging die leere Bettfläche neben mir ab - und kurz darauf wachte ich wirklich auf!

Unser Schlafzimmer erschien wieder in den alt-vertrauten, dämmrigen Facetten und ich erkannte die beiden Fenster und den kleinen, runden Tisch davor. Auch die Tür zum Badezimmer, mit dem großen runden Lichtschalter daneben, der im Dunkeln immer leicht fluoreszierte, war nicht mehr zu übersehen. Trotzdem war mir mulmig. Es war nun schon die dritte Nacht, in der ich so komisch träumte. Was war nur mit mir los? Spukte es hier? Man las ja immer wieder, dass sowas in den Bergen in so urigen Berghütten mal vorkam. Doch bevor meine Gedanken weiter ins Unsinnige abdriften konnten, zog etwas anderes meine Aufmerksamkeit auf sich:

Die Tür zu unserem Schlafzimmer hatte sich geöffnet!

Im Schein einer plötzlich aufflackernden Taschen-lampe war eine dick vermummte Gestalt zu erkennen, die vorsichtig eintrat und dann leise die Tür von innen wieder schloss. Ich war so geschockt, dass ich mich kaum traute, zu atmen. War ich doch noch nicht wach? Ging dieser komische Film weiter? Mein Herz klopfte und klopfte, bis ich zu meiner Erleichterung feststellte, dass der Eindringling überhaupt nicht bedrohlich wirkte, sondern mir irgendwie vertraut vorkam. Ein wenig unbeholfen und nach allen Seiten tastend bewegte er sich weiter, bis er die Stühle erreichte, die um den kleinen runden Tisch standen. Dort setzte er sich hin und begann, sich zu entkleiden.

Ach du liebe Güte! – Es war Kyle! Doch wieso war er so dick vermummt mitten in der Nacht draußen herumgelaufen?

Wieder wollte ich etwas sagen, ihn ansprechen, doch es ging nicht. Mein Körper war wie gelähmt. Meine langen Haare, die mir immer noch an der Stirn klebten, begannen zu jucken. Ich riss mich zusammen. Erst als sich die schemenhafte Gestalt vom Stuhl erhob und langsam auf mich zukam - und zwar in einem T-Shirt und einer Sorte Boxershirts, die mir auch im Halbdunkel ziemlich bekannt vorkamen — ließ meine Anspannung nach.

„Kyle", flüsterte ich. „Was machst du denn da? Wo warst du?"

Abrupt hielt Kyle inne und starrte mich an. Doch dann wandte er sich wieder ab und kletterte auf der anderen Seite ins Bett. Er streckte sich aus, deckte sich umständlich und leise murrend zu und schlief ein. Ja, es dauerte tatsächlich nur Sekunden, bis ich sein gleichmäßiges, leises Schnarchen vernahm.

Völlig perplex hockte ich im Bett und betrachtete seine mittlerweile so vertraut gewordenen Züge. Was war denn mit dem los? Es hatte tatsächlich den Anschein gehabt, als hätte er mich gar nicht erkannt; als sei er gar nicht richtig wach gewesen ... Nachdem ich meine Überraschung einigermaßen verdaut hatte, schnappte ich mir mein Handy, das wie immer neben mir in der Bettritze steckte und starrte auf die digitale Anzeige.

Es war 2:32 Uhr! Das war doch jetzt wohl nicht wahr? War Kyle ein Schlafwandler? Egal, diese Antwort musste bis zum nächsten Morgen warten. Trotzdem hangelte ich mich aus dem Bett und ging ins Badezimmer. Mit lauwarmem Wasser wusch ich mir den Schweiß aus Gesicht und Nacken und suchte mir danach ein frisches Long-Shirt aus dem Kleiderschrank. Dabei gähnte ich ohne Unterlass. Also, diese nächtlichen Schlafunterbrechungen machten mich mittlerweile richtig fertig. Als ich wieder im Bett lag, drehte ich die verschwitzte Seite meiner Bettdecke kurzerhand nach außen. Sekunden später hatte ich es Kyle auch schon nachgemacht: Ich war in tiefen Schlaf gefallen.

Als ich wieder erwachte, war es heller Morgen. Um mich herum wehte frischer Wind und warme Sonnenstrahlen kitzelten so lange meine Nase, bis ich niesen musste. Verschlafen rieb ich mir die Augen und sah, dass nicht nur die hübschen, blaukarierten Vorhänge aufgezogen worden waren, sondern dass eines der beiden Fenster sperrangelweit offen stand. Ein schneller Blick zur Seite bestätigte mir: Kyle war bereits aufgestanden. Wahrscheinlich hatte auch er das Fenster geöffnet. Trotzdem war ich verunsichert.

„Kyle?", rief ich. „Bist du im Bad?"

Mit Schwung sprang die Badezimmertür auf und mein „Götterfreund" stand mit freiem Oberkörper und in gestreiften Boxer-Shirts im Türrahmen.

„Guten Morgen, *Süße*!", strahlte er. „Auch schon ausgeschlafen?!"

„Mmh ja, ähem. Nö. Also, eigentlich nicht", antwortete ich verhalten und zog mir die Bettdecke wieder etwas höher über die Schultern, weil ich spürte, wie mir die frische Morgenluft eine Gänsehaut auf die Haut zauberte. „Ich hatte heute Nacht Alpträume. Oder besser gesagt: Ich habe heute Nacht gemerkt, dass ich für eine Weile allein im Zimmer war. Und hatte mich gefürchtet. Also? Wo warst du?"

Unbefangen blickte Kyle mich an.

„Wie meinst du das: Wo war ich?"

Ich stutzte und fühlte mich mit einem Schlag noch komischer als vorher. Hatte ich doch alles nur geträumt? So, wie schon die beiden Nächte zuvor, nur diesmal besonders intensiv? Doch die bodenständige Seite in mir regte sich sofort. Ich war doch nicht meschugge!

„Kyle, du *warst* heute Nacht eine Weile nicht da! Du hattest sogar den Schneeanzug an und ihn wieder ausgezogen, als du zurückkamst. Und du hattest eine Taschenlampe dabei … Also hör auf, mir einreden zu wollen, du wärest gar nicht weggewesen."

Nun bekam Kyle einen merkwürdigen Gesichtsausdruck und seine Augen wurden schmal.

„Was soll denn das heißen, ich hatte eine Taschenlampe dabei? Schnüffelst du mir etwa hinterher?"

„Ich mache was?"

Ich glaubte wirklich, nicht richtig zu hören. Hörbar schnappte ich nach Luft.

Wollte Kyle mir jetzt das Wort im Mund herumdrehen, nur damit er mir keine anständige Erklärung liefern musste? Zornig blickte ich ihn an. Und obwohl ich mir ja vorgenommen hatte, mich nicht mehr mit ihm zu streiten, war es in der nächsten Sekunde auch schon um mich geschehen.

„Von wegen, ich schnüffle dir nach! Du spinnst doch. Du hattest das Zimmer verlassen und warst draussen. Im Schneeanzug! Basta!"

„Aber Lara …", versuchte Kyle, die Spannung zwischen uns mit besonders sanfter Stimme wieder herauszunehmen. „Was hätte ich denn da draußen zu suchen gehabt?"

„Was weiß denn ich? Wahrscheinlich hast du dich mit dieser, dieser, mit dieser Giulia getroffen. Genau!", fauchte ich ihn böse an.

Doch kaum hatte ich diese Worte ausgesprochen, hätte ich mir auch schon am liebsten auf die Zunge gebissen. Was für eine superblöde Bemerkung von mir - und vor allem, sowas von an den Haaren herbeigezogen … Also wirklich!

Das fand natürlich auch Kyle. Sofort kam er an und wollte mich in den Arm nehmen.

„*Süße*, was erzählst du da nur? Ich habe - was? Also, das ist doch lächerlich!"

Doch ich war in Fahrt gekommen. Geschickt sprang ich aus dem Bett und schupste ihn weg.

„Hör bitte endlich auf, mich immer *Süße* zu nennen. Das hab' ich dir schon tausendmal gesagt, sonst flipp' ich total aus! Ich heiße Lara! Okay?", schrie ich ihn an.

Natürlich wurde die Situation dadurch noch absurder. Aber ich war verzweifelt. Ich wusste tausendprozentig, Kyle *hatte* unser Zimmer in der letzten Nacht verlassen. Und diese Art, wie er das schlichtweg leugnete, machte mir Angst.

Kyle war blass geworden. Nun wich er auch noch einen Schritt zurück und stammelte:

„Lara, so kenn' ich dich ja gar nicht."

Tränen stiegen mir in die Augen. Am liebsten hätte ich ihm eine gescheuert. Ich hatte mich so darauf gefreut, heute einen gemütlichen Kuschelmorgen mit ihm zu verbringen, so mit Frühstück im Bett und später noch ganz romantisch im Whirlpool, genauso, wie wir uns das vor dem Einschlafen vorgenommen hatten. Und jetzt das!

Ich war maßlos enttäuscht.

„*Ich* kenne *dich* so auch nicht", giftete ich zurück. „Es war jetzt schon die dritte Nacht, wo du nachts mal kurz verschwunden warst. Gestern hast du dich zum Chatten sogar ins Bad eingeschlossen. Ich will endlich wissen, was los ist!"

Voller Wut griff ich mir den nächstbesten Kerzenständer. Entsetzt sprang Kyle zurück.

„*Joa, Lara, soag amal …* Spinnst jetzt?"

Doch dieser Spruch machte mich nur noch wütender.

„Und wenn du jetzt auch noch anfängst, mit mir in deinem Dialekt zu sprechen, dann ist es ganz aus. Was denkst du eigentlich, wer ich bin?"

„Lara …"

Kyles Stimme war plötzlich so weich und zärtlich. Und wie er so dastand, hilflos und mit hängenden Armen, und mich mit seinen, schon so vertraut gewordenen, braunen Augen anblickte, wurde auch ich weich. Meine Knie knickten ein und ich sah schnell zu, dass ich mich auf den nächstbesten Stuhl setzte. Dann fing ich an zu weinen. Mein Ausbruch war mir auf einmal sehr unangenehm. Genauer gesagt, kannte ich mich selbst nicht wieder.

„Lara...", begann Kyle erneut. „Lara, es gibt überhaupt keinen Grund, sich um diese Giulia Gedanken zu machen. Die hat mit mir Schluss gemacht. Und das ist Wochen her. *Ach, was sag i doa.* Monate. Es ist Monate her. Außerdem hatte sie schwarze Haare."

Erstaunt blickte ich ihn an. Ich wischte mir die Tränen aus den Augen und schluckte die neuen herunter. „Was hat denn das nun wieder zu bedeuten?"

„Nun, du bist ganz anders als sie."

„Ich bin ganz anders als sie? Weil ich keine schwarzen Haare habe? Ist es das, was dir bei Frauen wichtig ist?"

Ich war so baff, dass mir regelrecht der Kinnladen runterklappte. Kyle aber sah immer verzweifelter aus. Er versuchte erneut, sich mir zu nähern, wahrscheinlich, um mich in den Arm zu nehmen. Doch das war nicht das, was ich wollte. Ich wollte endlich wissen, woran ich bei ihm war.

„Bleib wo du bist!", schrie ich und sprang wieder vom Stuhl, um nach meinem Bademantel zu suchen, in dem ich ein Päckchen Papiertaschentücher vermutete. Ich ärgerte mich maßlos über mich selbst. So ein Mist. Bei dem Gedanken an diese Giulia wurde ich immer eifersüchtiger. Ich hatte mich also tatsächlich verliebt. Und durch dieses komische Verhalten von mir merkte Kyle das jetzt. Dabei hatte ich mir vorgenommen, genau das noch eine Weile für mich zu behalten. Irgendwann hatte ich die Taschentücher gefunden, putzte mir die Nase, wischte mein Gesicht trocken und sah ihn mit schmalen Augen an.

„Ich will jetzt endlich wissen, wieso du jede Nacht das Zimmer verlässt."

„Aber ich verlasse doch gar nicht das Zimmer. - Ich weiß gar nicht, wovon du sprichst."

Diese Antwort verschlug mir erneut die Sprache. Und dann war klar: Für mich war das Maß endgültig voll!

„Wenn du mir jetzt nicht sofort die Wahrheit sagst, werde ich abreisen", pfefferte ich ihm entgegen. „Ich packe meine Sachen und haue ab."

„Du macht was?!"

„Ich haue ab. Ich bleibe keine Sekunde länger hier, wenn du mir nicht endlich sagst, was du hinter meinem Rücken treibst."

Endlich konnte ich sehen, wie es hinter seiner Stirn arbeitete. Trotzdem sagte er nichts.

„Also gut", brach es schließlich enttäuscht aus mir heraus. „Dann ist die Sache klar."

Im Stechschritt eilte ich zum Kleiderschrank und suchte mir frische Anziehsachen. Mit diesen ging ich ins Badezimmer, um zu duschen und um mich anzuziehen. Als ich vorm Waschbecken stand und mir gerade etwas Zahnpasta auf die Zahnbürste drücken wollte, fiel mein Blick auch kurz auf den schönen, blaugekachelten Whirlpool, den wir eigentlich heute Morgen ausprobieren wollten - und stutzte. Gleich neben den Wasserhähnen des Pools stand eine kleine Keramik-Vase mit hübschen, rosa Blumen. Hatte Kyle die etwa heute Morgen für mich besorgt?

Überrascht atmete ich aus. Warum machte dieser Kerl sowas? Erst sprang er jede Nacht allein draußen im Schnee herum und dann kam er mit Blumen wieder? Doch dann spürte ich einen Stich mitten ins

Herz. Natürlich, der Fall war sonnenklar. Kyle hatte die Blumen besorgt, weil er ein schlechtes Gewissen hatte.

Wütend tat ich die restlichen Handgriffe. Zähneputzen, duschen, abtrocknen, ankleiden. Alles funktionierte ganz mechanisch. Als ich wenige Minuten später angezogen und gekämmt aus dem Badezimmer trat, stand Kyle immer noch an der gleichen Stelle, an der er gestanden hatte, als ich das Bad betreten hatte.

„Lara", fing er wieder an. „Du kannst doch jetzt nicht einfach so abhauen."

„Und ob ich das kann", giftete ich zurück.

„Wie willst du denn hier wegkommen? Willst du ein Taxi zum nächsten Bahnhof nehmen? Du hast doch gar kein Geld, hast du gesagt?"

„Nun, du könntest mir welches leihen", sah ich ihn herausfordernd an. „Oder ich rufe jetzt Seven an und sage ihr, sie soll mir was über *Paypal* schicken."

Kyle antwortete nicht. Und da mir plötzlich wieder die Tränen in die Augen stiegen, drehte ich mich schnell weg. Was war er nur für ein gemeiner Mistkerl! Wütend stürmte ich zum Kleiderschrank, raffte meine restlichen Anziehsachen zusammen und stopfte sie in meine Reisetasche. Einzig um Maria und Toni tat es mir leid. Die beiden waren so nett gewesen. Nun, ich würde mich nachträglich noch bei den beiden bedanken. Mit der Tasche in der Hand ging ich zum Garderobenständer, zog meine Lederjacke an, meinen Schal und die Mütze und schlüpfte schließlich in meine Halbstiefel. Der Anblick von Mütze und Schal stimmte mich melancholisch. Schließlich hatten Kyle und ich uns das Strickzeug extra im Partnerlook gekauft. Für unserem

Kurztrip nach Tirol. Für einem Kurztrip, der nun so verheerend endete ... Als ich dann aber so weit war und die Türklinke hinunterdrücken wollte, stand Kyle plötzlich vor mir und stellte sich mir in den Weg.

„Lara, du gehst jetzt auf keinen Fall aus diesem Zimmer hier raus."

Und noch bevor ich richtig begriffen hatte, was er da tat, hatte er auch schon den Zimmerschlüssel, der im Türschloss steckte, einmal herumgedreht und sich den Schlüssel in die Hosentasche gesteckt.

Triumphierend sah er mich an.

„Sag mal, spinnst du?", schimpfte ich los. „Du kannst doch nicht einfach die Tür abschließen. Ich bleibe keine Sekunde länger hier!"

„Lara, bitte lass mich dir doch erklären ..."

„Du erklärst mir aber nichts! Das ist es ja. Du versuchst, mir irgendwelche Beeren aufzubinden."

„Wie meinst du das?"

„Nun, ich meine, dass du mir irgendwas verheimlichst. Und du bist wahrscheinlich einfach nur mit mir hierhergefahren, weil diese Giulia keinen Bock mehr hatte, und du sie eifersüchtig machen willst."

„Aber Lara, das ist doch lächerlich! Du verrennst dich da in was."

„Ach ja?"

Ich war mittlerweile schon wieder so geladen, dass ich ihn am liebsten geschubst hätte. Doch irgendwie traute ich mich nicht.

„Gib mir den Schlüssel", fauchte ich stattdessen.

„Nein", erwiderte Kyle flachsend. „Wenn du ihn haben willst, musst du ihn dir holen."

Und schon war er mit einem großen Satz mitten in den Raum hineingesprungen und wedelte mit dem Schlüssel provozierend vor meiner Nase herum. Wütend darüber, dass Kyle jetzt auch noch versuchte, das Ganze ins Lächerliche zu ziehen, schrie ich einmal kurz auf, ließ meine Tasche fallen und stürzte wie eine aufgescheuchte Wildkatze hinter ihm her. Doch Kyle war schneller.

Und so begann eine wilde Jagd quer durch den *Blauen Raum* und so manches blaue Kissen, Buch oder Accessoire landete dabei auf dem Boden oder zerbrach sogar. Kyle versuchte mich auszutricksen, sprang hin und her, und je öfter ihm das gelang, umso wütender wurde ich. Fluchend und polternd versuchte ich ihn zu schnappen. Wir hörten mit dem ohrenbetäubenden Tumult erst auf, als es plötzlich sehr laut von außen an unsere Zimmertüre klopfte. Mein Herz pochte und ich war mittlerweile so außer Atem, dass ich eigentlich ganz froh war, kurz verschnaufen zu können.

„*Alles klar doa drinne ba oach*?", hörten wir die Stimme von Maria.

Mein Gott, Toni und Maria! Was mussten die jetzt bloß denken! - Wenn ich in dem Moment nicht so verärgert gewesen wäre, hätte ich wahrscheinlich laut gelacht. Aber so verkniff ich mir das und suchte stattdessen fieberhaft nach den passenden Worten. Doch Kyle war schneller.

„Ja, alles klar!", antwortete er.

Und dann - bevor ich weiter reagieren konnte - war Kyle auch schon zum offenen Fenster gestürzt, hatte den Zimmerschlüssel aus seiner Hosentasche hervorgefischt und warf ihn in hohem Bogen hinaus in den Schnee …

Kapitel 14

LARA

Ein paar Stunden später klopfte es wieder an der Tür. Erst sehr leise, dann etwas lauter.

„Hey, ihr zwei!", erklang nun die Stimme von Toni. „Nachdem ihr heute schon das Frühstück verpasst habt … - Kommt ihr gleich runter zum Mittagessen?"

Unwillig sah ich Kyle an und schüttelte dann schnell den Kopf.

„Ich will jetzt lieber nicht runter", flüsterte ich und kuschelte mich enger in seine Arme. Zum einen wollte ich dieses neue, besonders vertrauliche *Beieinander* mit Kyle für so etwas Schnödes wie eine Mahlzeit nicht unterbrechen - zum anderen war es mir natürlich auch unangenehm, mich nun mit Toni und Maria an einen Tisch zu setzen; nach alledem, was vormittags hier in diesem Zimmer passiert war. Denn mit Sicherheit hatten die beiden nicht nur die polternden Schritte und umfallenden Stühle gehört, sondern auch so einiges von dem aufgeschnappt, was Kyle und ich uns gegenseitig an den Kopf geworfen hatten. Allein bei dem Gedanken daran schoss mir die

Schamröte ins Gesicht. Es war megapeinlich, aber echt. Toni und Maria mussten doch jetzt denken, dass ich eine total eifersüchtige Zicke war.

Kyle blickte mich zärtlich an und hauchte mir einen Kuss auf die Stirn. Dann rief er zur Tür:

„Nein, danke.- Wir holen uns später was aufs Zimmer", und versuchte dabei so normal wie möglich zu klingen.

Trotzdem fiel mir auf, dass er sich nur mit Mühe ein Grinsen verkneifen konnte. Aha. Er fand meinen Wutausbruch insgeheim also lustig, wollte aber auf keinen Fall noch einmal meine Gefühle verletzen. Nun, das rechnete ich ihm hoch an. Ich fand meine Reaktion mittlerweile selbst etwas übertrieben. Warum war ich nur so ausgeflippt? Nur, weil er mir nicht sofort die passenden Antworten geliefert hatte?

Ich seufzte. Wahrscheinlich lag es einfach daran, dass mich noch nie zuvor ein Mann so glücklich gemacht hatte wie er. Nur der kleinste Gedanke daran, ich könne ihn wieder verlieren, machte mich schlichtweg verrückt.

Das nächste Problem: Auch, wenn Kyle und ich uns erst einmal wieder versöhnt hatten, war klar, dass etwas im Busch war. Kyle hatte ein Geheimnis! Und wenn es keine andere Frau war, dann war es etwas ähnlich Schlimmes. Kyles Beteuerungen, dass er einfach Mega-Stress mit seinem Chef in Hamburg habe, über-zeugten mich nicht ganz. Schließlich war das kein Grund, mitten in der Nacht das Zimmer zu verlassen und draußen im Schnee mit einer Taschenlampe herumzugeistern. Und dann auch noch jede Nacht … Kyle aber hatte mir dazu erklärt, dass Schlafstörungen bei ihm nichts Ungewöhnliches waren. Als Kind sei er sogar eine Zeitlang Schlafwandler gewesen; und das einzige, was ihn wieder zur Ruhe gebracht hätte, war ein Spaziergang an der frischen Luft.

Nun ja. Tief atmete ich ein paarmal durch. Vielleicht sagte er ja doch die Wahrheit. Mit wem sollte er sich auch nachts mitten in der Pampa bei Minusgraden draußen im Schnee treffen? Diese Vorstellung war mehr als absurd.

„Heute Nacht machst du das aber nicht, oder?", fragte ich Kyle, nachdem Toni draußen wieder abgeschwirrt war.

„Was mache ich heute Nacht nicht?", fragte mein Herzensmann und drückte mich dabei so fest, dass sich sofort wieder sämtliche Schmetterlinge in meinem Bauch zurückmeldeten. Schnell räusperte ich mich und versuchte, einen klaren Kopf zu behalten.

„Na, nachts aus dem Zimmer zu gehen."

„Ach so. Oh Gott, jetzt fängst du schon wieder damit an. Also gut, ich verspreche es. Hochheiliges Indianer-Ehrenwort."

„Und wenn du es doch machen willst, dann weckst du mich einfach und ich komme mit. Das ist zu zweit bestimmt romantischer, so unter dem Sternenhimmel."

„Bestimmt", erwiderte er schnell, natürlich nicht ohne verlegen zu grinsen. „Dabei fällt mir auf: Ich habe Hunger! Vielleicht sollte ich einfach mal runtergehen und uns etwas vom Mittagessen hochholen. Hast du auch Hunger?"

„Oh ja, und wie. Bitte mach das", sagte ich sofort.

Also zog Kyle sich an und stapfte hinunter in die Küche. Ich war froh darüber. Mein Magen hatte in der letzten halben Stunde ziemlich laut geknurrt. Schließlich hatte ich seit dem gestrigen Abend nichts mehr zu mir genommen; wenn man jetzt mal die Pralinen und den Sekt von heute Vormittag nicht mitzählte. Denn zu meiner großen Freude hatten Kyle und ich den Whirlpool nach unserer Versöhnung dann doch noch ausprobiert – so mit allem Drum und Dran. Und neben den Blumen im Bad hatte Kyle wohl frühmorgens, als ich noch schlief, auch noch Sekt und ein paar Knabbereien im Kleiderschrank versteckt. Sogar ein Ersatz-Zimmerschlüssel war aufgetaucht. Er hatte die ganze Zeit an einer Schnur an der hölzernen Garderobe neben der Tür gebaumelt.

Während Kyle also unten war, stand ich auf. Emsig suchte ich mir die Sachen zusammen, die ich morgens getragen hatte und die nun überall auf dem Boden verstreut herumlagen. Ich war natürlich immer noch besorgt, musste aber auch lachen. Was war das nur für ein verrückter Liebestrip. Von allem war bis jetzt etwas dabei gewesen:

Leckeres Essen, traumhafte Schäferstündchen am Morgen, romantische Ausflüge in einer verschneiten Berglandschaft, Sport und Pferdeschlittenfahrt … Und jetzt hatten wir uns auch noch richtig gezofft! Und vertragen! Doch auch ein komplett neues Gefühl hatte sich in mir breitgemacht: Kyle hatte mich wirklich sehr gern und er brauchte mich! Er schien einfach irgendwelche Probleme zu haben, über die er noch nicht sprechen konnte. Also beschloss ich, mich noch etwas in Geduld zu üben. Zur richtigen Zeit würde er sich mir bestimmt mit allem anvertrauen.

Als Kyle eine halbe Stunde später wieder im Zimmer stand, hatte er einen großen, geflochtenen Korb dabei, der, so wie er lief, ziemlich schwer sein musste. Mit einem super-geheimnisvollen Gesicht ging er zum Tisch, wuchtete den Korb auf einen Stuhl und begann, alles auszupacken. Galant zog er ein hübsches, blaukariertes Tischtuch aus dem Korb hervor und legte es auf die Tischplatte. Dann zauberte er nach und nach zwei Teller, zwei Gläser, Servietten und Besteck hervor. Als er alles hübsch arrangiert hatte, folgen die Speisen: Noch warme *Kaspressknödel*, dazu Lachs, eine große Schüssel gemischter Salat, frische Brötchen, eine Flasche Joghurtdressing und einen kleinen Gugelhupf mit Schokolade und Kirschen. Dazu gab es Kaffee, Wasser und noch einmal eine Flasche Sekt.

„Wow!", entfuhr es mir, als ich die leckeren Speisen betrachtete. „So könnte ich jeden Tag leben."

„Nicht wahr?", meinte Kyle.

„Hast du das Essen gerade unten selbst zuberei-tet?"

„Nein. Das war schon fertig. Nur die Pressknödel hab' ich schnell ausgebacken. Die schmecken frisch am besten. Ich hab' aber auch noch mit dem *Huberwirt* telefoniert. Du weißt schon, das ist der Typ, bei dem wir oben im Dorf essen waren. Dem gehört auch die kleine Werk-statt unten, wo ich mein Auto hab' stehenlassen. Ich wollte sichergehen, dass alles okay ist, wenn wir morgen wieder zurückfahren. Er wird heute noch mal alles überprüfen. Die Schneeketten, und volltanken und so. Na, das übliche Spiel eben."

„Fein."

Gutgelaunt setzte ich mich dann zu ihm an den Tisch und wir machten uns über das Essen her. Als mein größter Hunger gestillt war, dachte ich über Kyles Worte nach. Und verspürte sofort einen großen Unwillen bei dem Gedanken daran, dass morgen früh unsere Rückreise nach Hamburg auf dem Plan stand. Es war so schön hier in Tirol. Am liebsten würde ich noch eine Woche bleiben, oder zwei. Aber das war natürlich nicht möglich. Kyle musste arbeiten.

Und auf mich wartete in Hamburg ein Praktikumsplatz bei einem Goldschmied. Und den wollte ich auf keinen Fall sausen lassen. Schließlich hatte ich fast ein ganzes Jahr auf diesen Platz gewartet.

Kapitel 15

LARA

Gegen Abend machten Kyle und ich uns ein wenig schick und gingen runter zu Toni und Maria, um unseren Abschied zu feiern. In Gedanken ließ ich die letzten Tage noch einmal „Revue" passieren. Es war so herrlich hier gewesen; und auch wenn Kyle und ich uns ab und zu in der Wolle hatten, so wollte ich keine Stunde mit ihm missen. Zu schade, dass die traute Zweisamkeit ab morgen schon wieder vorbei sein sollte. Wie würde es mit Kyle und mir weitergehen, wenn wir erst wieder in Hamburg waren?

Doch schon wenig später wurden mir meine Sorgen von einer Macht abgenommen, die man wohl *die höhere Gewalt* nannte. Denn als Kyle und ich gerade mal eine halbe Stunde später mit Toni und Maria an unserem Tisch im Speisesaal saßen, und uns das leckere Abschiedsessen und den guten Rotwein schmecken ließen, hörten wir, wie draußen auf einmal ein ohrenbetäubendes Donnern und Krachen ertönte. Schnell rannten wir zu den Fenstern und erkannten durch die bereits von dicken Hagelkörnern geblendeten Scheiben: Ein Sturm hatte sich über uns zusammengebraut. Der Himmel war rabenschwarz und schickte heftige Böen hinunter, die so mächtig an den hölzernen Läden der Fenster rüttelten, dass uns allen angst und bange wurde.

„Du lieber Himmel! Das scheint schlimm zu sein", flüsterte ich.

„Ja, raus sollte *heuer* keiner mehr gehen", meinte Toni knapp. „Es kam gestern in den Nachrichten, dass Schneestürme für übermorgen im Anmarsch sind."

„Schneestürme?" - Ich erschrak. „Aber heute Mittag schien doch noch so schön die Sonne. Und überhaupt, heute ist nicht übermorgen!"

„In den Bergen geht sowas manchmal schnell, Lara", erklärte Maria. „Aber das Gute ist, dass es auch schnell wieder vorbeigeht."

„Und wie schnell?", hakte ich nach.

„Wahrscheinlich morgen im Laufe des Tages."

„Morgen im Laufe des Tages?" Entgeistert blickte ich in die Runde. „Aber dann kommen wir morgen ja gar nicht nach Hause!"

„Ich glaube, das könnte in der Tat zutreffen", murmelte Kyle, während Toni, der schon beim dritten Glas Rotwein war, meinte:

„Ach, macht euch doch keinen Kopf. Wahrscheinlich hat sich der Sturm bis morgen gelegt und wenn nicht, dann *bleibt's einfach über Silvester doa.*"

Erwartungsvoll blickte er uns an.

„Soll das jetzt eine Einladung sein?", fragte ich zögerlich. „Aber wir sind doch schon mit meinen Freunden verabredet."

„Mausi, wir werden ja auch mit Seven und Dylan feiern", sagte Kyle schnell. „Nur machen wir das dann einfach ein paar Tage später."

Betroffen blickte ich ihn an. Bis mir auffiel, dass Kyle *Mausi* zu mir gesagt hatte. Ohne zu wollen, musste ich grinsen und konnte nicht umhin, mich kurz zu ihm rüberzubeugen, um ihm einen kleinen Kuss auf die Wange zu drücken.

„Okay, das wäre dann die Notlösung. Ich werde Seven gleich mal anrufen."

„Dann ist ja alles fein", rief Toni. „Und irgendwie ist es doch super, Lara, dass du jetzt auch noch einen waschechten Tiroler Schneesturm miterlebst. Da hast du richtig was zu erzählen, wenn *'s wieda dahoam bist*." Augenzwinkernd prostete er mir zu. „Und jetzt stoßen wir noch mal alle zusammen an."

Für den Rest des Abends gaben wir uns geflissentlich Mühe, den Sturm zu ignorieren und genossen einfach das leckere Essen und das Beisammensein. Es gab Steaks mit Pommes und Salat, hausgemachten Apfelstrudel und nach dem Essen noch einen selbstproduzierten Marillen-Schnaps. Toni, Maria und Kyle nannten ihn einfach *Selberbrennta*.

Es wurden noch schöne Stunden. Obwohl ich zwischendurch natürlich auch ab und zu meinen besorgten Gedanken nachhing: *Was, wenn das Wetter so blieb und wir nicht nur einen, sondern mehrere Tage hier festsaßen? Auch an Kyles Auto musste ich denken. Schließlich hatte der alte Peugeot trotz neuer Winterreifen und frischem TÜV auf der Hinfahrt schlapp gemacht. Würde der wirklich eine zweite Fahrt dieses*

Ausmaßes überstehen? Ich hatte Kyle bislang nie so direkt darauf angesprochen, denn mit seinem Auto war er irgendwie komisch ...

Doch nach dem zweiten *Selberbrennta* brachte ich den Mut dazu auf und fragte, möglichst arglos: „Sag mal Kyle, weißt du mittlerweile eigentlich genau, wieso dein Auto auf der Hinfahrt schlapp gemacht hat?"

„Na, die Batterie war's gewesen. Die Autobatterie musste getauscht werden", erwiderte Kyle knapp zwischen zwei Bissen.

„Und das war alles?", hakte ich nach und blickte dabei besorgt Richtung Fenster.

„Wie meinst du das jetzt?" Entrüstet hielt Kyle mit dem Essen inne. „Das mit der Batterie kann jedem passieren und die neuen Schneeketten, die ich draufhabe, sind die besten der Welt."

„Ist ja gut", lenkte ich ein, sah aber aus den Augenwinkeln, dass Toni und Maria grinsen mussten und verstohlene Blicke austauschten. Ich seufzte: Also an dem Spruch *„Ein Mann und sein Auto"* war entschieden etwas dran.

„Zur Not fahrt ihr einfach mit dem Zug nach Hause", meinte Toni mit einem Augenzwinkern, während er uns allen kurzerhand noch einen *Selberbrennta* eingoss.

„Haha", lachte Maria. „Das möchte ich sehen, dass der Kyle seine Kiste hier stehen lässt und mit dem Zug fährt."

Als wir dann irgendwann alle die nötige Bettschwere hatten, war ich wieder etwas entspannter. Der Sturm heulte zwar immer noch draußen und rüttelte am Haus, wo er konnte, aber es störte mich nicht mehr.

Sollte der Sturm doch heulen. Solange ich ein Dach über den Kopf hatte und in Kyles Armen lag, war mir das egal. Als wir wenig später unsere Tischgemeinschaft auflösten, halfen Kyle und ich noch schnell, den Tisch abzuräumen und das benutzte Geschirr und die Schüsseln, Gläser und Flaschen zurück in die Küche zu bringen. Dabei fiel Maria wieder ein, was am Vormittag vorgefallen war.

„Ihr zwei beiden könnt echt froh sein, dass ihr *heuer* den ganzen Tag auf dem Zimmer *gehockt seid*. Die Beamten von *gestern* waren wieder da", sagte sie auf einmal zu Kyle und mir.

„Wer war da?", hakte ich nach.

„Na, die beiden Polizisten von neulich. Die so einen Typen wegen einer Straftat suchen, na aus Hamburg. Die wollten euch heute Morgen noch mal sprechen. Toni und ich haben einfach gesagt, ihr wärt nicht da", erzählte Maria weiter.

Nun wurde Kyle aufmerksam. Er blieb so abrupt mitten in der Bewegung stehen, dass ich regelrecht in ihn hineinrannte.

„Ach tatsächlich?", fragte er Maria und ich sah, dass er zwar ruhig wirkte, aber dass seine samtigen braunen Augen dunkel geworden waren. „Wieso wollten die uns denn noch mal sprechen?"

„Die Suche wird wohl noch mal verstärkt, weil das Opfer inzwischen verstorben ist", erzählte Toni. „Zumindest haben die uns das so erzählt."

„Oje", entfuhr es mir. „Das ist ja wüst. - Aber wieso suchen die ausgerechnet ständig hier?"

„Die suchen überall an der österreichischen Grenze. Zurzeit sind sie dabei, alle Einheimischen nach geheimen Versteckmöglichkeiten in der Gegend zu befragen …"

„Nach geheimen Versteckmöglichkeiten? Welche Sau kommt auf sowas? Draußen und bei minus fünf Grad?", brüskierte sich Kyle.

„Tja, was weiß ich. Auf jeden Fall hab' ich denen von unserer Blockhütte am Waldrand erzählt. Da sind sie wieder abgehauen."

Augenblicklich wurden Kyles Augen noch dunkler. Völlig entgeistert starrte er seinen Cousin an.

„Du hast was gemacht? Spinnst du?"

„Wieso?", fragte Toni. „Kann doch nicht schaden. Schließlich waren wir seit Ewigkeiten nicht mehr dort."

„Ja, eben drum", regte Kyle sich weiter auf. „Und für diese Hütte hatte es nie eine Baugenehmigung gegeben. Sie steht zwar am Waldrand, aber mitten zwischen den Bäumen."

„Ach, das wird die schon nicht jucken."

„Bleibt zu hoffen."

„Ach Kyle, lass das doch jetzt. Ich bin müde", drängte ich nun wieder und zog meinen Freund am Arm. Ich fand das irgendwie komisch, dass er sich wegen so einer Lappalie jetzt noch aufregte. Ob der *Selberbrennta* schuld war? Ich jedenfalls war oberbettreif und konnte kaum mehr auf den Beinen stehen.

„Du Lara, ich wollte mit Kyle eigentlich noch mal den Hof draußen kontrollieren", sagte Toni da. „Schauen, ob nichts kaputt gegangen ist."

„Ach so. Natürlich!"

Kyle nahm mich in den Arm und drückte mich.

„Mausi, geh' ruhig hoch. Ich komme gleich nach."

Und so wünschte ich Toni und Maria eine Gute Nacht, gab Kyle noch einen kleinen Kuss und lief dann allein die Treppe hoch zu unserem Schlafzimmer.

Oben im Zimmer angekommen, ließ ich mich so wie ich war, aufs Bett fallen. Das Heulen des Windes und das Klappern der Läden kam mir mittlerweile so normal vor, dass ich gar nicht mehr darauf achtete. Ich schnappte mir mein Handy, setzte die Kopfhörer auf und streamte ein wenig auf *Spotify*. Es war bereits nach zweiundzwanzig Uhr, aber ich war mittlerweile schon zu müde, um mich auszuziehen. Plötzlich bimmelte mein Telefon. Als ich einen Blick aufs Display warf, freute ich mich. Es war Seven!

„Hi! Wie gut, dass du anrufst. Ich wollte mich auch melden, aber dann habe ich's vergessen. Ich bin einfach zu platt. Ich bin gerade erst hoch."

„Aha! Habt ihr Abschied gefeiert?"

„Ja, so ungefähr. Aber vor allem haben wir ausgiebig zu Abend gegessen."

„Lara, wir haben gerade in den Nachrichten gesehen, bei euch ist Schneesturm. Wollt ihr wirklich morgen zurück?"

„Nein. Siehst du, das ist auch das, was ich dir unbedingt heute noch sagen wollte. Kyle und ich haben beschlossen, die Rückfahrt fürs erste abzublasen. Du glaubst ja nicht, wie das hier donnert und kracht. Warte mal, ich schalte mal kurz auf *live* ..."

Und schon war ich aus dem Bett geklettert und zum Fenster gegangen. Es zu öffnen, traute ich mich nicht, aber ich zog die Vorhänge zur Seite und versuchte, so gut es ging das ohrenbetäubende Gewitterkrachen aufzuzeichnen, das draußen leider immer noch nicht abgenommen hatte.

„Ach du lieber Himmel, das klingt nicht gut", fand auch Seven, nachdem ich die normale Telefonverbindung wieder hergestellt hatte.

„Nein, leider", erwiderte ich traurig. Doch dann hatte ich plötzlich eine Idee. „Aber vielleicht könntet ihr einfach herkommen, du und Dylan?"

Ich konnte am anderen Ende der Leitung regelrecht hören, wie Seven die Luft anhielt.

„Du meinst, wir sollen zu euch nach Tirol kommen?"

„Ja! Warum nicht? Schließlich stürmt es nur hier und bis morgen Nachmittag sind die Zufahrtstraßen nach *Rettenschöss* bestimmt längst notdürftig geräumt. Und für Dylans neuem *Range Rover* wäre die Strecke doch eine Kleinigkeit. Der müsste sich eben nur Schneeketten um die Reifen basteln. Aber wenn schon Kyle das bei seiner alten Karre hingekriegt hat. Mensch, Sevi, morgen ist Silvester. Wir haben Silvester bislang immer zusammen gefeiert."

„Das muss ich erst mit Dylan bequatschen. Ich schicke dir später eine *Whats App*."

Und schon hatte Seven aufgelegt.

Ich kletterte daraufhin wieder ins Bett und dachte nach. Dieses Gespräch musste ich erstmal verdauen. Das wäre ja so mega, wenn Seven und Dylan hierherkommen könnten! Doch dann fiel mir noch etwas anderes ein. Etwas sehr Wichtiges. Nämlich, wenn ich Silvester nicht in Hamburg war, dann müsste ich jetzt endlich mal meinen Eltern reinen Wein einschenken.

Schließlich hatten auch sie vor, am 31. Dezember vormittags nach Hause zurückzukehren. Sie würden ein seit Tagen leeres und ungeheiztes Haus vorfinden ...

Kapitel 16

LARA

Während ich so auf dem Bett lag und weiter an die Decke starrte, fiel mir auch ein, dass ich nicht nur meinen Eltern Bescheid geben musste. Auch Herr Monschein, der Goldschmied, musste benachrichtigt werden. Schließlich hatte ich mit ihm vereinbart, mein Praktikum am 2. Januar anzutreten. Ich nahm mir vor, ihm gleich am nächsten Morgen eine E-Mail mit ein paar Neujahrsgrüßen zu schicken, um ihm zu erklären, warum ich nicht rechtzeitig wieder in Hamburg war. Er würde das sicherlich verstehen. Schließlich war ein Schneesturm eine Naturgewalt. Dann warf ich erneut einen Blick auf mein Handy und erschrak. Du meine Güte war das spät! Fast dreiundzwanzig Uhr! Wieso war Kyle noch nicht hochgekommen? Saß er etwa noch mit Toni unten an einem Tisch und redete über die guten alten Zeiten? Seufzend beschloss ich hinunterzugehen, um ihn zu holen.

Ich war jetzt sehr froh, dass ich meinen Pyjama noch nicht angezogen hatte. Gähnend verließ ich das

Zimmer und ließ die Tür offenstehen, damit ein wenig Licht hinaus in den Flur schien und stapfte die Treppe hinunter. Als ich unten in der Vorhalle angekommen war, fand ich Maria zu meiner großen Überraschung ganz allein hinter der Rezeption vor. Sie saß dort bei einer Notbeleuchtung auf ihrem breit gepolsterten Bürostuhl und schrieb noch an irgendwelchen Briefen. Als sie mich erblickte, stand sie auf.

„Was ist los, Lara? Wollt ihr noch was zu Trinken aus der Küche haben?"

„Nein danke", sagte ich - und war sofort irritiert. Hatte sie gerade *ihr* gesagt?

„Ich suche Kyle. Der wollte doch nach dem Rundgang über den Hof hochkommen?"

„Ist er etwa noch nicht bei dir?"

Umständlich kam Maria hinter der Rezeption hervor. Es war ihr anzusehen, dass auch sie sehr müde war, aber der Bürokram war wohl wichtig gewesen.

„Das ist komisch, Lara. Toni ist längst zurück. Komm, wir gehen ihn mal fragen, ob er eine Ahnung hat, wo Kyle steckt."

Und schon war sie über den Flur und in den Speisesaal gegangen. Mit einem mulmigen Gefühl im Bauch schlich ich hinter ihr her. Wie groß war dann meine Erleichterung, als wir Kyle tatsächlich im Speisesaal vorfanden. Er saß mit Toni an dem ganz kleinen Tisch in der hintersten Ecke am Fenster. Anscheinend hatten sich die beiden nicht nur über ein paar private Dinge ausgetauscht, sondern auch noch mal die Strecke nach Hamburg besprochen. Denn vor ihnen auf dem Tisch lag eine ausgebreitete MICHELIN-Autokarte.

„Hi, Lara. Holst du mich ab? Du hast recht, es ist viel zu spät geworden."

Abrupt stand Kyle von seinem Stuhl auf und kam mit ausgebreiteten Armen auf mich zu. Mein ungutes Gefühl war augenblicklich verflogen. Wieso hatte ich mir überhaupt Sorgen gemacht? Kyle war hier und alles war gut. Als wir uns kurz geküsst hatten, sagte Kyle:

„Toni hat gerade vorgeschlagen, wir könnten sogar noch zwei oder drei Tage länger hierblieben. Was meinst du? Wäre dir das recht?"

„Nun ja, warum nicht. – Auf alle Fälle besser, als irgendwo auf halber Höhe steckenzubleiben."

„Auf alle Fälle", sagte Toni. „Nämlich selbst, wenn dieser Sturm da draußen morgen früh nicht mehr wüten sollte: Heute Nacht werden viele Bäume kippen, riesige Äste und Zweige sausen bereits seit Stunden durch die Gegend. Morgen früh werden sämtliche Landstraßen aus *Rettenschöss* hinaus blockiert sein."

„Aha. Und wie schaut es nachmittags aus? Wären die Zubringerstraßen da wieder ein wenig frei? Meine Freundin aus Hamburg würde nämlich gerne mit ihrem Freund über Silvester herkommen. Natürlich nur, wenn euch das recht ist, dir und Maria. Aber ich habe gerade mit Seven telefoniert. Sie und ich, wir finden es schade, dass wir nicht zusammen feiern können."

„Aber natürlich!", meinte Toni freudestrahlend. „Sie sollen es versuchen. Notfalls komme ich ihnen nachmittags mit meiner Schneeraupe entgegen. Maria und ich, wir freuen uns."

Seine spontane Begeisterung überraschte mich, bis ich erkannte, dass wieder eine neue, fast schon leere

Rotweinflasche auf dem Tisch stand. Kein Wunder, dass Toni so entgegenkommend war.

Trotzdem war es mir wichtig, noch einmal nachzuhaken.

„Aber geht das denn wirklich?", fragte ich Kyle. – „Ich meine, wenn die Straßen hier gar nicht befahrbar sind?"

„Nun… Ich denke, wenn Seven und Dylan morgen Nachmittag hier ankommen, werden tatsächlich die wichtigsten Straßen geräumt sein", meinte Kyle. „Zumindest die Straßen, die zu *Rettenschöss* hineinführen. Nur aus *Rettenschöss* hinaus wird das ohne Spezialgefährt noch eine Weile schwierig bleiben."

„Oh, gut zu wissen."

„Klar, und jetzt geht mal *aufi*, ihr zwei", sagte Toni. *„Und rastet schön aus.* Wir sehen uns morgen."

Automatisch musste ich wieder grinsen. Das war einfach zu witzig, wenn Toni unverhofft in seinen Dialekt verfiel. Aber was *ausrasten* für ihn bedeutete, das wusste ich ja mittlerweile.

Arm in Arm gingen Kyle und ich wenig später die Wendeltreppe hoch in unser Zimmer. Dort angekommen, machten wir uns schnell bettfertig.

„Mein Gott, was bin ich froh, dass wir morgen doch nicht losmüssen. Das wäre echt der Wahnsinn gewesen."

Kyle nickte kurz und ging ins Bad, um noch schnell zu duschen. Ich dagegen kramte mein Handy aus der Bettritze und schickte Seven noch schnell eine *Whats App* mit Tonis Einladung. Ich war gespannt, was sie mir morgen antworten würde. Wenn sie Dylan erzählte, dass Toni sie beide offiziell über Silvester willkommen hieß, konnte er den unverhofften Tirol-Trip unmöglich ausschlagen. Dann legte ich das Handy wieder weg und streckte mich auf dem Bett aus. Höchste Zeit zu schlafen.

Als Kyle wenig später aus dem Bad kam und sich zu mir ins Bett legte, kuschelten wir noch ein wenig; und fünf Minuten später war mein Herzensmensch auch schon eingeschlafen. Ich war auch sehr müde gewesen, doch nun, wo ich endlich hätte schlafen können, kreisten tausend Gedanken in meinem Kopf herum. Dazu kam, dass mir das ständige Heulen des Windes plötzlich wieder viel lauter vorkam. Ich seufzte. Und während Kyle neben mir alsbald anfing, leise vor sich hinzuschnarchen, wollte der Sandmann zu mir nicht kommen. Ein ums andere Mal wälzte ich mich umher, bis ich irgendwann doch noch einmal aufstand und eine Kopfschmerztablette einnahm. Erst danach fand ich in den Schlaf.

Vielleicht zwei oder drei Stunden später war ich wieder wach. Das Heulen des Windes draußen hatte sich gelegt, so dass das nicht der Grund für mein Hochschrecken gewesen sein konnte. Ich versuchte mich an Kyle anzukuscheln, um besser wieder einschlafen zu können, bis ich stutzte. War Kyles Platz etwa leer? Ja, er war leer! Ich brauchte eine Weile, bis mein Gehirn diese Information verarbeitet hatte. Hatte er nicht ausdrücklich versprochen, in dieser Nacht das Bett nicht zu verlassen? - Oh, nein, bitte nicht! Vielleicht war Kyle nur auf Toilette? Nervös rieb ich mir die Augen und versuchte, richtig wach zu werden.

„Kyle?", rief ich mit zitternder Stimme in den Raum hinein. „Bist du ihm Bad?"

Doch weder hörte ich Kyles Antwort noch eine Toilettenspülung. Auch war im Bad kein Licht, wie man an der dunklen Türritze erkennen konnte. Sofort war ich wie elektrisiert. In Windeseile knipste ich die Nachttischlampe an, sprang aus dem Bett und lief zum Garderobenständer, der neben unserer Tür stand. Und in der Tat: Kyles Schneeanzug fehlte. Er hing nicht mehr am Haken. Dann hatte Kyle schon wieder das Haus verlassen! Bei diesem Sturm? – Das war doch nicht normal! – Also war er doch ein Schlafwandler!

Fluchend zog ich Jeans, Strümpfe und Pulli über und verließ fluchtartig den Raum. Mein Herz klopfte bis zum Hals und ich musste aufpassen, dass ich nicht stürzte, so schnell, wie ich nun die Wendeltreppe hinunterpolterte. Unten in der Vorhalle angelangt, wurde ich notgedrungen wieder langsamer. Bis auf das Notlicht, das nachts brannte, war es dunkel. Trotzdem durchquerte ich auch den Vorraum mit der Rezeption so schnell wie möglich und steuerte auf Speisesaal und Küche zu. Auch hier war alles dunkel. Außer Atem sprintete ich weiter bis zum Ende des Saals und klopfte wie wild an der schmuckvoll verzierten Eichentür, hinter der sich die Privaträume von Toni und Maria befanden. Wieder und wieder musste ich klopfen, bis ich endlich, nach bestimmt fünf Minuten, schlurfende Schritte hörte. Dann stand Maria im Türrahmen. Verschlafen und nur mit einem Bademantel bekleidet, blinzelte sie mich an.

„Ciao Bella, was gibt's denn? Kannst du nicht schlafen?"

„Wo sind Toni und Kyle?", fragte ich so unbefangen wie möglich, in der Hoffnung, dass Kyle in Tonis Wohnzimmer saß und mit ihm noch „fern" schaute.

Doch Maria bekam große Augen.

„Toni liegt seit Stunden im Bett! Ist Kyle nicht bei dir?"

„Nein", krächzte es aus mir heraus. Und dann wurde mir schlagartig klar: Wenn Kyle nicht bei Toni war, dann war er tatsächlich draußen. Ich hangelte mich irgendwie auf den nächstbesten Stuhl und brach in Tränen aus.

„Ich hab' so Angst, er ist draußen! Kyle ist nämlich Schlafwandler und ich habe nicht auf ihn aufgepasst!", brach es verzweifelt aus mir heraus.

„Kyle ist *was*?", tönte auf einmal eine tiefe Stimme. Nun stand auch Toni im Türrahmen. „Los Lara, sag' schon! *Was* ist Kyle?"

„Ein Schlafwandler. – Jede Nacht läuft er draußen rum, schon seit wir hier sind. Und am Anfang hab' ich gedacht, ich träume das bloß …"

Unverwandt starrte Toni mich an.

„Moment mal, willst du etwa sagen, Kyle ist gerade draußen?"

„Ja!", wimmerte ich. „Er ist ein Schlafwandler!"

„Das ist jetzt ein Scherz, oder?"

„Leider nein."

„Kommt!", meinte Maria, die als erste ihre Sprache wiedergefunden hatte. „Wir schauen jetzt mal nach, ob auch Kyles Stiefel weg sind. Wenn die weg sind, glaube ich dir das, vorher nicht."

Wir knipsten die Hauptbeleuchtung im Speisesaal an und eilten zusammen zur Haustür. Dort stand ja innen das Schuhregal, in dem wir alle immer unsere Stiefel abstellten, auch Kyle. Als wir davorstanden, klaffte uns sofort eine große Lücke entgegen: Kyles Stiefel waren nicht an ihrem Platz! Stattdessen aber lagen unten auf dem Boden vor dem Regal wie hingeworfen Kyles *Hauspatschen,* wie er seine dicken Filzpantoffeln nannte.

„Und sein Schneeanzug oben ist auch weg?", fragte Toni bang.

„Ja."

Ich schrie es schon fast heraus und konnte auch die erneuten Tränen nicht zurückhalten. Ich hatte so wahnsinnige Angst um Kyle. Wenn er wirklich gerade draußen umherirrte, dann war er ernsthaft in Gefahr!

„Wir müssen raus und ihn suchen!", sagte Maria mit tonloser Stimme.

„Ja!", keuchte Toni. „Vielleicht ist er ja bloß im Schuppen oder irgendwo auf dem Grundstück. Also los, Schneeanzüge an und Stiefel. Ich besorge schnell Taschenlampen. Gott sei Dank hat sich der Sturm inzwischen gelegt."

Als wir kurze Zeit später zu dritt hinaus in die Nacht schlüpften, hielt ich den Atem an. Dieser Sauerstoff-Flash war kaum zu ertragen. Die Luft war so eisig, dass sie im Hals brannte. Doch sie bewirkte auch, dass ich schnell wieder einen klaren Kopf bekam. Systematisch suchten wir zu dritt den Schuppen und das gesamte Grundstück ab. Wir fanden zwar überall Kyles Stiefelabdrücke, aber auch die von Toni. Schließlich hatten die zwei gegen zweiundzwanzig Uhr noch einen letzten Kontroll-Rundgang gemacht. Diese Spuren halfen uns also nicht weiter.

„Kyle!", brüllten wir verzweifelt in alle Richtungen. Doch wir bekamen keine Antwort.

„So!", sagte Toni schließlich zu Maria und mir. „Ihr zwei geht wieder ins Haus. Ich ziehe mir jetzt Schneeschuhe über und checke mal den Eingang zum Wald."

Widerstrebend ließ ich mich wenig später von Maria ins Haus ziehen, während Toni fluchend in den Schuppen stapfte, um sich die Schneeschuhe zu holen. Ich hätte ihn so gerne begleitet.

„Nein, Lara, du kommst mit mir. Toni wird ihn finden."

Also ging ich mit Maria mit. Nach einer halben Stunde endlosen Wartens hörten wir rückkehrende Schritte an der Haustür. Atemlos stürzte ich zum Hauseingang, nur um sofort wieder in mich zusammenzusacken. Denn Toni stand allein im Türrahmen. Er hatte Kyle nicht mitgebracht.

„Du hast ihn nicht gefunden!", klagte ich und musste wieder weinen. Ohne Unterlass liefen mir die Tränen die Wangen hinunter, während ich mich am Türrahmen festklammerte. Ich hatte mittlerweile so eine Scheiß-Angst um Kyle, dass mir fast das Herz platzte.

„Nein", raunte Toni und sah selbst sehr verzweifelt aus. „Ich habe Kyle nicht gefunden. Aber seine Fußspuren. Er ist tatsächlich in den Wald gegangen. Aus welchem Grund auch immer …"

Kapitel 17

Dylan

Als Seven mich in der Nacht vor Silvester gegen zwei Uhr morgens wachrüttelte, hatte ich erst gedacht, ich träume. Dann wurde ich sauer. Ich maulte, versuchte, sie wegzuschubsen und drehte mich hin und her. Ich wollte meine Ruhe haben. Die ständigen Ausflüge in Clubs und Diskotheken während der Weihnachtsfeiertage hatten im Nachhinein doch ihre Spuren hinterlassen und ich hatte mich so darauf gefreut, endlich mal wieder eine Nacht durchzuschlafen. Doch Seven ließ nicht locker, und als ich endlich so wach war, dass ich ihr richtig zuhören konnte, saß ich schnell aufrecht.

Kyle war im verschneiten Tirol verschwunden? Um diese Uhrzeit? Und das, obwohl dort gerade ein Eissturm wütete? Das konnte doch nur ein Scherz sein, oder?

Ich fluchte und quälte mich aus dem Bett. Eigentlich hatten Seven und ich sowieso schon daran gedacht, gleich am frühen Morgen Richtung Tirol zu fahren, wenn der Eissturm dort immer noch nicht zur Ruhe gekommen war und Lara und Kyle wegen der Wetterlage dort festsaßen. Schließlich war morgen Silvester und Seven und ich wollten auf alle Fälle mit den beiden zusammen feiern. Und jetzt sowas!

Benommen blinzelte ich in das Licht der Nachttischlampe und blieb kurz auf der Bettkante sitzen, um meine Gedanken zu ordnen. Irgendwie wurde die Geschichte mit Kyle allmählich eigenartig. Nicht nur, dass er jetzt verschwunden war – nein, nach ihm wurde wohl auch seit Tagen gesucht. Denn gleich am ersten Abend, wo Kyle und Lara in Tirol waren, bekam Seven plötzlich *Whats App*-Nachrichten und Anrufe von Kyles Cliquenfreunden. – „Ob sie denn nicht wüsste, wo Kyle ist? Der sei doch so dicke mit ihrer Freundin Lara zusammen." - Und so ging das weiter. Keine Ahnung, wo die ihre Rufnummer herhatten. Seven hatte denen natürlich nichts von Tirol erzählt. Und Lara hatte sie auch nichts erzählt, glaube ich. Oder nur ein bisschen. Schließlich wollte sie die beiden nicht bei ihrem kleinen *Honeymoon* stören.

Tja - und nun das! Das war nicht gut, überhaupt nicht. Ich hatte zwar keine Ahnung, in was für Geschäfte der Typ eventuell verwickelt war und okay, ich kannte Kyle noch nicht lange. Aber er war ein netter Kerl und irgend so eine blöde Sache, die hatte er definitiv nicht verdient.

Also gut! Wenn Seven meinte, wir müssten sofort nach Tirol fahren - dann ging es jetzt eben mitten in der Nacht los.

Genervt, aber entschlossen zog ich mich schließlich an, gähnte, wenn ich gähnen musste und suchte eine Reisetasche und meine nötigsten Siebensachen zusammen. Unter anderem auch eine Taschenlampe und zwei extra Wolldecken. Durch die offene Zimmertür sah ich, dass der Flur hell erleuchtet war und hörte, dass Seven geschäftig in der Küche werkelte. Sicher war sie gerade dabei, ein paar Stullen zu schmieren. Mein Gott, hoffentlich wurde meine Mutter nicht wach. Ich hatte keinen Bock darauf, ihr jetzt auch noch einmal alles zu erklären.

Nachhaltig seufzte ich. Tja, da stand uns jetzt wohl eine abenteuerliche Autofahrt bevor. Ich war nur froh, dass hier in Berlin die Straßen seit drei Tagen schon wieder komplett schnee-, oder besser gesagt matschfrei waren und dass ich mit meinem *Range Rover* für Abenteuer wie dieses bestens gerüstet war. Sogar neue Schneeketten lagen in meinem Kofferraum.

Eine halbe Stunde später hockte ich unten in der Küche neben Seven auf der Eckbank und schlürfte den schwarzen Kaffee, den sie für uns aufgegossen hatte.

„Wir müssen davon mindestens noch zwei Thermoskannen mitnehmen", sagte ich. „Und noch ein paar *Cola* aus dem Keller. Ich muss irgendwie wach werden. Wieso hast du eigentlich keinen Führerschein? Mensch, verdammt."

„Tut mir leid, mein Held."

Seven sah mich ehrlich bedauernd an und setzte sich dann auf meinen Schoß. „Ich bin so froh, dass du das jetzt machst. Aber mir müssen da unbedingt hin." Und schon hatte sie ihre warmen Lippen auf meine gedrückt, ganz so, wie das nur Seven konnte, und sagte: „Da kann alles Mögliche passiert sein, Dylan. Und Lara kennt da keinen. Was ist, wenn sie auch noch verschwindet?!"

Augenblicklich wurde ich nicht nur wach, sondern mir wurde heiß und kalt. Energisch schob ich meine Freundin zur Seite.

„Jetzt mach mal halblang. Das wird sich schon alles aufklären. Ich mache jetzt den Wagen startklar und dann lege ich meiner Mutter noch einen Zettel hin."

Als ich später wieder von draußen hereinkam und auch eine kleine Abschiedsbotschaft auf das Schwellenbrett vor der Schlafzimmertür meiner Mutter gelegt hatte, registrierte ich, dass die Küche wieder dunkel war und dass Seven zwei Plastiktüten in den Haustüreingang gestellt hatte. Ganz augenscheinlich waren dort ihre notwendigsten Klamotten drin. Nun war sie anscheinend auf Klo. Zumindest sah man unten durch den Türschlitz, dass gerade im WC Licht brannte. Ich war nur froh, dass wir zurzeit im Haus meiner Mutter waren. Nebenan, im Haus von Sevens Vater hätte unser nächtlicher Aufbruch jetzt für mehr Trubel gesorgt. Als ich noch darüber nachdachte, ob ich auch nichts vergessen hatte, kam mir plötzlich einer unserer beiden *Labradoodles* aus dem Wohnzimmer entgegen. Die Geräusche hatten ihn irritiert und er wollte endlich nachschauen, was um diese Uhrzeit so wichtig war, dass seine Menschen plötzlich das Haus verlassen wollten.

„Na, Dexter", begrüßte ich den Hund und tätschelte ihm den kräftigen Rücken. Als Dexter registrierte, dass ich meine Jacke und einen Schal anhatte, wedelte er mit dem Schwanz und lief erwartungsvoll zur Tür.

„Nein. Tut mir leid, Kumpel", sagte ich. „Du musst leider hierbleiben."

Doch dann kam mir eine Idee! Warum sollte ich ihn nicht mitnehmen? Meine Mutter würde allein mit zwei großen Hunden überfordert sein und Dexter konnte mal wieder etwas Tapetenwechsel vertragen. Er war der jüngere der beiden Hunde und benötigte immer viel Auslauf. Vielleicht konnte er uns in Tirol sogar nützlich sein.

„Okay mein Guter. Seven wird sich zwar gleich wundern, aber du kommst mit."

Schnell suchte ich Leine und Geschirr zusammen, eine weitere Decke und Dexters Edelstahlnäpfe. Danach checkte ich noch meine Personalien, meine Kreditkarte, mein Bargeld und war froh, dass mir einfiel, auch noch Dexters Impfpass einzustecken.

Schließlich wollten wir in ein paar Stunden die österreichische Grenze überqueren.

Kapitel 18

Seven

Ich gähnte und gähnte, während ich insgeheim mein Schicksal verfluchte. Eigentlich war das doch die totale Schnapsidee, sich jetzt mitten in der Nacht auf den Weg nach Österreich zu begeben, anstatt den nächsten Morgen abzuwarten. Aber Lara jetzt allein lassen? Während Kyle in so einem Bergdorf im Schnee verschwunden war?

Das ging gar nicht. Lara musste sich hundeelend fühlen. Ich musste zu ihr. Ich kannte meine Freundin gut. Lara und ich, wir waren schon seit dem buchstäblichen Sandkasten befreundet. Lara tat zwar immer so quirlig, als könne nichts und niemand ihre Gute-Laune-Stimmung trüben, aber in Wirklichkeit war sie eine sehr sensible Seele. Ich war die Einzige, die das wusste. Und deswegen war ich jetzt auch besonders wichtig für sie. Sorgenvoll seufzte ich auf und wickelte mir meinen dicken Wollschal auch noch das zweite Mal um den Hals.

Gott sei Dank war Dylans *Range Rover* komfortabel ausgestattet. Die Heizung funktionierte tadellos, von den Fahrgeräuschen bekam man innen überhaupt nichts mit und die Sitze waren angenehm gepolstert. Meinem Vater hatte ich schnell noch eine SMS geschrieben, damit er sich bloß keine Sorgen machte, wenn er morgens merken sollte, dass ich nicht mehr in Berlin war.

„Mein Gott, irgendwie verrückt, oder?", meinte ich irgendwann zu Dylan, der konzentriert auf die mäßig beleuchtete Fahrbahn blickte. „Mein Vater und deine Mutter werden sich morgen früh ganz schön wundern. Vor allem auch, weil du einen Hund mitgenommen hast."

„Ja, irgendwie schon", fand auch Dylan. „Das hat mir jetzt aber auch keine Ruhe mehr gelassen. Ich hoffe wirklich, dass sich mit Kyle alles aufklärt, wenn wir da sind."

„Was denkst du, was passiert ist? Glaubst du, er ist abgehauen?"

„Du meinst, weil die ihn suchen und er das spitz gekriegt hat? – Vielleicht. Aber das glaube ich nicht."

„Was denkst du denn, wieso er nachts noch mal rausgegangen ist?"

Dylan überlegte kurz. Dann zuckte er mit den Schultern. „Was weiß ich. Vielleicht ist er raus, weil er nicht schlafen konnte. Vielleicht wollte er einfach nur frische Luft schnappen."

„Na, und dann?", fragte ich.

„Na, und dann ist ihm vielleicht ein Ast auf den Kopf gefallen. Da ist doch zurzeit Sturm oder nicht?"

„Dylan! Hör auf! Willst du damit sagen, er liegt irgendwo verletzt im Wald?"

„Könnte doch sein?"

Nun wurde mir richtig mulmig. Schweigend fuhren wir weiter, bis Dylan meinte:

„Lass uns jetzt besser nicht mehr darüber reden, okay? Diese ganzen Spekulationen ziehen uns nur unnütz runter."

„Ist gut", flüsterte ich und kuschelte mich in eine der Decken, die Dylan mitgenommen und mir vor der Fahrt noch gereicht hatte. Wenige Minuten später war ich eingeschlafen.

Auf einer Autobahn-Raststätte wurde ich wieder wach. Ich war ganz allein im Wagen; der Beifahrersitz war leer und auch der Hund lag nicht mehr auf der Rückbank. Bestimmt hatte Dylan ihn kurz zum Gassigehen mit hinausgenommen. Ich löste meinen Sicherheitsgurt und streckte mich nach allen Seiten, so gut es eben im Auto ging. Dann öffnete ich die Wagentür und stieg aus. Hier lag überall Schnee! Und zwar nicht dieser unansehnliche graue Matsch, den ich zeitlebens von Hamburg gewohnt war, sondern richtig schöner, weißer Schnee wie aus dem Bilderbuch. Ein Blick auf mein Handy zeigte, dass es bereits sieben Uhr morgens war. Oh Mann, wir müssten fast da sein! Aufgeregt stakste ich ein wenig hin und her, was nicht einfach war. Meine Beine waren vom langen Sitzen steif geworden und auch die Müdigkeit steckte mir noch in den Gliedern. Trotzdem drehte ich mich hin und her und versuchte, im Halbdunkel so viel wie möglich von der Landschaft um mich herum zu erkennen. Und als ich, auch mit Hilfe der Raststätten-Beleuchtung sah, dass sich zu unserer Seite und auch vor uns eine lange Bergkette abzeichnete, freute ich mich.

Wow! Da war ich nur ein paar Stunden weggedöselt und dann sowas! Um uns herum waren überall Berge! Und das war einfach zauberhaft! Um mich warm zu halten, sprang ich nun von einem Fuß auf den anderen und beobachtete fasziniert, wie mein Atem beim Ausatmen weiße Wölkchen in die eisige Luft malte.

Bis ich plötzlich Dylans Stimme hinter mir hörte: „Hey du – bist du wieder wach?"

Doch noch bevor ich etwas erwidern konnte, hatte ich auch schon eine feuchte Hundenase im Gesicht. Dexter war in der Zwischenzeit schwanzwedelnd herbeigestürmt und versuchte nun, zur Begrüßung an mir hochzuklettern.

„Pfui, runter mit dir!", scheuchte ich ihn weg. „Du machst mich doch ganz schmutzig."

Dylan lachte und rief den Hund zu sich. Erst jetzt sah ich, dass er ein Tablett mit zwei Coffee to Go-Bechern in der einen Hand und in der anderen eine Tüte mit Gebäck hielt.

„Schau mal, Prinzessin. Ich hab' uns ein Not-Frühstück besorgt."

Im nächsten Augenblick küsste er mich auch schon so zärtlich auf den Mund, dass mir ganz heiß wurde. „Lass dich bloß nicht von Dexter bluffen. Der Hund hat keinen Grund zu betteln, der hat bereits sein Futter bekommen. Und jetzt marsch mit uns, zurück ins Auto. Ist ganz schön eisig hier draußen, was?"

„Ja, aber voll", gab ich zu. „Wir hätten echt Skijacken oder sowas mitnehmen sollen."

Verunsichert blickte ich auf meine Turnschuhe. Es waren zwar Schaftschuhe, die mir weit bis über die Knöchel reichten, aber auf Dauer würden sie mich im Schnee bestimmt nicht warmhalten.

„Ach, Quatsch. Wir können uns da bestimmt was ausleihen. Zumindest hoffe ich das ganz fest."

„Tolle Landschaft übrigens hier. So toll kam das auf den Bildern, die wir uns angeguckt hatten, gar nicht rüber", meinte ich später, als wir wieder im Auto saßen.

„Wenn es gleich heller wird, wirst du von den Bergen noch mehr sehen. Das wird jetzt immer hügeliger, bis wir in *Rettenschöss* sind."

„Aha."

Herzhaft biss Dylan in einen Schoko-Donut. Auch ich merkte, dass ich hungrig war. Trotzdem musste ich mich erst überwinden, etwas zu essen. Die Sorge um Lara und Kyle hatte mir den Magen zugeschnürt. Ich war aber froh, dass Dylan ausgerechnet Donuts besorgt hatte. Die würde ich auf alle Fälle eher runterkriegen als eine belegte Schrippe. Und so griff auch ich in die Tüte, um mir ein Gebäckteil herauszuholen. Auch der frische, heiße *Coffee to Go*, den Dylan mitgebracht hatte, tat gut.

„Wie lange brauchen wir noch?", fragte ich, als wir unser Frühstück beendet hatten.

„Wir sind gleich da. Wir sind sogar schon hinter der Grenze."

„Was? Ich habe die österreichische Grenze verschlafen? Das gibt's doch nicht."

Dann fiel mir eine kleine, lila Plastikplakette auf, die innen ganz unten an unserer Windschutzscheibe pfropfte. Also die hatte vor meinem kleinen Nickerchen dort definitiv noch nicht geklebt.

„Was ist das für ein komisches Teil? Da an der Windschutzscheibe?"

„Das ist eine *Vignette*. Sowas muss man in Österreich sichtbar im Auto anbringen, sonst gibt's ein Bußgeld. Das Ding zeigt nämlich an, dass ich brav meine *Mautgebühren* bezahlt habe."

„Eine *Vignette*? Ist sowas teuer?"

„Gerade noch erschwinglich." Doch dann wurde er ernst: „Hat sich Lara in der Zwischenzeit gemeldet?"

„Mal schauen."

Umständlich friemelte ich mein Handy wieder aus der Jackentasche und warf einen Blick in den Nachrichteneingang.

„Nein. Keine neuen Nachrichten."

„Sie schläft. Komm, wir beeilen uns jetzt. In einer Stunde könnten wir da sein."

Hastig trank Dylan seinen zweiten Becher Kaffee aus und startete den Wagen. Als er losfuhr, knirschte es ungewohnt laut unter uns. Überrascht sah ich ihn an.

„Tja, an dieses Geräusch wirst du dich gewöhnen müssen. Mein *Rangi* trägt jetzt Schneeketten."

Langsam lenkte Dylan seinen Wagen an den anderen Autos auf der Raststätte vorbei und hielt zügig auf die Autobahnauffahrt zu.

Kapitel 19

Lara

Am nächsten Morgen wurde ich durch laute und aufgeregte Stimmen geweckt. Anscheinend standen Leute draußen vor dem Haus und unterhielten sich. Schnell mühte ich mich aus dem Bett und eilte zum Fenster. Ich zog die Vorhänge zur Seite, öffnete die Fensterverriegelung und danach die hölzernen Fensterläden, die Maria gestern ausnahmsweise auch hier oben geschlossen hatte. Dann blickte ich hinaus.

Der Sturm hatte sich beruhigt. Es war fast schon unheimlich, wie arglos die Sonne wieder am blauen Himmel stand. Ich blinzelte und versuchte, meine Augen ans Tageslicht zu gewöhnen. Dann sah ich, woher die Stimmen kamen. Draußen vor dem Haus stand ein Polizeiwagen. Und davor standen zwei Beamte in schwarzer Uniform und versuchten, Toni zu beschwichtigen. Der aber redete laut und ohne Unterlass, fuchtelte dabei wild mit beiden Armen und wollte sich nicht beruhigen. Als ich in sein Gesicht blickte, sah ich schnell, warum. Toni war verzweifelt!

Und sofort spürte ich wieder diese entsetzliche Gewissheit in meinem Herzen:

Sie hatten Kyle immer noch nicht gefunden! All das Suchen und Warten hatte bislang nichts genützt. Meine Welt lag noch immer in Scherben!

Weinend sackte ich am Fenster zusammen und glitt dann langsam hinunter, bis ich auf dem Boden saß. Am liebsten hätte ich vor Wut laut aufgeschrien. Den blau-gemusterten und weichen Teppich, auf dem ich hockte, und den ich anfangs so bewundert hatte, hätte ich am liebsten aus dem Fenster geschmissen. Zum Teufel! Was hatte ich von einem schönen Teppich, wenn Kyle verschwunden war? Ich musste runter. Ich musste raus. Ich wollte auch mit diesen Polizisten reden. Sie selbst fragen, warum sie Kyle noch nicht gefunden hatten. Und ob sie überhaupt was gefunden hatten ... - Mein Gott, es konnte doch nicht sein, dass sie immer noch nichts gefunden hatten.

Während ich versuchte, wieder auf die Beine zu kommen, schmerzte mein Kopf. Das war jetzt die Strafe dafür, dass ich mir gestern aus Verzweiflung noch eine ganze Flasche Wein reingeschüttet hatte. Zwar gemeinsam mit Maria, aber immerhin. Immer in der Hoffnung, dass Telefon würde jeden Moment klingeln, um die erlösende Nachricht zu überbringen. Gegen vier Uhr morgens hatte Maria mich schließlich nach oben gebracht. Nach oben, in dieses wunderschöne Zimmer, das ich mir bis vor kurzem noch mit Kyle geteilt hatte. Verzweifelt zog ich mir den erstbesten Wollpulli über, den ich fand und stürzte, so gut es mir in meiner

Verfassung möglich war, aus dem Raum und die Wendeltreppe hinunter. Unten schlüpfte ich in irgendwelche Filzpatschen, öffnete die Tür und eilte hinaus, geradewegs auf die Polizisten zu.

„Wo ist Kyle?", kam ich ohne Begrüßung sofort auf den Punkt. „Wurde er gefunden? Er ist mein Freund!"

Überrascht blickten mich die Beamten an, auch Toni. Doch schnell hatte jeder von ihnen diesen besonderen Ausdruck in den Augen, den man nur hat, wenn es eben keine erlösenden Nachrichten gab. Ich kannte das aus dem Fernsehen. Von *Aktenzeichen XY Ungelöst* oder so. Verdammter Mist. Schluchzend blieb ich stehen, wo ich stand und krümmte mich zusammen. Sofort kam Toni zu mir, um mich zu stützen. Er nahm mich in den Arm, so, wie ein Vater, der sein Kind tröstet, und flüsterte:

„Jetzt keine Panik, Lara, okay? - Wir finden ihn. Hast du gehört?"

Augenblicklich durchströmte mich neue Kraft. Ich riss mich zusammen und bemühte mich, die Tränen wieder hinunterzudrücken. Toni nickte kurz, reichte mir ein Taschentuch und wandte sich dann wieder den Beamten zu.

„Ich verstehe einfach nicht, wieso nicht mehr im Wald gesucht wird. Nie im Leben ist mein Cousin in ein wildfremdes Auto gestiegen. Dazu noch mitten in der Nacht."

„In ein Auto?", stotterte ich entsetzt.

„Ja, die werten Herren hier sind der Auffassung, dass irgendjemand nachts mitten im Sturm durch den Wald gefahren ist, um Kyle abzuholen. Einfach, weil

174

neben Kyles Fußspuren auch noch frische Autoreifen-spuren gefunden worden waren."

„Herr Farone, jetzt muss ich aber bitten", fuhr ihn sofort der ältere der Beamten ärgerlich an. „Wie reden Sie denn hier mit Ihrer Polizei! Ich verstehe ja durchaus, dass Sie verzweifelt sind, aber das ist der falsche Weg. - Ansonsten kann ich gerne ein Bußgeld wegen Beamten-beleidigung verhängen."

„Also, das ist doch …"

Wütend ließ Toni von den Beamten ab und drehte sich mit geballten Fäusten zur Seite. Ich nahm es ihm nicht übel. Ich konnte gut nachvollziehen, wie er sich fühlte. Schließlich war Kyle nicht nur ein enger Verwandter für ihn. Er war für ihn auch, wie ich mittlerweile durch Marias Erzählungen erfahren hatte, der Bruder, mit dem er aufgewachsen war. Und auch, wenn fünf Jahre Altersunterschied zwischen den beiden lagen, so hatten sie nicht nur als Kinder, sondern gerade auch später als Jugendliche viel Zeit miteinander verbracht.

„Wie spät ist es jetzt eigentlich?", fragte ich dann.

„Ich glaube, halb neun", antwortete Toni kraftlos.

„Dann schau ich mal oben in mein Handy, wo Seven jetzt ist. Sie und Dylan sind kurz vor drei Uhr morgens aus Berlin losgefahren. Sicherlich kommen sie bald hier an."

„Warte, Lara, ich komm mit."

Und so verabschiedeten wir uns mit einem knappen Gruß von der Polizei und kehrten ins Haus zurück. Toni sah fix und fertig aus. Wahrscheinlich hatte er, im Gegensatz zu mir, in der vergangenen Nacht kein Auge zugetan.

„Sag' mir bitte sofort Bescheid, wenn deine Freunde hier sind, Lara. Ich muss mich jetzt hinlegen", nuschelte er, bevor er durch die Tür zum Speisesaal verschwand, um seine Privaträume aufzusuchen.

Ich nickte und ging wieder die Wendeltreppe zu meinem Zimmer hinauf. Mein Gott! Heute Abend war Silvester! Der letzte Tag im Jahr! Normalerweise freute man sich an jenem Tag, war aufgeregt, machte letzte Besorgungen, lud Freunde ein oder ließ sich einladen … Und jetzt? Jetzt war das alles zweitrangig geworden. Keiner von uns verschwendete auch nur einen Gedanken daran, heute Abend eventuell mit Sekt anzustoßen oder ein Feuerwerk vorzubereiten. Ich hatte noch nicht einmal Lust, meine Eltern oder sonst wen anzurufen. Und kaum, dass ich mich versah, liefen mir schon wieder die Tränen die Wangen hinunter.

In meinem Kopf schwirrte es. Dachten die Beamten echt, Kyle sei in ein Auto gestiegen? Das hielt ich nur für möglich, wenn er die Leute auch gekannt hatte. Vielleicht war sein Chef ja höchstpersönlich hier aufgetaucht, um ihn abzuholen? Aber mitten in der Nacht? Das war ja wohl Quatsch. Oder Kyles Verschwinden hatte doch was mit dem Flüchtigen aus Hamburg zu tun. Schließlich war er sehr nervös geworden, als Toni nach dem Abendbrot noch was von einer alten Blockhütte erzählt hatte. Vielleicht hatte ihm das keine Ruhe gelassen und er hatte dort nachschauen wollen? Mit einem Ruck blieb ich stehen und fühlte plötzlich so etwas wie Hoffnung in mir aufsteigen. Das könnte die Lösung sein. Kyle war vielleicht die ganze Zeit in der alten Blockhütte? Doch wieso kam er dann nicht zurück, jetzt wo der Sturm vorbei war? Und erneut sackte ich traurig in mich zusammen. Wie man es auch drehte, es war einfach wie verhext.

Als ich oben war, schlüpfte ich in unser Zimmer und ließ mich aufs Bett fallen. Dann schnappte ich mir mein Handy. Es war höchste Zeit, im Messenger nach neuen Nachrichten von Seven zu sehen. Zu meiner Erleichterung fand ich auch nicht nur eine, sondern viele Nachrichten, teilweise mit hübschen Fotos von den Stationen ihrer nächtlichen Fahrt. Doch in der allerletzten fand ich die erlösenden Worte:

„Hi, wir sind gleich da. Dylan kämpft sich gerade den Berg hoch …"

Sofort checkte ich die Uhrzeit und sah, dass diese letzte Nachricht gerade mal zehn Minuten alt war.

„Maria!", schrie ich. „Maria!"

Euphorisch sprang ich wieder vom Bett und polterte mit dem Handy in der Hand die Treppe hinunter. Als ich unten in der Vorhalle stand, sah ich, dass Maria schon längst wieder hinter der Rezeption saß und neben dem Telefon ausharrte.

„Hat sich die Polizei gemeldet?", fragte sie.

„Nein, aber Seven und Dylan! Sie sind fast da! Sie sind unten am Berg."

„Na, wenn das mal keine guten Nachrichten sind. Aber was für ein Auto haben sie? Nicht, dass sie gleich Probleme kriegen. Überall liegen Bäume und Äste herum. Die Beamten haben das gerade auch nochmal erzählt. Weil das auch ihre Suche erschwert. Es wird heute für keinen Autofahrer leicht sein, dort hinzukommen, wo er hinwill."

„Dylan hat einen *Range Rover*", beruhigte ich sie. „Damit dürfte das doch wohl kein Problem sein, oder?"

„Wir werden sehen", meinte Maria, während sie sich langsam aus ihrem Bürostuhl erhob und sich durch die Haare fuhr. „Frag ruhig noch mal nach, wo sie gerade sind. Vielleicht brauchen sie Hilfe."

Schnell öffnete ich mein Handy und drückte Sevens Nummer. Ich hörte zwar sofort das vertraute Tuten und wartete mit klopfendem Herzen. Doch nach einer Weile meldete sich nur die Mailbox.

„Sie hört mich gerade nicht", sagte ich enttäuscht.

„Dann müssen wir warten. Ich gehe jetzt nach hinten und schaue, was Toni macht."

Ich nickte und blieb ganz bedröppelt stehen, wo ich stand. Was war das nur für ein furchtbarer Alptraum? Kyle konnte doch nicht einfach so mir nichts dir nichts verschwunden sein? Ich atmete ein paarmal tief ein und aus und versuchte, gegen meine verzweifelte Stimmung anzukämpfen. Dann griff ich mir eine der Wolldecken, die oft auf der Bank neben dem Schuhregal lagen, warf sie mir über die Schultern und öffnete die Haustür.

Augenblicklich schlug mir eisige Luft ins Gesicht. Der Wind hatte wieder ein wenig zugenommen, doch es störte mich nicht. Im Gegenteil, ich fand das plötzlich sogar richtig angenehm, weil es mir half, einen klaren

Kopf zu bekommen. Ich lehnte mich gegen den breiten Türrahmen und starrte sehnsüchtig zur Hof-Einfahrt.

Wo blieben die beiden nur?

Kapitel 20

Lara

„Lara, wir finden ihn. Alle aus dem Dorf suchen Kyle. Und viele helfen Toni immer noch bei der Suche im Wald."

Wie oft hatte ich diese Sätze in den letzten Stunden gehört. Auch, während ich unten am Türrahmen lehnte und ungeduldig auf Sevens und Dylans Ankunft wartete, gingen sie mir nicht aus dem Kopf. Doch am meisten machte mir meine neue Hoffnung Mut. Die Hoffnung, dass Kyle nicht in ein Auto gestiegen war und auch nicht verletzt im Wald herumlag, sondern in Wirklichkeit die ganze Nacht in seiner alten Blockhütte verbracht hatte! Vielleicht war die während des Sturms eingestürzt und er kam nicht mehr alleine raus? Ich musste das unbedingt Toni erzählen.

Wenn er gleich wieder in den Wald ging, um erneut nach Kyle zu suchen, dann musste er zuallererst in dieser alten Blockhütte nachschauen. Am liebsten wäre ich sofort zu Toni gerannt, um das mit ihm zu besprechen. Doch es war wichtig, dass er sich jetzt erstmal ein wenig ausruhte. Ich hatte bestimmt schon zehn Minuten so gestanden, zitternd und bebend, als es plötzlich wieder anfing zu schneien. Obwohl, von *schneien* konnte man kaum reden. Es stürzten plötzlich so dicke Schneeflocken vom Himmel herab, dass man von einer Sekunde zur anderen kaum noch seine Hand vor Augen sah. Und so sehr mich der Schnee hier in Tirol anfangs auch begeistert hatte, in Anbetracht der jetzigen verzweifelten Lage hätte ich ihn am liebsten zur Hölle gewünscht.

„Oh mei. Es ist doch wirklich wie verhext heute", hörte ich da auch schon eine vertraute Stimme hinter mir.

Abrupt drehte mich um; Maria war zurückgekommen. Nun stand sie dicht hinter mir und blickte betrübt in den Himmel.

„Also, ich bin ja, was das Wetter betrifft, hier in den Bergen einiges gewöhnt, aber sowas hab' ich überhaupt noch nicht erlebt. Gerade war der Himmel doch noch wolkenlos?"

Verzweifelt blickte ich sie an. Und hatte dabei nur einen Gedanken: *Wenn es einen lieben Gott im Himmel gab, dann sollte er doch bitte machen, dass Kyle tatsächlich in dieser blöden Hütte war. Aber er sollte auf keinen Fall verletzt bei Minusgraden irgendwo im Wald herumliegen, schon gar nicht unter irgendeinem Baum.*

„Am liebsten würde ich in eine Kirche gehen oder mit einem Pfarrer sprechen", flüsterte ich und schluckte schon wieder an meinen Tränen. „Geht das? Kann man einen anrufen?"

Maria sah mich mitleidig an und nahm mich dann ganz fest in den Arm.

„Lara, Toni war fast die ganze Nacht mit Leuten aus dem Dorf unterwegs und hat im Wald gesucht und er wird gleich weitersuchen."

„Das ist es ja gerade", schrie ich aufgebracht. „Sie suchen seit Stunden und keiner hat ihn gefunden. Das ist es, was mich aufregt. So groß ist der Wald nicht."

„Nein, aber es war dunkel. Bei Tageslicht sind die Chancen besser…"

„Glaubst du das wirklich? Er hat doch überhaupt keine Chance mehr, nach all den Stunden?", brach es weinerlich aus mir heraus. „Draußen sind Minusgrade. Wie lange hält ein Mensch denn sowas aus?"

„Er trägt einen Thermoanzug", tröstete mich Maria. „Und vergiss nicht, er ist hier aufgewachsen."

Ich schluckte. *Er ist hier aufgewachsen.* Das klang so makaber in meinen Ohren. *Als ob ihn dieser Umstand vorm Kältetod bewahren könnte.*

Und dann hörten wir endlich die lang ersehnten Automotor-Geräusche. Ich drehte mich wieder um und starrte gebannt zum Hofeingang. Sekunden später tuckerte auch schon ein klobiger Geländewagen durch die Einfahrt auf Tonis Grundstück. Und obwohl das Fahrzeug über und über mit Schnee bedeckt war, erkannte ich sofort, dass es Dylans *Range Rover* war.

„Sie sind da!", schrie ich hysterisch und kniff Maria vor lauter Aufregung in den Arm. „Schau doch, meine Freunde sind da!"

Ich sprang einfach mal wieder in einfachen Filzpantoffeln hinaus in den Schnee, ohne mir die Mühe zu machen, Schuhe anzuziehen. Winkend und rufend rannte ich Seven und Dylan entgegen und lotste sie dann auf eine windgeschützte Stelle gleich neben dem Haus. Es dauerte ein paar Minuten, bis Dylan den Wagen so stehen hatte, dass er zufrieden war. Dann verstummte der Motor und die Wagentüren sprangen auf. Als erstes kletterte Seven aus dem Wagen, dicht gefolgt von einem großen schwarzen Hund, der so ungestüm hinauspreschte, dass er fast auf die Nase gefallen wäre. Überrascht von dem dichten Schneetreiben schüttelte sich das Tier ein paarmal, und stob dann aufgeregt über den ganzen Hof, um die neue Umgebung ausgiebig zu erkunden.

„Seven! Seven! Ich bin so froh, dass ihr endlich da seid", brach es weinerlich aus mir heraus.

„Oh, Lara. Ich auch!"

Und schon lagen wir uns in den Armen. Auch Dylan war mittlerweile ausgestiegen, hatte einen großen, braunen Regenschirm aufgespannt und hielt ihn über uns.

„Mensch, was ist das für ein Wetterchen bei euch. Da bin ich ja froh, dass wir es noch den Berg hinaufgeschafft haben." Dann wurde sein Blick ernst: „Gibt es inzwischen Neuigkeiten, Lara? Wisst ihr endlich, wo Kyle ist?"

„Nein!", flüsterte ich traurig. „Aber kommt, lasst uns einfach ins Haus gehen. Euer Gepäck könnt ihr später holen."

Wir beeilten uns dann, schnellstmöglich ins Haus zu schlüpfen. Als wir vor der Eingangsschwelle standen, begutachtete Seven noch kurz die Fassade des hübsch restaurierten Hauses, soweit das bei dem heftigen Schneefall möglich war.

„Also, wenn der Anlass jetzt nicht so besorgnis-erregend wäre, würde ich ja sagen: Wow! Wie toll es hier ist! Aber so, da bleibt einem ja echt die Freude im Halse stecken."

„Wem sagst du das."

Hinter uns war direkt Dylan, neben ihm stand sein Hund. Der hatte schnell genug davon gehabt, im Schnee herumzutoben und war bereitwillig zu seinem Herrchen zurückgekehrt.

„Warum habt ihr Dexter mitgebracht?", fragte ich verwundert.

„Ich konnte meine Mutter schlecht mit zwei gro-ßen Hunden allein lassen."

Als wir schließlich alle in der warmen Vorhalle standen, begrüßte Maria die Neuankömmlinge. Sogar für den Hund hatte sie ein Handtuch zum Abrubbeln parat.

„Ich wusste gar nicht, dass ihr einen Hund mit-bringt."

„Ich hoffe, das ist okay?", fragte Dylan.

„Ja, ja, das geht schon klar. Jetzt zieht erstmal die Jacken und Schuhe aus und kommt mit in die gute Stube. Sicher könnt ihr ein heißes Getränk vertragen?"

Ich half Seven und Dylan, ihre Jacken irgendwo an der Garderobe unterzubringen, und schob ihre durch-nässten Schuhe dicht an die Heizung. Dann sahen wir zu, dass wir Maria in den Speisesaal folgten. Dort, auf unserem großen Esstisch standen schon zwei Thermos-kannen mit Kaffee und Tee und auch Trinkbecher parat.

„Habt ihr auch Hunger?", fragte sie.

„Nein, danke, echt lieb. Wir haben vor einer Stunde an der Tankstelle Not-gefrühstückt, und ich glaube, mehr passt bei uns nicht rein", erwiderte Dylan und blickte dann traurig von einem zum anderen. „Diese Hiobs-Botschaft mit Kyle ist uns ziemlich auf den Magen geschlagen. Vor allem, als Lara uns per *Whats App* geschrieben hatte, dass die Polizei nach einem Wagen fahndet, der ihn mitgenommen haben soll?"

Sofort spürte ich wieder, wie mir vor lauter Angst eine Gänsehaut den Rücken hinunterrann. Krampfhaft verhakelte ich meine Hände so fest ineinander, dass es schmerzte und blickte dann traurig zu Maria.

„Du, wir glauben das nicht", meinte Maria ausweichend. „Am besten fragst du gleich Toni. Er schläft gerade. Er hat aber vor, gleich wieder in den Wald zu gehen, um dort nach Kyle zu suchen. Wenn du willst, kannst du ihn begleiten." Und bevor Dylan antworten konnte, redete sie auch schon weiter: „Dein Hund ist wirklich ein schönes Tier. Er ist ein Labradoodle, nicht wahr?"

Bewundernd blickte sie auf Dexter, der mittlerweile vor dem Kamin lag und zufrieden auf dem großen Knochen herumkaute, den sie ihm gereicht hatte.

„Ja. - Als mein Vater noch lebte, war er mit Dexter oft in so einem Verein fürs Fährtensuchen. Allerdings war das für beide eher ein Sport gewesen. Aber wer weiß? Vielleicht kann er uns nützlich sein."

„Das hört sich spannend an", meinte Maria. „Solche Hunde haben wir auch im Dorf. Wir nennen sie *Rettungshunde.* Das ich darauf nicht früher gekommen bin. Es ist auf alle Fälle einen Versuch wert."

Überrascht räusperte ich mich. Dexter sollte ein *Fährtensuchhund* sein? Also, sowas konnte ich mir beim besten Willen nicht vorstellen. Und überhaupt: Bei dem ganzen Schnee, und vor allem nach diesem ungeheuerlichen Eissturm, wie sollte da ein Hund noch eine Spur finden?

„Ich bin vor allem beeindruckt", sagte ich dann zu Dylan, „dass ihr überhaupt den Weg hier hoch geschafft habt. Kyle und mich hatte Toni mit einer *Schneeraupe* hochtransportieren müssen."

„Du, Dylans *Range Rover* hat echt was drauf", meinte Seven. „Ich will nie wieder mit einem anderen Auto fahren. Das einzig große Problem, das wir nach der Abfahrt von der Autobahn hatten, war, dass plötzlich überall Äste und halbe Bäume auf der Straße herumlagen."

„Ja, die ganzen Aufräumarbeiten haben genervt", erzählte Dylan weiter. „Dadurch war ganz viel gesperrt. Aber mit meinem *Rangi* bin ich einfach galant drumherumgefahren."

„Oder einfach obendrüber weg", ergänzte Seven lachend.

In dem Moment hörten wir ein knarrendes Geräusch. Dann öffnete sich die Tür vor den Privaträumen und Toni stand im Türrahmen. Als er Seven und Dylan erblickte, sah er erleichtert aus.

„Ihr zwei müsst Laras Freunde sein! Toll, dass ihr da seid. Ich hab' schon befürchtet, ihr bleibt mit eurem Auto irgendwo im Schnee stecken."

Die Begrüßung, die dann folgte, war kurz und herzlich. Ich war beeindruckt, wie selbstverständlich

Toni und Maria meine Freunde annahmen. Schließlich kannten sie Seven und Dylan gar nicht. Doch die Sorge um Kyle vereinte uns damals alle.

Eine halbe Stunde später hatte Toni schon wieder das Haus verlassen und war auf dem Weg in den Wald. Dylan hatte sich ihm mit Dexter angeschlossen. Ich bewunderte die Männer sehr für ihr Durchhaltevermögen. Vor allem auch Dylan. Obwohl er in der Nacht kaum geschlafen und danach mehrere Stunden vorm Steuer verbracht hatte, war er nicht davon abzuhalten gewesen, Toni bei der erneuten Suche nach Kyle zu begleiten. Er hatte sich einfach zwei zusätzliche Espresso hineingeschüttet und dann seine Klamotten gegen die feste Schneekleidung getauscht, die Toni ihm gab. Unter anderem auch Schneeschuhe. Auch für Dylan war es in jenem Winter das erste Mal, dass er sich auf solchen Dingern fortbewegen musste. Trotzdem kam er erstaunlich gut damit zurecht, wie ich bemerkte, als ich den beiden noch gemeinsam mit Maria und Seven durch die offene Haustür hinterherblickte. Und zwar so lange, bis sie nicht mehr zu sehen waren. Über Dexter hatten wir alle gestaunt. Der Hund schien genau zu wissen, dass eine besondere Aufgabe auf ihn wartete. Denn nachdem ihm Dylan ein benutztes T-Shirt von Kyle unter die Nase gehalten hatte, war er kaum noch zu halten gewesen. Wie ein Irrer hatte er angeschlagen und wäre am liebsten sofort allein in den Wald geprescht.

Als sich die drei dann unserem Blickwinkel entzogen hatten, bekamen wir noch mit, wie der Schneefall wieder nachließ. Das gab uns Hoffnung.

Maria zog sich wieder auf ihren Stammplatz hinter der Rezeption zurück. Sie wollte unbedingt bei der Telefonanlage mit dem Faxgerät sitzenbleiben, da sie davon ausging, dass dort als erstes neue Nachrichten zu Kyle eingehen würden, falls die Polizei was fand. Ich schnappte mir Seven und zog sie hinter mir her die Treppe hoch. Seven, die schon seit ihrer Ankunft still für sich die Inneneinrichtung im Haus bewundert hatte, konnte sich, als wir endlich oben im ersten Geschoss waren, nicht mehr zurückhalten:

„Mensch, Lara! - Ich war so gespannt, ob das Haus und die Zimmer wirklich so toll sind, wie auf den Fotos von dir. Aber ich muss wirklich sagen: Das hier übertrifft alles!"

„Ja, ich weiß", erwiderte ich schlapp und versuchte zu lächeln. Doch es gelang mir nicht. Stattdessen musste ich wieder weinen. „Weißt du, was das Schlimme für mich ist? - Wir waren die meiste Zeit hier so glücklich, Kyle und ich. Manchmal hatten wir natürlich kurz gestritten, aber wir hatten uns auch wieder versöhnt. Und dann ist er auf einmal weg! Ich bin so geschockt."

„Mensch Lara, wir doch auch."

Schnell nahm Seven mich in den Arm und drückte mich. Dann gingen wir Hand in Hand die letzten Schritte weiter über den Flur, bis wir endlich im *Blauen Raum* waren. Traurig blickte ich nach dem Eintreten umher und registrierte, dass das Zimmer auf den ersten Blick noch genauso aussah, wie Kyle es verlassen hatte. Als wäre er nur kurz hinausgegangen. Nachdem sich auch Seven überall umgeschaut und auch das Badezimmer mit dem *Whirl Pool* inspiziert hatte, kehrte sie zu mir zurück. Gemeinsam setzten wir uns an den runden Tisch, der vorm Fenster stand und blickten uns an.

„So!", sagte Seven. „Und jetzt erzählst du mir noch mal ganz genau, was seit gestern passiert ist. Ich muss ehrlich sagen, so richtig hab' ich das am Telefon nicht verstanden."

Tapfer atmete ich durch und versuchte, die letzten Stunden vor Kyles Verschwinden noch einmal *Revue* passieren zu lassen.

„Also", begann ich. „Kyle und ich, wir hatten uns ins Bett gelegt und waren auch schnell eingeschlafen. Er sogar noch vor mir. Zwei Stunden später bin ich aber wieder aufgewacht. Ich wusste erst nicht, warum. Bis ich merkte, dass Kyle gar nicht mehr da war. Und weil ja draußen dieser Schneesturm wütete, hab' ich sofort Panik gekriegt und Maria und Toni geweckt."

„Wieso hast du denn Panik gekriegt? Er hätte doch auch einfach auf Klo oder unten sein können?"

„Nein, ich hab' sofort gewusst, er ist draußen."

„Aha."

„Ja. Und dann bin ich eben so schnell wie möglich zu Toni und Maria gerannt und hab' gesagt, dass Kyle draußen ist, aber die haben mir nicht geglaubt. Also suchten wir erst im Haus und im Keller, bis auch ihnen klar war, dass Kyle draußen sein musste; weil ja auch sein Schneeanzug und die Thermostiefel weg waren. Wir haben dann zuerst auf dem Grundstück gesucht; bis Toni uns wieder ins Haus geschickt hat und allein den Weg zum Wald abgesucht hat. Und da hatte er tatsächlich Fußstapfen von Kyle gefunden und da wussten wir, er ist im Wald. Und dann hab' ich dich ange-rufen."

„Puh, was für eine Story. Und erst danach habt ihr auch die Polizei angerufen?"

„Ja. Aber die Polizei hat später nur noch im Dorf und auf den Straßen gesucht, weil sie im Wald nicht nur Kyles Spuren gefunden hatte, sondern auch die Reifen-spuren von einem Wagen. Die Beamten denken jetzt, Kyle sei in ein Auto gestiegen und weggefahren. Weil seine Fußspuren dort aufhörten, wo der Wagen ge-stoppt hatte."

„Echt jetzt?"

Entgeistert starrte Seven mich an.

„Ja! - Kyles Fußspuren hörten am Auto auf. Wir finden das aber komisch. Wieso sollte Kyle in ein Auto gestiegen sein? - Ich meine, es war mitten in der Nacht."

„Vielleicht wurde er entführt?", flüsterte Seven und blickte mich geschockt an.

„Wer sollte ihn denn entführen?", stotterte ich verständnislos.

„Lara, ich habe dir doch erzählt, dass in Hamburg einige Leute Kyle seit Weihnachten suchen. Und bislang wissen wir immer noch nicht: Wieso?"

Doch da schüttelte ich ganz energisch den Kopf.

„Das glaub ich nicht, die wissen doch gar nicht, dass er hier ist. Toni meinte, es könnten auch Touristen gewesen sein, die durch den Sturm vom Weg abgekom-men waren, und ..."

„Ja, das könnte sein."

Angestrengt dachte ich weiter nach. Und dann musste ich schlucken, weil ich nicht wusste, wie ich mit der Sprache rausrücken sollte.

„Lara, was ist?"

„Du, es gibt da noch eine merkwürdige Sache, die ich dir noch nicht erzählt habe."

„Und welche?", fragte Seven atemlos. „Lara, spann mich jetzt bitte nicht auf die Folter!"

„Es war gestern Nacht nicht das erste Mal, dass Kyle einfach raus ist. Genaugenommen war er wahrscheinlich jede Nacht für ein oder zwei Stunden weg. Schon seit wir hier sind …"

„Wie meinst du denn das jetzt?"

„Von der allerersten Nacht an, wo wir hier waren, war Kyle nachts mal weg. Ich dachte nur am Anfang, ich träume das."

Mit kugelrunden Augen starrte Seven mich an.

„Wie, er war weg? Nachts?"

„Ja. Er wollte das auch nicht zugeben, aber in der dritten Nacht hatte ich ihn erwischt, als er zurückkam. So gegen zwei Uhr morgens. Er hatte seinen Schneeanzug an, eine Taschenlampe dabei und alles. Wir hatten danach unseren ersten handfesten Krach."

„Was? Und das erzählst du mir erst jetzt?"

„Ich wollte dich nicht beunruhigen. Ich wollte erst wissen, warum er sowas macht. Und dann war ich auch erstmal eifersüchtig, weil ich dachte, er trifft sich vielleicht nachts mit einer anderen Frau." Ich brach ab und blickte kurz in Sevens immer noch sprachloses Gesicht. Dann gab ich mir einen weiteren Ruck und fügte leise hinzu:

„Bis Kyle mir eben erzählt hatte, dass er ein Schlafwandler ist."

„Er ist was?"

Nun starrte Seven vollkommen perplex drein. Bis sie anfing zu lachen.

„Was sind denn das für Geschichten? Und sowas glaubst du ihm?"

„Nun ja. Das kann doch sein?"

„Also, ich weiß ja nicht. Tatsache ist: Dein werter Herr Traumprinz hat ein Geheimnis. Und dieses Geheimnis ist der Grund für sein Verschwinden."

„Da hast du leider recht. – Und dennoch: Das ist für mich zurzeit nicht das Schlimmste an der ganzen Sache."

„Nein? Was ist es dann?"

Erstaunt sah Seven mich an.

„Dass ich mich ernsthaft in Kyle verliebt habe. - So richtig, weißt du? So, wie ich es noch nie zuvor getan habe. Und jetzt ist er verschwunden! Wahrscheinlich werde ich ihn nie wiedersehen!"

Und wieder brach ich in Tränen aus und war danach überhaupt nicht mehr zu trösten.

Seven versuchte natürlich, mich aufzufangen. Doch meine Traurigkeit war nicht mehr zu bremsen und steckte sie schließlich so sehr an, dass auch sie irgendwann nur noch dasaß und still vor sich hin weinte. Wir hatten schon eine Unmenge an Taschentüchern verbraucht, als es an unserer Zimmertür klopfte.

Noch bevor wir „Herein" rufen konnten, sprang die Tür auf. Ganz atemlos stand Dylan im Türrahmen. Fast hätten wir ihn nicht erkannt, denn der geliehene Schneeanzug, den er trug, war über und über mit gefrorenem Schnee bedeckt, auch die Kapuze und alle Haare, die vorne herauslugten.

„Dylan! Wie siehst du denn aus? Es hatte doch gar nicht mehr geschneit."

„Ich hatte einfach im falschen Moment unter einer schneebeladenen Tanne gestanden. Aber egal! Kommt schnell runter. Alle beide. Und bringt noch mal irgendeine benutzte Klamotte von Kyle mit.

Wir müssen Kriegsrat halten. Dexter hat was gefunden."

Kapitel 21

Seven

Dexter hatte was gefunden? - Ich dachte, ich höre nicht richtig. Genau wie Lara hatte ich diese *Fährtensuch-hund-Nummer* für eine fixe Idee gehalten. Doch als Dylan erzählte, dass sein Hund tatsächlich irgendeine Spur gefunden hatte, fielen Lara und ich uns erleichtert in die Arme. Schnell klaubten wir ein paar benutzte Kleidungsstücke von Kyle aus dem Bad zusammen und gingen mit Dylan die Treppe hinunter.

Wenige Minuten später fanden wir uns auch schon mit Toni und Maria im Speisesaal wieder. Wir waren alle so aufgeregt und mit den Nerven fertig, dass es ein paar Minuten brauchte, bis wir in Ruhe reden konnten. Auch Toni schien unter der falschen Tanne gestanden zu haben, denn auch sein Schneeanzug war an Kapuze und Schultern stark durchnässt. Trotzdem machte er sich nicht die Mühe, das nasse Ding auszuziehen. Lediglich den Reißverschluss des Oberteils hatte er geöffnet und die Kapuze nach hinten gezogen. Nun stand er leicht bibbernd und mit total durchnässtem Haar vor uns:

In der einen Hand hielt er ein Handtuch, in der anderen eine Tasse mit heißem Kaffee. Maria war derweil dabei, den nicht minder nassen Dexter abzureiben. Der Hund jedoch sah gar nicht danach aus, als würde ihm das gefallen. Winselnd und hechelnd drehte er sich die ganze Zeit im Kreis und versuchte, ihr zu entschlüpfen. Als Maria ihn losließ, spurtete Dexter sofort zurück zur Haustür und blieb dort erwartungsvoll stehen.

„Du meine Güte, der Hund benimmt sich wirklich komisch", meinte ich. „So hab' ich den noch nie gesehen."

„Ja, der ist jetzt angefixt", sagte Dylan. „Der hat eine Spur."

„Aber kann das denn überhaupt sein, dass Dexter eine Spur von Kyle gefunden hat?", fragte Lara ungläubig. „Vielleicht wittert er bloß ein Kaninchen oder Fasane oder sowas ..."

Dylan schüttelte den Kopf.

„Nein. Wir haben gerade tatsächlich eine neue Spur gefunden; zwar stark verwischt und auch schon leicht eisverkrustet, aber wir wissen nun ganz sicher, dass Kyle nicht von einem Auto mitgenommen wurde", antwortete er.

„Ich hab's gewusst!", schrie Lara.

„Ja, ich auch", meinte Toni. „Kyle hatte nachts zwar dort gestanden, wo das Auto gehalten hatte, aber das Auto ist ohne ihn weitergefahren. Dylan und ich holen jetzt neue Batterien für die Taschenlampen, damit sehen wir im dunklen Wald einfach mehr, und dann gehen wir noch mal zu der Stelle hin. Und wenn das wirklich so ist, dass Kyle sich vom Waldweg aus ins

Dickicht geschlagen hat, dann hab' ich eine Idee, wo er sein könnte."

„In der Hütte!", platzte Lara raus.

Überrascht blickten wir anderen sie an.

„Was meint Lara denn damit?", fragte Dylan dann Toni. „Was für eine Hütte?"

„Nun, als wir jünger waren, hatten Kyle und ich eine Blockhütte im Wald. Sie steht am anderen Waldrand, an einer Stelle, zu der sonst niemand Zugang hat. Wahrscheinlich ist das Ding mittlerweile total verfallen. Aber, wenn Kyle im Wald Probleme hatte und nicht mehr zurückkonnte - wegen hinunterkrachenden Ästen oder sonst was - dann kann es sein, dass er versucht hat, dorthin zu gelangen."

Hoffnungsvoll sahen wir einander an. Bis Lara die Stimmung wieder kaputt machte:

„Aber mittlerweile hat sich der Sturm doch gelegt", sagte sie. „Wenn Kyle dort übernachtet hätte, dann wäre er doch längst zurückgekommen."

„Nun, vielleicht ist er verletzt?", wandte ich ein. „Sein Handy hat er nicht dabei, oder?"

„Nein", erwiderte meine Freundin traurig. „Ich hatte es nachts noch im Bad gefunden. Auch ein Zeichen, dass er willkürlich raus ist. Wäre Kyle zu einer geheimen Verabredung gegangen, hätte er das doch mitgenommen."

„Also Kinder, es bringt überhaupt nichts, hier wild herumzuspekulieren. Die Zeit läuft uns davon", klatschte Toni plötzlich in die Hände. „Lara, gib Dylan nochmal ein paar Socken von Kyle. Ich gehe schnell in den Schuppen und hole uns frische Batterien. Danach geht es los."

Als Toni fünf Minuten später mit neuen Batterien zurückgekommen war, machten sich die beiden Männer erneut startklar. Sie tranken ihren restlichen Espresso aus, schlossen die Skianzüge und marschierten zur Tür. Dylan legte Dexter wieder sein Brustgeschirr mit der langen Schleppleine um und musste ihn nach Öffnen der Tür scharf zurechtweisen. Der Hund wäre am liebsten allein vorgerannt. Dabei kläffte er laut und sprang im Kreis.

Als Dylan Dexter wieder einigermaßen im Griff hatte, zwinkerte er uns aufmunternd zu. Toni dagegen nahm Maria kurz in die Arme und flüsterte:

„Wenn wir gleich im Wald sind, Maria, dann rufst du die Polizei an und erzählst denen, dass wir eine neue Spur haben. Vielleicht benötigen wir in Kürze einen Rettungs-Hubschrauber …"

Dann marschierten sie los. Schweren Herzens sahen Maria, Seven und ich zum zweiten Mal an jenem Morgen den beiden Männern hinterher, wie sie über den Hof zur Ausfahrt stapften und dann in Richtung Wald verschwanden. Vorweg der winselnde Dexter, der sich mächtig ins Geschirr legte. Zu unserer Erleichterung stellten wir aber auch fest, dass der Himmel klar geblieben war. Nach erneutem Schneefall sah es nicht aus.

„Wenigstens spielt das Wetter endlich mit", seufzte Maria.

Lara lehnte sich traurig an mich und war trotz der bibbernden Kälte nicht dazu zu bewegen, ins Haus zurückzugehen.

„Mensch Lara", versuchte ich sie zu trösten. „Jetzt reiß dich noch ein letztes Mal zusammen. Bestimmt kommen bald gute Nachrichten. Es muss einfach so sein."

Skeptisch blickte Lara mich an. Doch dann ließ sie sich von mir zurück in den Vorraum schieben, während Maria resolut die Tür schloss.

„So, ich rufe jetzt die Polizei an. - Und ihr zwei zieht euch bitte nach oben zurück. Ich gebe Bescheid, wenn Neuigkeiten eintrudeln."

Schnurstracks ging sie zur Rezeption zurück und schnappte sich das Telefon. Lara wollte das Gespräch mithören, und musste von mir regelrecht an die Hand genommen und die Treppe hochgezogen werden.

„Komm doch mit", flüsterte ich ihr ins Ohr. „Das macht dich jetzt nur verrückt. Du musst ein wenig zur Ruhe kommen. Dylan und Toni werden Kyle finden. Ich glaube das wirklich."

Ich war an jenem Tag nur froh, dass ich bei ihr in Tirol war und sie unterstützen konnte. Schon seit vielen Jahren waren wir beste Freundinnen. Und immer, wenn ich Probleme gehabt hatte, war Lara für mich da gewesen. Also, Lara und ich, wir hatten schon so viel miteinander durchgestanden. Dieses Abenteuer musste einfach gut enden.

Oben, in dem gemeinsamen Zimmer angelangt, fing Lara wieder an zu schluchzen und ließ sich aufs Bett fallen. Ich, an ihrer Stelle hätte wahrscheinlich das gleiche getan. So viele Kleinigkeiten hier erinnerten sie an Kyle. Seine ganzen Sachen und die Klamotten, die hier herumlagen.

„Ich fasse es einfach immer noch nicht", presste sie irgendwann hervor. „Alles hatte so schön begonnen. Und jetzt? Es ist so ein Unglück!"

„Lara ...", begann ich.

Doch Lara wehrte sofort ab.

„Ach, Seven. Selbst wenn Kyle in dieser Hütte gefunden wird. Draußen sind Minusgrade und er ist jetzt fast schon zwölf Stunden lang draußen."

„Aber er hat einen Schneeanzug an, oder nicht? Und Thermostiefel, hast du gesagt."

„Aber die Hütte ist eine Sommerhütte, die zudem noch beschädigt ist. Vor Kälte schützt die nicht. Und was, wenn Kyle sie gar nicht mehr erreicht hat, sondern irgendwo auf dem Weg dorthin unter Neuschnee begraben wurde, weil er gestürzt ist? Und jetzt da immer noch liegt?"

„Lara, mach dich doch nicht fertig! Wir warten jetzt einfach ab, okay? Schau mal, ich habe Duftkerzen in meiner Reisetasche. Ich zünde jetzt zwei davon an, und du wirst sehen, der schöne Duft wird dich beruhigen. Und dabei sehen wir uns einfach so lange irgendwelche Serien auf *Netflix* an, bis die Jungs zurück sind."

„Okay."

Ergeben zuckte Lara mit den Schultern und versuchte, sich aufrecht hinzusetzen. Ich half dabei, ihr Kopfkissen so aufzuschütteln, dass sie bequem dagegen lehnen konnte. Dann zog ich mich selbst in einen der beiden Fernsehsessel zurück, die auch noch im Zimmer standen, nahm die Fernbedienung zur Hand, öffnete den *Netflix*-Kanal und begann, durch das Programm zu klicken.

Nun gut. Dann gab es jetzt eben *Netflix*. *Netflix* und Duftkerzen. Irgendwie würde auch dieser Vormittag vorübergehen. Und morgen um diese Zeit würden wir hoffentlich alle über diese ungewissen und bangen Stunden lachen.

Kapitel 22

Toni

Als ich mich am Silvestermorgen mit Dylan und seinem Hund erneut in den Wald aufmachte, um nach Kyle zu suchen, kam ich mir vor, als wäre ich im falschen Film. Ich biss die Zähne zusammen und fluchte leise vor mich hin. Heute war der letzte Tag im Jahr, der 31. Dezember. Heute Nacht wurde die Nacht der Nächte gefeiert. Die Nacht, in der die ganze Welt für kurze Zeit stillstand, um Feuerwerke zu entzünden, um Sektkorken knallen zu lassen und um sich und jedem, den man kannte, ein schönes *Neues Jahr* zu wünschen. Nur was für ein schönes *Neues Jahr* würde das für uns werden, wenn wir Kyle heute nicht fanden?

Maria und ich, wir hatten eigentlich vorgehabt, am Morgen noch die allerletzten Einkäufe zu machen, um dann ganz in Ruhe alles für einen gemütlichen Raclette-Abend vorzubereiten. Stattdessen sorgte ich mich nun den ganzen Morgen, und auch schon die ganze Nacht, fluchend und bangend um Kyle. Dass mir und meiner Familie eines Tages so etwas passieren könnte, hätte ich mir in keinem Traum ausgemalt. Sowas sieht man doch normalerweise nur im Fernsehen. Und neben der Verzweiflung, die mit den fortschreitenden Stunden in mir wuchs, spukten mir auch immer mehr Fragen im Kopf herum:

Warum hatte Kyle das getan? Warum war er mitten in der Nacht aus dem Haus gelaufen? Wollte er jemanden treffen? Oder konnte er nicht schlafen? Oder war er tatsächlich ein Schlafwandler, so wie Lara das behauptete? Aber davon wusste ich nichts. Und ich hatte schließlich lange mit Kyle unter einem Dach gelebt. Nie war mir aufgefallen, dass er schlafwandeln würde. Mein Gott, ich fühlte mich so hilflos und hunde-elend, wie noch nie in meinem Leben zuvor. Besonders regte ich mich über unsere Orts-Polizei auf. Deren Mutmaßung nämlich, Kyle sei in ein Auto gestiegen und weggefahren, die wollte ich nicht glauben. Wie konnten die nur nachts die Suche im Wald abbrechen? Stattdessen wurde im Dorf weitergesucht, sogar auf den Autobahnen. In ganz Österreich wurde mittlerweile gefahndet. Mit Flugblättern, im Rundfunk, in den Nachrichten. Natürlich ohne Ergebnis.

Genervt atmete ich aus.

Kyle war zwar mein Cousin, aber wir waren wie Brüder aufgewachsen. Und von klein auf hatte uns ein besonderes Gefühl miteinander verbunden. Und dieses besondere Gefühl, zu wissen, wie es dem anderen gerade ging oder ob er Hilfe brauchte, dieses Gefühl, das machte sich auch jetzt wieder ganz stark in mir bemerkbar. Und so *wusste* ich: Kyle war in kein fremdes Auto gestiegen. Er war hier irgendwo, und zwar ganz in der Nähe!

Schon den ganzen Morgen hindurch hatte ich unser altes Blockhaus vor Augen. Wir hatten das Häuschen damals zusammen mit meinem Vater gebaut, als wir noch Kinder waren. Kyle war vielleicht sechs oder sieben Jahre alt gewesen und ich eben fünf Jahre älter. Als wir Teenager wurden, veranstalteten wir dort fast jedes Wochenende Grillabende im allerkleinsten Freundeskreis oder verbrachten dort auch mal eine Nacht allein, wenn wir unsere Ruhe haben wollten. Unsere Hütte! Mein Gott, wie lange war ich nicht mehr dort gewesen. Ich versuchte, die Müdigkeit, die immer wieder in mir hochdrängen wollte, abzuschütteln. Ich hatte die ganze Nacht nicht geschlafen. Doch wie hätte ich auch nur ein Auge *zumachen* können, wenn mein Bruder in Not war?

Mit letzter Kraft, aber entschlossen, stapfte ich mit Dexter den tief verschneiten Waldweg entlang. Der Hund legte sich nach wie vor stramm ins Geschirr. Dylan folgte uns, so gut er konnte. Er hatte mir den Hund überlassen, da er nun doch Probleme hatte, mit mir Schritt zu halten. Auch die Schneeschuhe machten ihm mittlerweile zu schaffen. Fast alle paar Meter mussten wir über ein hölzernes Hindernis klettern. Das einzige Glück was wir hatten, war, dass der Schneefall nicht wieder eingesetzt hatte.

Je tiefer es in den Wald hineinging, umso anstrengender wurde es, den Hund neben mir zu halten. Doch wollte ich Dexter nicht zu früh mehr Leinen-Spielraum geben. Die Gefahr war zu groß, dass er dann nach vorne entwich und sich irgendwo in einem der hölzernen Hindernisse verhedderte, was uns Zeit kosten würde. Zeit, die wir nicht hatten. Am liebsten wäre ich, genau wie er, wie ein Irrer losgestürzt, doch die dicke Schneekleidung und die Schneeschuhe ließen das nicht zu. Angespannt wischte ich mir alle paar Sekunden das Gesicht. Dylan und ich, wir trugen zwar zu den Skianzügen mit ihren dicken Kapuzen auch Skibrillen. Trotzdem waren die Minusgrade eine zusätzliche Belastung.

Irgendwann hatten wir endlich wieder die Stelle erreicht, wo der fremde Wagen in der Nacht gehalten und wo sich Kyles Spur verloren hatte. Dylans Hund jaulte auf und zog sofort wieder zu den Fußabdrücken, die wir Kyle zugeordnet hatten. Er jaulte und presste seine Nase tief in den Schnee. Dann lief er rastlos schnüffelnd von einer Stelle zur anderen. Nervös stand ich daneben und spürte, wie Wut in mir emporstieg. Wieso hatte die Polizei diesen Ort hier eigentlich nicht abgeriegelt? Schließlich handelte es sich um wichtige Spuren; um Beweismittel. Wahrscheinlich hatten sie nur Fotos gemacht und das war es dann gewesen.

„Hierher Dexter", rief ich mit tiefer Stimme und zog den widerstrebenden Kerl dicht zu mir heran. Die benutzten Strümpfe von Kyle, die Lara uns vor unserem Aufbruch gegeben hatte, steckten in meiner seitlichen Tasche. Ich war so aufgeregt, dass ich kaum atmen konnte. Wenn ich sie gleich Dexter unter die Nase hielt und er wieder anschlug, dann hatte ich recht gehabt. Nämlich, dass dieser verrückte Hund gerade vor einer Stunde kein Wild gerochen hatte, so wie Lara glaubte, sondern, dass er tatsächlich Kyles Witterung aufgenommen hatte. Vor Anspannung zitternd streckte ich meine Hand mit den Strümpfen aus. Dexter presste seine Nase sofort tief in das wollene Gewebe. Dann jaulte er erneut auf und preschte, mit der Nase am Boden klebend, so abrupt nach vorn, dass sich die lockere Schleppleine um meine Füße band und ich kopfüber in den Schnee fiel.

„Gib ihm die Leine frei! Lass ihn los. Er zieht in den Wald!", schrie Dylan aufgebracht. Er hatte mich mittlerweile erreicht und half mir auf die Beine. Krampfhaft versuchte er gemeinsam mit mir, die lange Schleppleine zu entwirren, damit der nun gebremste, aber hysterisch kläffende Hund den notwendigen Raum bekam, um weiterzusuchen.

„Aber der zieht rechts in den Wald", keuchte ich verzweifelt, als wir beide wieder auf den Beinen standen. „Die Hütte ist doch links."

„Egal. Lass ihn einfach …"

„Und wenn der doch nur ein Kaninchen gewittert hat? Hier sind viele merkwürdige Spuren. Schau mal, hier hinter den runtergefallenen Ästen, sieht man es ganz deutlich."

„Ach Quatsch. Dexter hat noch nie gejagt. Lass ihn laufen!"

Widerstrebend ließ ich dem Hund seinen Willen und versuchte dann, mit ihm mitzuhalten. Zwischen den hohen Nadelbaumstämmen, fernab des Weges, ging es in meiner dicken Skikleidung langsamer voran, als noch kurz zuvor auf dem einigermaßen freien und breiten Waldweg. Vor allem auch, weil sich hier im Dickicht unter der Schneedecke überall Wurzeln, Steine und Moorast befanden und ich alle Naslang einbrach und steckenblieb.

„Also deine Kaninchenspuren sehen für mich eher wie die verwischten Abdrücke von Schneeschuhen aus. Schau doch mal zurück. Mit unseren eigenen Schneeschuhen hinterlassen wir gerade ähnliche Spuren", flüsterte Dylan, als er nach einigen Minuten wieder direkt hinter mir war.

„Schneeschuhe?", stammelt ich verständnislos.

„Ja. Wahrscheinlich hat sich Kyle erst nach seinem Zusammenprall mit den Autofahrern seine Schneeschuhe über die Schuhe gezogen und ist dann in den Wald rein. Und dann war es auf alle Fälle kein Schlafwandeln, sondern ein geplanter Ausflug."

„Aber warum?"

„Ist doch jetzt egal. Komm weiter."

Genervt fluchte ich in mich hinein, während wir uns weiterkämpften, um dem Hund zu folgen. Ich konnte mir immer noch nicht vorstellen, dass wir hier richtig waren. Was um alles in der Welt sollte Kyle denn hier gesucht haben? - Bis ich den Atem anhielt und so abrupt stehenblieb, dass Dylan in mich hineinrannte und wir beide erneut in den Schnee fielen.

„Hey, pass doch auf!", beschwerte er sich. Bis er es auch sah …

Der Hund stand wie gemeißelt auf einer kleinen Anhöhe, nur ein paar Handbreit vor uns und bewegte sich nicht: Die Ohren waren gespitzt, eine der vorderen Pfoten war leicht angehoben und die Rute stand waagerecht in der Luft. Vorsichtig begann ich die lange Schleppleine aufzuwickeln, vor allem auch, weil ich verhindern wollte, dass sie sich gleich wieder irgendwo verheddderte. Doch dann preschte der Hund erneut in einem solchen Satz vor, dass sich die Leine in Sekundenschnelle wieder spannte und ich, schneller als ich gucken konnte, wieder der Länge nach im Schnee landete.

„Verdammt noch mal Dexter!", wollte ich brüllen, bis ich Dylans gellenden Aufschrei hörte.

„Er hat ihn gefunden. Er hat ihn gefunden! Er liegt dort! Schnell."

Benommen rappelte ich mich auf, spuckte den Schnee aus, der bei dem Sturz in meinen Mund geraten war und stolperte hinter Dylan her. Mir schmerzte jeder einzelne Knochen, doch das war mir egal. Nur ein einziger Gedanken ratterte durch meinen Kopf:

Der Hund hatte *meinen Bruder* gefunden. Dieser verdammte Hund hatte tatsächlich *meinen Bruder* gefunden …

Als ich Dylan und den, wie verrückt kläffenden Hund erreicht hatte, hielt ich den Atem an. Vor uns ragte ein großer Haufen herabgestürztes Nadelgeäst, bedeckt von etwas Neuschnee. Darunter aber war, nach genauerem Hinsehen, etwas auffällig *Blaues* zu erkennen, das hindurchschimmerte. Dort kratzte der Hund im Schnee und versuchte, immer wieder mit der Schnauze durch die Äste zu stoßen.

„Stopp", rief Dylan und ging langsam auf Dexter zu. Beschwörend redete er auf den aufgeregten Labradoodle ein und gab ihm einen Hundekeks, den er wohl die ganze Zeit dabei gehabt hatte. Dann befahl er Dexter, sich einen Meter entfernt seitlich abzulegen und still zu sein. Nach ein paar Versuchen klappte das sogar.

„Toni!", rief er. „Komm her! - Wir müssen aufpassen, dass das Zeug nicht einstürzt, aber, verdammter Mist, wir müssen *jetzt* versuchen, ihn da rauszuholen."

Ich nickte, weil aus meinem Hals plötzlich nicht einmal mehr ein Krächzen kam, als ich *meinen Bruder* so daliegen sah. Die ganze Zeit über hatte ich wie erstarrt dagestanden und Dylan und Dexter beobachtet. Doch als ich Dylans Stimme hörte, kam wieder Bewegung in mich. Ich zog, so schnell das mit meinen verfrorenen Fingern möglich war, die Handschuhe aus und suchte mein Handy hervor. Zuerst wollte ich die Polizei verständigen. Bis ich zu meiner Verzweiflung bemerkte, dass mein Handy gerade keine Verbindung herstellen konnte. Fluchend wollte ich mir schon die Haare raufen; doch dann fasste ich mich wieder, tippte schnell eine *SMS* und schickte sie an Maria. Dann steckte ich das Ding zurück in die Innentasche meines Thermoanzugs und betete, dass wenigstens diese Nachricht bald losging, wenn nicht jetzt, dann vielleicht in ein paar Minuten. Es ging um Kyles Leben!

Dylan hatte unterdessen die ganze Zeit ungeduldig zu mir rübergeschaut und gab mir nun mit Handzeichen zu verstehen, dass wir als erstes die beiden dicksten, aber vor allem auch längsten Nadelbaumäste von Kyle herunterwuchten mussten. Und zwar möglichst, ohne ihn zu berühren. Ich biss die Zähne zusammen und packte mit an. Je mehr wir Kyles Körper freilegten, umso mehr schnürte es mir die Kehle zu, *meinen Bruder* so seltsam verdreht auf dem Boden liegen zu sehen. Bestimmt hatte er innere Verletzungen. Auf alle Fälle hatte ihn auch irgendetwas am Kopf getroffen. Denn auf seiner Stirn klaffte eine lange, blutverkrustete Platzwunde. Verdammter Mist!

Und dann hatten wir es geschafft. Kyle war frei!

Wie erstarrt standen Dylan und ich ein paar Sekunden da und blickten unverwandt auf den zusammengekrümmten und seltsam verdrehten Körper, der vor uns im Schnee lag. Die Kapuze hatte Kyle vor seinem Unfall Gott sei Dank nicht nur hochgezogen, sondern mit den beiden Schnüren rechts und links so zusammengebunden, dass sie nach seinem Sturz nicht in den Nacken gerutscht war. Trotzdem. Irgendetwas stimmte nicht ...

„Er sieht so leblos aus", keuchte ich. „Entweder ist er ohnmächtig oder er ist ..."

„Sprich es nicht aus", zischte Dylan, der mittlerweile neben Kyle auf dem Boden kniete. Langsam zog er sich die Handschuhe aus und stülpte auch die Kapuze vom Kopf.

„Er ist nicht tot. Ich werde ihn jetzt reanimieren. Aber wir dürfen ihn nicht viel bewegen. Er ist stark unterkühlt, da kann sowas gefährlich werden."

„Woher weißt du das?", keuchte ich und war kurz davor, vor Wut und Verzweiflung laut aufzuschreien.

„Wenn er hier draußen ein paar Stunden gelegen hat, dann ist er unterkühlt. Und Unterkühlungsopfer sehen immer wie tot aus. Das hab' ich von meinem Vater gelernt", erwiderte Dylan. „Und bei Unterkühlung gilt immer: *Niemand ist tot, solange er nicht warm und tot ist.* Das Absinken der Körpertemperatur löst Mechanismen zum Schutz des Gehirns aus. Deshalb bleibt bei unterkühlten Menschen viel mehr Zeit zur Wiederbelebung, als bei Menschen mit normaler Körpertemperatur."

Dann hielt er inne und blickte mich verwundert an.

„Wieso weißt *du* sowas eigentlich nicht? Du bist in den Bergen aufgewachsen. Hattest du hier noch nie mit Kälteopfern zu tun?"

„Mit denen war ich nicht verwandt, Mann!", schrie ich aufgebracht. Und im nächsten Moment hatte ich mich auch schon abgewandt. Es war kaum auszuhalten für mich, wie gefasst Dylan das Notwendigste tat, während ich starr und steif wie ein Sumpftrottel daneben stand.

„Toni", versuchte Dylan mich mit leiser Stimme zu beruhigen. „Kyle muss so schnell wie möglich in ein Krankenhaus. Versuch noch mal, irgendwelche Rettungssanitäter zu erreichen. Wer kommt denn hier bei euch in den Bergen, wenn einer verunglückt ist?"

„Hubschrauber. Bei uns kommen die Hubschrauber. Die nächste Klinik ist ein paar Kilometer weg", antwortete ich leise, während ich bang zusah, wie Dylan sich weiter damit abmühte, Kyle zu reanimieren.

Schließlich stapfte ich ein paar Schritte Richtung Waldweg zurück und suchte erneut das Mobiltelefon aus der Tasche meines Skianzugs hervor. Unendliche Sekunden vergingen, bis es mir gelang, mit meinen schockstarren und klammen Fingern das Display zu entsperren und die Tastatur zu öffnen.

Doch als ich diesmal den Notruf drückte, ertönte zu meiner großen Erleichterung sofort ein Freizeichen.

Kapitel 23

Kyle

Das erste, was ich spürte, als ich aufwachte, war mein Kopf. Er dröhnte, als hätte er die Bekanntschaft mit einem Presslufthammer gemacht. Gepeinigt biss ich mir auf die Lippen und versuchte, langsam und möglichst gleichmäßig ein- und auszuatmen. Als ich die Augen wenig später aufschlug, war ich überrascht. Ich lag in einem vergitterten Bett, das sich in einem spärlich beleuchteten Raum befand. Rechts von mir konnte ich zu meinem Erstaunen ein leises, monotones Piepen vernehmen. Als es mir gelang, den Kopf etwas zu drehen, sah ich, dass das Piepen von einem hohen, rechteckigen Apparat kam, der neben meinem Bett stand. Sein rechteckiges Display war hell erleuchtet. Doch der Apparat war nicht die einzige Lichtquelle im Raum: Etwas weiter von mir entfernt schwebte auch noch ein kleines Viereck in der Luft.

Überrascht versuchte ich mich hinzusetzen, doch zwang mich eine unbekannte Macht schnell wieder in die Kissen zurück. Ich erkannte, dass ich mit einem Riemen an mein Bett fixiert worden war. Auch meinen rechten Arm konnte ich keinen Millimeter von der Stelle bewegen: Er war an eine breite Schiene geschnallt worden. In meinem rechten Handrücken ziepte unangenehm der Zugang zu einer Kanüle. Ich hing also an einem Tropf.

Resigniert schloss ich die Augen.

Als ich sie wieder öffnete, erkannte ich, dass das leuchtende Viereck am Ende des Raumes gar nicht in der Luft schwebte, sondern eine kleine Lampe war, die über einer weißen Tür an der Wand hing. Und der Apparat neben mir sah nach näherer Betrachtung aus wie eine Herz-Kreislauf-Maschine. Wie bitte? Ich lag in einem Krankenhaus? Moment Mal!

Krampfhaft versuchte ich, Ruhe zu bewahren. Ich versuchte mich zu erinnern, was in den letzten Stunden mit mir passiert sein könnte, doch ich hatte den totalen Filmriss. Mit viel Mühe schob ich schließlich mit der linken Hand die Bettdecke zur Seite und betastete den Stoff der seltsamen Bekleidung, die ich trug. Man hatte mich nicht nur fixiert, sondern auch in eine Art Thermoanzug gesteckt. Erschöpft sackte ich ein zweites Mal zusammen.

Trotz der Thermokleidung fröstelte ich. Vorsichtig befühlte ich nun auch meinem schmerzenden Schädel und erschrak: Mein Kopf steckte in einem Stützverband! Ich musste auch eine Kopfverletzung erlitten haben. Krampfhaft versuchte ich, keine Panik zu bekommen. Schließlich war ich jetzt in Sicherheit.

Und dann kamen endlich die Erinnerungen zurück …

Ich war in einem Wald. Es war dunkel. Ich wollte das kleine, braune Päckchen verstecken, bevor es die Polizei fand. Das Päckchen, das drei Tage lang in meiner alten Blockhütte gelegen hatte, unter einem Haufen Reisig und Tannenzweigen, und das dort nun nicht mehr sicher war, weil Toni, die Pfeife, den polizeilichen Fahndern von der Hütte erzählt hatte. Von unserer Hütte. Von unserer Hütte, die seit Kindertagen unser gutgehütetes Geheimnis gewesen war. Nur meine Familie und ein paar auserwählte Freunde wussten darum. Und genau einen dieser Freunde hatte ich schützen wollen.

Gequält lachte ich auf. Nun, dieses Projekt hatte ich wohl gründlich vermasselt. Okay, ich sah ja ein, die kleinen Sünden bestraft der liebe Gott sofort. Doch der Grund, warum ich das getan hatte, war ganz einfach: Ich glaubte nicht an Jonathans Schuld. Und hätte ich die Waffe nicht versteckt, hätten *die* es getan. Und dann?

Plötzlich durchzuckte mich ein neuer Gedanke:

Wenn ich gefunden worden war, dann hatten meine Retter auch das Päckchen mit der Waffe gefunden. Höchst wahrscheinlich wartete nun nach meiner Genesung eine Untersuchungshaft auf mich! Und mein Gott … Was wusste Lara bereits von alldem? Wie sollte ich ihr je wieder in die Augen blicken können? Wie sollte ich ihr jemals so eine verrückte Geschichte erklären? Sie musste mich für den totalen Idioten halten! Gequält stöhnte ich auf. Dann versuchte ich, mich irgendwie in die rechte Seitenlage zu drehen und tastete mit meinem freien, linken Arm die obere rechte Seite des Gitterbettes ab. In Erinnerung an frühere

214

Krankenhausaufenthalte wusste ich, dass sich dort der Rufknopf fürs Pflegepersonal befand.

Als ich ihn gefunden hatte, läutete ich sofort nach der Schwester.

Eine Stunde später ging es mir schon viel besser. Ich hatte heiße Brühe und eine Scheibe Vollkornbrot zu mir genommen. Danach waren ziemlich schnell die Lebensgeister zu mir zurückgekehrt. Fast die ganze Ärzte-Belegschaft hatte sich vor meiner ersten Mahlzeit an meinem Bett versammelt, weil es jeder mit eigenen Augen sehen wollte: Ich war aus meinem Kälteschlaf erwacht! Die Ärzte hatten mich dann vorsichtig durchgecheckt und mir gratuliert. Dann waren sie wieder gegangen. Mittlerweile hatte ich auch erfahren:

Toni hatte mich am Silvestermorgen schwer verletzt und völlig unterkühlt im Wald unter heruntergebrochenen Ästen gefunden. Seitdem rief er jede Stunde hier auf Station an, um sich nach meinem Zustand zu erkundigen.

Als die Krankenschwester irgendwann wieder ins Zimmer kam, um das Tablett mit dem Geschirr hinauszutragen, hatte sie ein mobiles Telefon dabei.

„Fühlen Sie sich schon kräftig genug, um zu telefonieren, Herr Farone? Ich habe gerade einen Herrn Toni Farone in der Leitung."

„Natürlich, unbedingt!"

Dankbar nahm ich das Telefon entgegen und als ich Tonis Stimme am anderen Ende der Leitung hörte, hätte ich fast geheult.

„Na Alter, bist du von den Toten zurückgekehrt? Mensch, versprich bloß, dass du so einen Scheiß nie wieder machst", begrüßte mich mein Cousin ohne große Umschweife.

Betroffen schwieg ich. Vor allem auch, weil mir nicht klar war, was Toni meinte, und wieviel er von meiner krummen Sache mittlerweile wusste.

„Natürlich verspreche ich das", erwiderte ich leise. Dann flachsten wir eine Weile hin und her; bis ich nach Lara fragte …

„Lara brennt natürlich darauf, dich zu sehen. Wenn du willst, können wir gleich vorbeikommen. Sagen wir mal, so in einer Stunde?"

„So schnell schon?", rief ich und sackte erschöpft in meine Kissen zurück. Natürlich wollte ich Toni und Lara sehen, aber sofort? Ich fühlte mich überfordert.

„Nun, wir mussten ja schon Silvester ohne dich feiern, da haben wir natürlich Nachholbedarf! Aber du hast recht, wir kommen lieber erst morgen."

„Ja, bitte, tut mir leid", sagte ich dankbar, während es in meinem Kopf ratterte. Hatte Toni gerade wirklich *Silvester gesagt*? „Aber sag' mal: Hab' ich echt so lange geschlafen und das Silvesterfest verpasst? Der wievielte ist denn heute?"

Toni lachte.

„Heute ist der 2. Januar, mein Guter."

„Was denn, echt jetzt? Oh, Mann."

„Haben dir das denn die Ärzte noch nicht gesagt? Na egal. Hauptsache, dir geht es wieder besser. Wir haben alle einen ganz schönen Schiss um dich gehabt."

„Wieso hab' ich überhaupt so lange geschlafen. Lag ich im Koma?"

216

„Ich glaube, die haben dich da künstlich rein-gelegt, damit du dich schneller erholst. Ich hab' dich ja total verschüttet im Schnee gefunden, in der Nähe vom alten Wildsitz. Ein paar Bäume waren auch noch auf dich drauf-gefallen. Du hast Prellungen, Rippenbrüche und du warst total unterkühlt."

Traurig schloss ich die Augen. Dieses „Neue Jahr" fing ja phänomenal gut an!

„Irgendwie hab' ich über sowas mit den Ärzten gar nicht gesprochen. Die haben bloß meine Funktionen getestet, mir gratuliert und dann waren sie auch schon wieder weg."

„Na klar, Kyle. Ich will dich jetzt auch nicht volllabern. Erhol dich, und Lara und ich, wir kommen dann morgen."

„Okay, dann bis morgen, Toni. Grüße Lara. Und natürlich auch Maria und die anderen. Ich freu mich auf euch.

Dann legte ich auf. Dieses Telefonat hatte mir mehr zugesetzt, als ich je zugegeben hätte. Nicht nur mein Kopf dröhnte wieder, auch die Kanüle, die ja immer noch in meinem rechten Handrücken steckte, begann wieder zu nerven. Als die Krankenschwester kurz darauf das Telefon abholte, zögerte sie.

„Was ist?", fragte ich.

„Draußen warten zwei Polizeibeamte, Herr Farone. Der Oberarzt hat sie darüber informieren las-sen, dass Sie wieder wach sind, und nun würden sie Ihnen gerne ein paar Fragen stellen. Natürlich nur, wenn Sie einverstanden sind."

„Zwei Polizeibeamte?"

Augenblicklich musste ich husten und versuchte, mich etwas aufrechter hinzusetzen. Gott sei Dank war die Fixierung am Morgen gelöst worden, so dass ich mich wieder freier bewegen konnte. Aber trotzdem ... *Die Bullen waren da? Scheiße.*

„Sie müssen das nicht, wenn Sie nicht wollen, Herr Farone."

„Aha. - Wie sehe ich denn aus? Sind meine Haare gekämmt und so?"

Trotz der ernsten Lage musste die Krankenschwester grinsen. Dann eilte sie ins Bad, um kurz darauf mit einem Handspiegel und einem Kamm zurückzukehren. Nervös nahm ich ihr beides aus der Hand. Und als ich mich kurz darauf im Spiegel betrachtete, zuckte ich zurück. Du meine Güte, dieser Kerl da, das war ich? Ein blau unterlaufenes Auge, einen Riesenverband um den Kopf und Schürfwunden an den Wangen. Aber, was soll's. Ich hatte nicht das Bedürfnis, die notwendige Konfrontation mit den Gesetzeshütern allzu lange hinauszuzögern und sagte daher knapp:

„Ich bin bereit."

Wenig später traten zwei Kriminalbeamte in den Türrahmen und lugten vorsichtig zu mir herüber. Dann nickten sie mir zur Begrüßung zu. Dass es keine normalen Polizeibeamten waren, sondern dass sie von der Kripo kamen, erkannte ich an der schwarzen Kleidung.

„Dürfen wir eintreten?", fragte der ältere der beiden.

„Ja, bitte", erwiderte ich.

Daraufhin kamen sie zwar näher, blieben aber erneut etwa einen Meter vom Bett entfernt stehen. Danach folgten als erstes ein paar formelle Fragen. Die Kripobeamten forderten mich auf, meine Personalien zu bestätigen. Erst danach kamen sie zur Sache.

„Nun, Herr Farone, das ist ja noch einmal glimpflich für sie ausgegangen. Dass Sie im künstlichen Koma lagen, wissen Sie mittlerweile?"

„Ja, das wurde mir gerade gesagt."

„Fühlen Sie sich denn imstande, uns ein paar Fragen zu beantworten? Ansonsten kommen wir morgen wieder."

„Nein, ist okay. Schießen sie los."

„Als sie am Silvestertag von den Sanitätern geborgen wurden, hat man bei Ihnen ein auffälliges Päckchen gefunden. Wollen Sie uns selbst erzählen, was es damit auf sich hat?"

Genervt atmete ich aus. Genau vor dieser Frage hatte ich mich gefürchtet. Doch jetzt, als sie mir tatsächlich gestellt wurde, war ich auf einmal ganz ruhig:

„In dem Päckchen war eine Pistole."

„Ja. Aber nicht einfach nur eine Pistole, sondern eine Schnellschusswaffe. Eine Waffe, die vor allem von Profis benutzt wird. Gehört sie Ihnen?"

„Nein, ich habe sie gefunden. Ich wollte sie verstecken. Ich hatte Angst um meinen Freund."

„Von welchem Freund reden sie?"

„Jonathan Miller."

„Jonathan Miller ist Ihr Freund?"

„Ja, er ist mein bester Freund. Und ich weiß, dass er unschuldig ist. Okay, er ist manchmal in komischen

Kreisen unterwegs. Aber ihm sollte ein Mord ange-hangen werden. Und er war es nicht."

„Nun, wenn das so ist, wird unser Labor das auch in Kürze bestätigen können. Hatten sie wenigstens Handschuhe angehabt, als sie die Tatwaffe an sich ge-nommen haben?"

„Natürlich. - Wie geht es Jonathan?"

„Besser als Ihnen jetzt. Er ist natürlich noch in Untersuchungshaft. Doch wenn unser Labor bestätigt, was sie sagen, vermutlich nicht mehr lange."

„Bekommt er nach seiner Entlassung Personen-Schutz?"

„Wie meinen Sie das?

„Sie wissen genau, wie ich das meine. Ich habe die Waffe nicht umsonst versteckt. Hätte ich es nicht getan, hätten *die* es getan."

„Wen meinen Sie denn mit: *Die*?", fragte nun der jüngere der beiden.

Als ich aber betreten schwieg, übernahm der ältere wieder das Wort.

„Im Grunde genommen hat er es doch Ihnen zu verdanken, dass er überhaupt noch in Untersuchungs-haft sitzt, obwohl er unschuldig ist, wie sie sagen. Schließlich hätten sie die Tatwaffe auch ganz einfach bei der Polizei abgeben können, anstatt sie ins Ausland zu verschleppen. Finden Sie nicht auch?"

„Ich hatte einfach den totalen Blackout gehabt…"

„Und dafür wartet auf Sie jetzt nicht nur eine Anzeige wegen Beschlagnahmung wichtiger Beweismit-tel, sondern auch der Vorwurf der Verschleierung. Und da es sich hier um einen Mordfall handelt, ist das ganze kein Zuckerstiel."

Verzweifelt schwieg ich. Mir war selbst klar, dass ich riesengroßen Mist gebaut hatte. Ich war irgendwann in so eine Art Hilflosigkeit geraten und hatte einfach nicht mehr gewusst, was ich tun sollte. Und da ich ja die meiste Zeit mit Lara zusammen war, hatte mich das wunderbar abgelenkt.

„Ich hatte einfach nicht richtig nachgedacht. Es war eine Kurzschlusshandlung, verstehen Sie das doch."

„Also gut. Sie werden in Kürze von uns hören, Herr Farone. Jetzt erst einmal gute Besserung."

Wenig später war ich wieder allein. Als die Schwester noch einmal Essen bringen wollte, hatte ich keinen Appetit und schickte sie mit dem vollen Tablett wieder weg. Am Abend wurde ich endlich von der Intensivstation in ein normales Krankenzimmer verlegt. Ich war erleichtert. Dem kommenden Tag aber sah ich eher beklommen entgegen; denn Stunde um Stunde drehte sich in meinem Kopf vor allem nur ein Gedanke:

Wie wird Lara reagieren, wenn sie mich morgen in diesem malädierten Zustand wiedersah?

Kapitel 24

Lara

Als mich die Krankenschwester endlich in Kyles Krankenzimmer ließ, wäre ich ihr am liebsten um den Hals gefallen. Die letzten drei Tage waren mir endlos vorgekommen; aber die Ärzte hatten nun mal ihre Richtlinien. Solange ein Patient bewusstlos und auch noch auf der Intensivstation war, durften nur die engsten Familienangehörigen über seinen Zustand informiert, aber nicht vorgelassen werden. So freute ich mich jetzt doppelt, dass ich Toni, der ja allein zu den engsten Familienmitgliedern zählte, gleich bei seinem ersten Besuch nach Kyles Erwachen begleiten durfte.

Ich hatte Toni schon die ganzen letzten drei Tage beneidet: Toni hatte Kyle in dem Rettungshubschrauber begleiten dürfen, der herbeigeeilt war, als Kyle verschüttet im Wald gefunden wurde. Toni durfte während der endlosen Stunden nach der Notaufnahme ins Krankenhaus als einziger direkt beim Schwesternzimmer bei der Intensivstation ausharren, während ein Ärzteteam alles daransetzte, meinen Freund zu stabilisieren, um ihn dann so langsam wie möglich aus der Unterkühlung wieder zurück zur normalen Körpertemperatur zu begleiten. Und Toni war als erster angerufen worden, als Kyle nach zwei Tagen aus dem Koma erwacht war, in das ihn die Ärzte gelegt hatten, damit ihn die Schmerzen seiner zahlreichen Prellungen und Schürfwunden nicht zu sehr belasteten, während sein Körper sich wieder regenerierte.

Immer Toni, Toni, Toni. Dabei war ich doch Kyles Freundin, und somit die Person in seiner unmittelbaren Umgebung, die ihm tatsächlich am nächsten stand. Natürlich waren Maria, Dylan, Seven und ich nach Kyles dramatischer Bergung sofort mit dem Auto hinter dem Hubschrauber hergefahren. Da es in *Rettenschöss* kein Krankenhaus gab, war Kyle in den nächstgrößeren Ort gebracht worden. Stundenlang hatten wir unten in der Eingangshalle des Krankenhauses herumgesessen und gebangt, bis endlich eine halbe Stunde vor Mitternacht die erlösende Nachricht kam: Kyle war über dem Berg!

Alles in allem war es die schlimmste Silvesternacht meines Lebens. Und ich hoffe nun wirklich, dass ich so etwas nie wieder erleben werde. Diese Achterbahnfahrt der Gefühle ausgerechnet in der Nacht, in der die ganze Welt ein neues Jahr einläutete, war kaum auszuhalten gewesen. Irgendwann lag ich nur noch weinend in Sevens Armen, während draußen ein großer Feuerwerkskörper nach dem anderen explodierte und sprühte und um uns herum die Sektkorken flogen. Gegen halb zwei Uhr morgens beschlossen wir, langsam nach Hause zu fahren, um endlich ins Bett zu gehen. Was für ein dramatischer Start ins neue Jahr!

Doch ein Gutes brachte diese Nacht: Ich konnte endlich wieder richtig durchschlafen. Denn ich wusste: Kyle, mein Kyle, war in Sicherheit. Er war zwar verletzt, aber er würde wieder gesund werden.

Ich seufzte. Und nun war endlich die langersehnte Stunde gekommen: Ich durfte Kyle wiedersehen. Vor mir jedoch war Toni kurz als erstes allein hineingegangen. Er hatte es in Anbetracht der Lage besser gefunden, wenn wir einzeln mit Kyle sprachen. Ich war so nervös, als ich draußen im Gang wartete und so erleichtert, als sich nach fünfzehn Minuten die Tür wieder öffnete, Toni herauskam und die Krankenschwester mich hereinwinkte.

„Aber nicht zu lange!", wies sie mich streng an.

Als ich hineinschlüpfen wollte, hielt Toni mich noch kurz am Arm fest.

„Sein Bett steht direkt am Fenster. Er liegt jetzt zwar in einem Zweibettzimmer, aber das andere Bett ist noch unbelegt. Ich warte unten im Foyer auf dich."

„Ja", erwiderte ich und blickte Toni dankbar an. Dann betrat ich endlich das Krankenzimmer. Das erste Bett, das ich erblickte, war, so wie beschrieben, unbenutzt. Langsam ging ich weiter in den Raum, bis ich kurz vor dem Bett stand, das sich direkt vorm Fenster befand. Als ich Kyle erblickte, traf mich fast der Schlag. Toni hatte mir nicht erzählt, dass Kyle so einen breiten Kopfverband trug und dass er auch noch ein blaues Auge hatte. Du meine Güte, der Arme! Sofort traten mir Tränen in die Augen. Es war so schrecklich, ihn so zu sehen. Wir hatten uns doch so auf unseren Kurzurlaub und einen romantischen Silvesterabend gefreut. Und dann passierte so eine schreckliche Tragödie!

Kyles Haare waren strubbelig, sein Blick müde und seine sonst eher rosigen Wangen waren blass und eingefallen und übersät mit langen Kratzern. Kyle hatte mich natürlich längst bemerkt und blickte verlegen zu mir rüber.

„Hi Lara, meine Süße", begrüßte er mich und streckte seinen linken Arm nach mir aus.

„Hi", rief ich. Dann eilte ich schnell zu ihm hin. Am liebsten hätte ich mich in seine Arme geworfen und sein ganzes Gesicht mit Küssen bedeckt; aber das ging natürlich nicht.

„Ich habe so Angst um dich gehabt", flüsterte ich und wischte mir die Augen.

„Lara, meine Süße", erwiderte Kyle erneut und seine Stimme klang dabei so gebrochen und traurig, wie ich sie noch nie zuvor bei ihm gehört hatte.

Ich wollte nach seiner erstbesten Hand greifen, doch dann sah ich, dass in dem Handrücken eine Kanüle steckte, weil er an einem Tropf hing. So griff ich vorsichtig nach der anderen Hand und streichelte sie. Kyle zwinkerte mir zu und wollte gute Miene zum bösen Spiel machen. Doch das bewirkte bei mir nur das Gegenteil. Und trotz aller guter Vorsätze kullerten mir schon wieder die Tränen die Wangen herunter. Es war mir natürlich mehr als peinlich. So oft wie ich in den letzten Tagen geheult hatte … Kyle musste mich doch mittlerweile für die totale Heulsuse halten.

„Kyle, was war nur passiert? Wurdest du beim Schlafwandeln überfallen? Bist du deswegen nicht nach Hause zurückgekommen?"

Kyle zuckte leicht zurück, während er mich mit großen Augen anstarrte. Dann entspannte er sich wieder und fragte langsam:

„Was hat Toni dir denn erzählt?"

„Nichts. Oder zumindest nicht viel. Nur, dass er dich im Schnee gefunden hat, unter hinuntergestürzten Ästen und dass du eine Unterkühlung hattest."

Sichtlich erleichtert atmete Kyle aus und grinste dann ein bisschen. Doch schon im nächsten Moment sah er wieder total verzweifelt aus.

„Lara! Ich bin ein verdammter Idiot gewesen! Bitte verzeih mir. Ich habe unsere ganze schöne Zeit kaputtgemacht."

Erstaunt blickte ich ihn an.

„Wie kommst du denn darauf?" – Und als Kyle nichts erwiderte, sondern mich nur traurig ansah, stammelte ich: „Aber du hast es doch nur gut gemeint. Ich meine, das mit deinem Freund. Toni hat uns alles erzählt."

„Also hat er doch was erzählt?"

„Ja, schon. Ein bisschen. Aber so richtig interessiert mich das gar nicht. Wenn ich ehrlich bin, hab ich's auch gar nicht verstanden."

„Lara. Weißt du, was für mich das Schlimmste ist? Dass ich von Anfang an nicht ehrlich zu dir war. Du dachtest die ganze Zeit, du verbringst ein paar tolle Tage mit einem netten Typen und ich hatte nur nach einer Gelegenheit gesucht, mich möglichst unauffällig aus Hamburg zu verpissen."

Betroffen sah ich ihn an.

„Wie meinst du das denn jetzt?"

„Ach, lass einfach. Wie du siehst, hab' ich meine Abreibung bekommen. Die kleinen Sünden bestraft der liebe Gott eben doch sofort."

Dann löste er seine Hand aus meiner und blickte verbittert aus dem Fenster.

Ich erwiderte nichts mehr, sondern merkte, wie sich in meinem Hals ein dicker Kloß bildete. Angestrengt dachte ich nach, wie ich Kyle helfen könnte, um diese Sorgenlast wieder von ihm zu nehmen.

„Kyle, du wolltest deinem besten Freund helfen. Ich hätte für Seven das gleiche getan."

„Ja, vielleicht. Falsch war es trotzdem."

Vorsichtig rückte ich noch ein bisschen näher zu ihm heran.

„Kyle, bitte hör auf, dir Vorwürfe zu machen. Ich bin doch diejenige, die sich Vorwürfe machen sollte. Ständig hab' ich mit dir herumgestritten, weil ich grundlos eifersüchtig war. Ich habe vor lauter Selbstsucht gar nicht gemerkt, was für große Probleme du hattest."

„Lara ..."

Erleichtert bemerkte ich, dass Kyle wieder etwas Farbe im Gesicht hatte.

„Kyle, ich will, dass du jetzt schnell gesund wirst und alles andere vergisst", fuhr ich fort. „Wir räumen das einfach zusammen auf. Versprochen! Großes Indianer-Ehrenwort!"

Gequält blinzelte er mich an.

Im nächsten Moment schwang auf einmal ohne Anklopfen die Tür auf und die Krankenschwester stand im Türrahmen.

„Sie müssen sich jetzt von Ihrem Freund verabschieden. Die Viertelstunde Besuchszeit ist vorbei."

„Tatsächlich?", erwiderte ich bestürzt. „Okay, dann gehe ich natürlich." Vorsichtig streichelte ich noch einmal Kyles Hand und fragte: „Weißt du eigentlich schon, wann du entlassen wirst?"

„Keine Ahnung. Die ganzen Arztgespräche gestern und heute sind irgendwie wie im Film an mir vorbeigerauscht."

„Okay, dann fragen wir gleich mal im Schwesternzimmer nach", sagte ich. „Aber versprich mir, dass du dich nicht mehr fertig machst, okay? Wir halten alle zu dir. Ganz gleich, was du auch verbockt hast."

„Alles klar, Chefin", antwortete Kyle verschmitzt. Zu meiner Erleichterung sah ich, dass sich für einen Bruchteil von Sekunden ein echtes Lächeln um seine Lippen legte. Umständlich hangelte er nach meiner Hand und küsste sie so zärtlich, dass mir eine wohlige Gänsehaut den Rücken hinunterfuhr.

„Ich verspreche es. - Hoch und heilig!"

Nun konnte auch ich wieder lächeln.

„Das ist toll", sagte ich. Dann kramte ich ein wenig in meiner Umhängetasche und legte ihm zum Abschied noch eine kleine Mini-Pralinenschachtel aufs Bett.

„Pralinen?", freute sich Kyle. „Und auch noch meine Lieblingssorte!"

„Tatsächlich? Das ist schön. Ich habe die Packung hier im Krankenhaus-Kiosk gerade noch in letzter Sekunde erstanden. Ich musste sogar richtig darum kämpfen. Ein Herr hinter mir wäre um ein Haar schneller gewesen."

Nun lachten wir beide.

„Bis morgen", wisperte ich und drückte ihm zum Abschied einen kleinen Kuss auf die Wange.

Als ich wieder draußen auf dem Flur stand, liefen mir natürlich schon wieder die Tränen die Wangen hinunter. Aber diesmal waren es Tränen der Erleichterung.

Kapitel 25

Kyle

Als Lara sich verabschiedet hatte und ich wieder mit mir und meinen Gedanken allein war, hätte ich am liebsten auch geheult. Es belastete mich unheimlich, Lara so besorgt und verzweifelt zu sehen. Was war ich nur für ein Idiot gewesen! Ich hatte unseren Liebesurlaub kaputt gemacht. All das Schöne und Romantische, das zwischen uns entstanden war. Und das Schlimmste: Ich war mit dem Gesetz in Konflikt geraten; nichts würde mehr so sein wie früher!

Verzweifelt vergrub ich mein Gesicht in beiden Händen. Dabei musste ich zu meinem Leidwesen erneut aufpassen, mir nicht diese blöde Kanüle aus dem rechten Handrücken zu reißen. Konnte die Krankenschwester mich denn nicht endlich von dem dummen Ding befreien? Ein flüchtiger Blick auf den Tropf zeigte mir, dass kaum noch Flüssigkeit vorhanden war. Bestimmt konnte der Tropf bald weg. Morgen früh bei der Visite, würde man mir wohl auch sagen, wann ich entlassen werden konnte. Gequält atmete ich ein paarmal ein und aus. Okay, ich würde noch nicht Auto fahren oder groß herumlaufen können, aber in einem Bett herumliegen, um mich weiter auszukurieren, das konnte ich auch bei Toni.

Dann dachte ich wieder über mein Wiedersehen mit Lara nach. Vor diesem ersten Treffen nach meinem Unfall hatte ich verdammten Schiss gehabt. Und nun war ich doch erstaunt, wie treuherzig und fürsorglich sie sich mir gegenüber verhalten hatte. Jede andere Frau hätte mir doch den Marsch geblasen und wäre abgehauen. Aber Lara? Sie machte stattdessen sich selbst Vorwürfe und litt darunter, dass sie kurz vorher aus Eifersucht ständig mit mir herumgestritten hatte. Alles und jeder war in ihren Augen schuld an meiner Misere, nur ich nicht. Oh Mann! Sie musste mich wirklich verdammt gern haben.

Genauso, wie ich sie verdammt gern hatte ... Doch kaum hatte ich diese letzten Gedanken zu Ende gedacht, lief es mir auch schon heiß und kalt den Rücken hinunter. Hatte ich mich etwa ernsthaft in Lara verliebt?

Puh! Das wurde ja immer doller. – Klar, ich hatte Lara vom ersten Kennenlernen an sehr nett gefunden. Doch war sie für mich ganz am Anfang nicht mehr als eine Notlösung gewesen. Eine besonders nette Notlösung zwar, aber trotzdem. Laras spontaner Einladung zu folgen und sie zu ihrer Freundin nach Berlin zu begleiten, war für mich die perfekte Gelegenheit gewesen, unauffällig ein paar Tage aus Hamburg zu verschwinden. Doch je mehr Zeit ich mit Lara verbracht hatte, umso besser hatte es sich angefühlt. Diese Frau hatte plötzlich Gefühle in mir ausgelöst, wie ich sie so noch nie zuvor empfunden hatte. Besonders als wir dann in Tirol waren. In jeder Stunde hatte ich deutlicher gespürt, dass Lara meine absolute Traumfrau war. Sie war blond und hübsch und nicht zu groß und hatte eine ziemlich tolle Figur. Und doch waren das alles nur Äußerlichkeiten. Denn was mich wirklich an Lara fesselte, war, dass sie zwar sehr oft gut gelaunt, aber auch sehr sensibel war, und über alles sehr tiefgründig nachdachte. Sie war überhaupt nicht die oberflächliche Partymaus, für die ich sie anfangs gehalten hatte. Es war in letzter Zeit sogar immer öfter vorgekommen, dass sie meine Gedanken wahrnahm, bevor ich sie überhaupt ausgesprochen hatte.

Oh, Mann. Was war das nur für eine verzwickte Situation. Das nächste große Problem, das an mir nagte, war nämlich, dass ich mit Wirkung zum Monat Januar arbeitslos war. Mein Hamburger Chef war nach dem nicht erfolgten Urlaubsabbruch so sauer gewesen, dass er mir, kurz bevor mein Unfall passiert war, noch fristlos gekündigt hatte. Und jetzt war ich nicht nur krankgeschrieben, sondern auch noch ohne Job. Einen richtigen Arbeitsvertrag hatte ich nicht gehabt. Schließlich war ich noch auf der Uni gemeldet und hatte nur einen Minijob-Vertrag unterschrieben. Das überzählige Geld hatte ich immer so auf die Hand geblättert bekommen. Tja, dumm gelaufen. Doch wenn ich ehrlich war, irgendwie war ich auch ganz froh. Nach dem ganzen Mist, der mit Jonathan passiert war, hatte ich sowieso keinen Bock mehr darauf, überhaupt nach Hamburg zurückzugehen. Was sollte ich dort auch? Maschinenbau studieren konnte ich auch hier. Vielleicht war das alles nur ein Wink des Schicksals gewesen und ich sollte wieder hier leben? Hier in Tirol war ich aufgewachsen, hier hatte ich meinen Cousin und seine Frau und jede Menge Nachbarn, die mich von klein auf kannten. Wenn im Frühling die neue Saison anlief, dann konnte ich bestimmt hier irgendwo in der Gastronomie unterkommen, wahrscheinlich sogar bei Toni und Maria.

Aber zusammen mit Lara ging das nicht.

Lara gehörte nach Hamburg. Dort war ihr Lebensmittelpunkt. Ihre Eltern lebten dort. Sie wollte in Kürze ein Praktikum bei einem Goldschmied beginnen. Und so ein tolles Projekt gab man nicht einfach auf, vor allem, wenn man die Schule abgebrochen hatte. Mir grauste es sowieso schon die ganze Zeit bei der Vorstellung, dass Lara bestimmt darauf bestehen würde, mich irgendwann ihren Eltern vorzustellen. Und wenn es erst zu einem solchen Treffen kam, dann würden die Herrschaften früher oder später auch von meinem Unfall und dem Krankenhausaufenthalt zu Silvester erfahren. Und dann? Ich müsste lügen, um die ganzen Umstände zu vertuschen. Und das wollte ich nicht. Ich wollte nicht mein Leben lang mit einer Lüge weiterleben. Also gab es nur noch eine Lösung:

Ich musste mich so schnell wie möglich von Lara trennen. Gequält seufzte ich auf. Ja, es war traurig und schmerzhaft, aber es war das beste so. Lieber ein Ende mit Schrecken, als ein Schrecken ohne Ende. Doch bevor ich mich noch weiter mit diesen Überlegungen herumquälen konnte, klopfte es. Dann ging die Tür auf und eine der Krankenschwestern stand wieder im Türrahmen.

„Herr Farone, da sind zwei Polizeibeamte, die sie sprechen möchten. Können sie eintreten?"

„Schon wieder?" Überrascht fuhr ich mir durch die Haare. Dann setzte ich mich auf und nickte. „Ja. Sie sollen reinkommen."

Kurz darauf kamen hinter ihr tatsächlich die beiden Beamten zum Vorschein, die mir schon einmal einen Besuch abgestattet hatten. Als beide nahe meinem Bett standen, zog sich die Krankenschwester dezent zurück und schloss von außen die Tür.

„Servus, Herr Farone. Entschuldigung, dass wir noch mal stören. Aber wir haben Neuigkeiten. Sind Sie einverstanden, wenn wir Ihnen diese jetzt übermitteln?"

„Ja, natürlich."

„Sie sehen mittlerweile schon viel besser aus", begann der jüngere der beiden, um die Situation ein wenig aufzulockern.

„Danke", erwiderte ich gelassen. „Mir geht es in der Tat von Stunde zu Stunde besser. Morgen früh entscheidet sich wahrscheinlich auch, wann ich hier wieder herauskomme."

Dann schaute ich betreten zu Boden und sammelte mich für die Frage, die mir schon am Morgen auf der Zunge gelegen hatte: „Muss ich nach meiner Entlassung in Untersuchungshaft?"

Krampfhaft schluckte ich. So, nun war es raus.

Doch die Polizisten schauten mich ganz überrascht an. Bis sich der ältere räusperte und meinte:

„Herr Farone, wir sind aus einem anderen Grund hier. Die Kripo ist Ihnen im Nachhinein sehr dankbar, dass Sie die Tatwaffe hierher verschleppt und sozusagen in Sicherheit gebracht haben. Das Labor hat uns vor einer halben Stunde mitgeteilt, dass ihr Freund Jonathan Miller als Täter ausscheidet. Und nicht nur das: Mit Hilfe unserer digitalen Datenbanken haben wir alle Fingerabdrücke auf der Waffe in Minutenschnelle mit allen uns zur Verfügung stehenden Eintragungen vergleichen können - und sind fündig geworden. Das heißt: Wir sind endlich dem wahren Täter auf der Spur. Und wir sind kurz davor, ihn zu verhaften. Gerade jetzt in dieser Minute, müssten die Hamburger Einsatzkräfte vor seiner Wohnungstür stehen. Herr Jonathan Miller wird wahrscheinlich noch heute aus der Untersuchungshaft entlassen."

„Das ist ja klasse", stammelte ich und wusste vor Erleichterung gar nicht, was ich denken sollte. „Das heißt, er ist frei und ich werde auch nicht weiter belangt?"

„Nun, Ihr Freund und auch Sie werden auf alle Fälle als Zeugen vors Amtsgericht Hamburg geladen werden und natürlich müssen vor allem Sie mit einem Bußgeld rechnen; aber aufgrund der besonderen Belange und aufgrund der besonderen Rolle, die Sie in diesem Kriminalstück spielen, wird der Staatsanwalt die Anklage gegen Sie höchstwahrscheinlich mit Verwarnung fallen lassen."

Erleichtert atmete ich auf.

„Na, wenn das keine guten Nachrichten sind."

„Das sehen wir genauso. Und deshalb wollten wir Ihnen diese guten Nachrichten persönlich überbringen. *Und jetzt werden's erstmal ganz gesund, Herr Farone, und vor allem – gutes neues Jahr.*"

„Ja, danke. Gutes *neues*", wünschte ich zurück.

Die Beamten tippten sich zum Abschied kurz an ihre Mütze und verließen den Raum.

Sekunden später war ich wieder allein. Erneut ratterten die Gedanken in meinem Kopf. Aber ich konnte endlich wieder freier durchatmen. Eine große Last war von mir gefallen:

Jonathan kam wieder auf freien Fuß. Und ich war und blieb es auch …

Kapitel 26

Lara

Als ich morgens erwachte, war ich sehr aufgeregt. Eigentlich ein Wunder, dass ich nachts überhaupt geschlafen hatte. Es war der Morgen des 5. Januar. Heute war der große Tag! Heute gegen zehn Uhr würde ich mit Toni ins Krankenhaus fahren, um Kyle abzuholen.

Noch ein wenig verschlafen streckte ich mich und hangelte nach meinem Handy, und war sehr überrascht, als mir das Display zeigte, dass es bereits nach acht Uhr war. Wieso hatte das komische Ding denn nicht um sieben Uhr gebimmelt? Dann fiel mir wieder ein, dass ich gestern Nachmittag nach einem Telefon-Disput mit meinen Eltern auf *Nicht Stören* geklickt hatte. Und versehentlich hatte ich dabei wohl auch den Alarm ausgestellt. Mist. Meine Eltern.

Genervt atmete ich aus. Hoffentlich kriegten die sich wieder ein. Als Seven und Dylan nämlich gestern abfuhren, um nach Hamburg zurückzukehren, war klar gewesen, dass ich meinen Eltern reinen Wein einschenken musste. Sie wussten zwar mittlerweile, dass ich Silvester mit Seven und Dylan in Tirol gefeiert hatte, aber als ich ihnen gestern erklärte, dass die beiden ohne mich nach Hause fuhren und ich noch hierbleiben würde, war mein Vater total ausgeflippt. Er hatte mir am anderen Ende der Leitung gar nicht mehr zugehört, sondern war kurz davor gewesen, höchstpersönlich nach Tirol zu reisen, um mich nach Hause zu holen. Also musste ich meine Mutter um Hilfe bitten; die hatte mir wenigstens zugehört. Bei ihr rückte ich dann auch endlich damit heraus, dass ich einen neuen Freund hatte. Nämlich Kyle. Und dass Kyle einen Unfall gehabt hatte und dass ich bei ihm bleiben musste, eben weil Kyle ansonsten keine Familie mehr hatte. Eben nur noch einen Cousin und der war Gastwirt. Und als mein Vater dann kurz darauf mit Toni und Maria telefoniert und sich davon überzeugt hatte, dass ich ihm keine Beeren auftischte, hatte er sich wieder beruhigt.

Immer noch gestresst fuhr ich mir durch die Haare. Diese gestrigen Telefongespräche hatten mich eineinhalb Stunden Zeit und Nerven gekostet. Wie gut, dass das jetzt hinter mir lag. Ich konnte meinen Vater natürlich verstehen, aber andererseits würde ich in wenigen Tagen meinen achtzehnten Geburtstag feiern. Dann war ich volljährig und konnte tun und lassen, was ich wollte. Aber trotzdem. Mir war schon wichtig, dass ich keinen Streit mit meinen Eltern hatte.

Das einzige, was jetzt noch an mir nagte, war, dass ich den Praktikumsplatz bei dem Goldschmied sausen lassen musste. Ich hatte Herrn Monschein zwar zu Silvester eine E-Mail geschrieben und ihn gebeten, den Praktikumsstart zu verschieben. Doch davon hatte er nichts wissen wollen. Es hatte einfach zu viele

Interessenten für diesen Platz gegeben, so dass er es nicht nötig hatte, ihn für mich zu reservieren. Und das war schon bitter. Denn nach erfolgreicher Praktikumszeit hätte ich bei ihm im Sommer vielleicht sogar eine Ausbildung beginnen können. Und da ich ja die Schule letztes Jahr kurz vor dem Abi geschmissen hatte und meine Noten auf dem Abgangszeugnis leider nicht die besten gewesen waren, war das für mich eine einmalige Chance gewesen. Aber was soll's. Kyle war mir jetzt wichtiger.

Ich stand auf, wusch mich und zog mich an. Ein Blick aus dem Fenster zeigte, dass der Himmel wolkenlos war und dass die Sonne schien. Zügig und wieder ein bisschen besser gelaunt, lief ich wenig später die Treppe hinunter. Als ich unten im Speisesaal ankam, sah ich, dass Maria gerade dabei war, einen Brunch für uns alle vorzubereiten. Ich hielt das für eine gute Idee. So hatten wir nach Kyles Rückkehr die Hände frei und konnten uns nur um ihn kümmern, ohne noch groß kochen zu müssen. Also nahm ich mir schnell eine Tasse Kaffee und ein Brötchen und ging ihr nach meinem kurzen Frühstück dabei zur Hand.

Als es endlich zehn Uhr war, fuhr ich mit Toni ins Krankenhaus nach *Walchsee*. Am liebsten hätten wir Kyle schon früher abgeholt, aber wir mussten die ärztliche Visite abwarten und die fand nun mal nicht früher statt. Im Krankenhaus selbst lief dann alles wie am Schnürchen. Kyle war erleichtert, dass er seine Zelte dort endlich abbrechen konnte und hatte am Abend zuvor schon alles Notwendige von den Krankenschwestern zusammenpacken lassen. Bereits gegen elf

Uhr kehrten wir dann mit ihm nach *Rettenschöss* zurück. Maria hatte während unserer Abwesenheit eine bunte Willkommensgirlande außen an der Haustür angebracht und empfing uns auf dem Hof mit einer Flasche Sekt. Toni ließ den Korken knallen und goss die sprudelnde Flüssigkeit in vier Pappbecher, die Maria auch noch dabeihatte. Fröhlich stießen wir an und alberten und lachten; wir waren einfach nur glücklich.

Auch Kyle wirkte gelöst und bestand darauf, die restlichen paar Meter über den Hof und durch die Haustür hindurch ohne Stütze zu laufen. Es klappte schon wieder ganz prima, obwohl Toni und ich natürlich aufpassten und ganz dicht hinter und neben ihm blieben, um ihn im Notfall auffangen zu können. Doch gab Kyle uns keinen Anlass dazu. Es war wirklich erstaunlich, wie schnell er sich in den letzten drei Tagen von seinem Unfall erholt hatte.

Im Vorraum half ich Kyle ganz fürsorglich, seine Jacke auszuziehen. Ich war so froh, dass ich endlich wieder etwas für ihn tun konnte. Zum Schluss drückte ich ihn grinsend auf die breite Schuhbank und war ihm auch noch beim Ausziehen seiner Stiefel behilflich.

„Hey, jetzt ist aber mal gut", meckerte Kyle sichtlich verlegen. „Ich bin doch kein Kleinkind. Ich kann das sehr gut noch alles ganz alleine."

Doch es war ihm schon anzusehen, dass ihm jede Bewegung Schmerzen verursachte und er eigentlich sehr froh war, Hilfe zu bekommen.

„Willst du nach oben und dich etwas hinlegen?", fragte ich daher. „Wir haben dir ganz viele Extra-Kissen aufs Bett gelegt und Toni hat dir sogar noch den *Disney*

Channel dazugebucht, so dass du jetzt mit *Prime* und *Netflix* jede Menge Auswahl hast. – Auch was zu essen kann ich hochholen, wenn du Hunger hast."

„Oh, das ist nett. Sehr nett, sogar. Ja, ich glaube, es ist wirklich das Beste, wenn ich mich erstmal hinlege", erwiderte Kyle dankbar.

Wenig später war ich auch schon mit ihm oben in unserem *Blauen Zimmer* angelangt. - *Es ist eigentlich wie immer,* dachte ich kurz; *als wären diese furchtbaren Tage nie passiert* ... Doch schon im nächsten Moment war mir klar, dass dem leider nicht so war. Kyle war zwar noch einmal glimpflich davongekommen, aber ohne Frage hatten ihn die Vorfälle der letzten Tage traumatisiert. Dazu kam, dass er nach wie vor einen Kopfverband trug. Seine Augen waren glanzlos und eingefallen und seine Gesichtsfarbe war immer noch recht kalkig.

„Ich fühle mich so endlos schlapp", gab er auch sofort zu, als er lang ausgestreckt auf unserem breiten Boxspringbett lag. Sofort stürzte ich herbei und half ihm, die Kissen zurechtzurücken, um sie in eine, für ihn angenehme Position zu bringen.

„Lara, du bist so fürsorglich. Das ist echt süß von dir. Aber mir ist das auch ein bisschen peinlich."

Überrascht sah ich ihn an.

„Das muss dir doch nicht peinlich sein", flüsterte ich und drückte ihm schnell einen kleinen Kuss auf die Wange. Dann kletterte ich neben ihn auf das breite Bett und sah zu, wie er sich durch das *Fire TV*-Angebot klickte. Nach einer Weile entschied Kyle sich für einen Star Wars-Film*: Die Rückkehr der Jedi-Ritter.* Fast musste ich grinsen. Irgendwie schicksalsträchtig, nach alldem, was passiert war. Während der Film begann, streckte ich mich vorsichtig aus. Ich hätte so gerne mit Kyle gekuschelt, aber wegen seiner erlittenen Prellungen am ganzen Körper ließ ich das lieber bleiben. Trotzdem war ich superglücklich und grinste die ganze Zeit wie ein Honigkuchenpferd. Endlich war Kyle wieder bei mir.

Doch anstatt endlich den Film zu genießen, wirkte Kyle weiterhin angespannt.

„Irgendwie schade, dass ich euch das Silvesterfest versaut hab', oder?", fragte er schließlich und sah mich unsicher an.

Wieso fragt er denn sowas jetzt?, schoss es mir durch den Kopf.

„Du, so schlimm finde ich das gar nicht", beteuerte ich schnell. „Das Wichtigste ist doch, dass wir dich gefunden haben. Eine Silvesterfeier kann man nachholen. Vielleicht sogar morgen schon oder übermorgen?"

„Musst du denn nicht zurück nach Hamburg?", fragte Kyle.

Unverwandt blickte ich ihn an.

„Solange es dir nicht gut geht, bleibe ich natürlich hier", sagte ich bestimmt.

„Das ist lieb", erwiderte Kyle, sah aber weiterhin eher unglücklich aus. Nachdenklich nahm er kurz meine Hand und drückte sie. Dann hob er den Kopf und seine dunkelbraunen Augen funkelten, als er sagte:

„Du wolltest doch ein Praktikum machen! – Also, ich möchte auf keinen Fall, dass du das jetzt wegen mir sausen lässt …"

„Das Praktikum gibt's eh nicht mehr", log ich. „Der Typ hat abgesagt. Er hat sich nachträglich für eine andere Bewerberin entschieden."

„Ach, echt jetzt? Das ist ja gemein."

Danach war jeder wieder in seinen eigenen Gedanken versunken. Schweigend lagen wir auf dem Bett und starrten auf den Bildschirm. Doch es war offensichtlich, dass Kyle, genauso wie ich, den Film nicht wirklich verfolgte. Plötzlich seufzte er laut auf und vergrub sein Gesicht in beide Hände. Ich erschrak. Hatte er etwa Schmerzen?

„Ach, du liebes bisschen", entfuhr es mir. „Ich hole dir schnell eine Tablette und ein Glas Wasser. Du hast Schmerzen. Die Schwestern haben extra gesagt, dass du alle vier Stunden eine *Ibu* nehmen sollst."

Geschwind wollte ich aus dem Bett springen, um die Medikamente in Kyles Rucksack zu suchen, doch Kyle hielt mich fest.

„Was ist denn?", fragte ich verwirrt.

„Lara, bleib jetzt bitte mal hier und sage mir nur eins: *Was* denkst du jetzt von mir?"

„Was soll ich denn von dir denken? - Wie meinst du das?"

„Bist du nicht sauer auf mich?", bohrte Kyle weiter.

„Wieso soll ich denn sauer sein? Ich bin einfach nur froh, dass du nicht mehr im Krankenhaus liegst und in diesem komischen Auftau-Anzug steckst. Was haben denn die Ärzte heute bei der Entlassung gesagt?"

„Nun, erstmal Bettruhe und dann soll ich eine Reha machen. Ich hab' auch ein paar Visitenkarten und

Broschüren bekommen. Also die letzteren hat mir der Sozialdienst im Krankenhaus zugesteckt."

„Ja, um sowas kümmert der sich", erwiderte ich und atmete tief durch. Insgeheim machte ich mir natürlich weiterhin wahnsinnige Sorgen, doch wollte ich mir das nicht anmerken lassen. Trotzdem spürte ich zu meinem Unbehagen, dass der Kloß, der sich seit Kyles Verschwinden in meinem Hals breitgemacht hatte, eher größer wurde, als dass er abschwoll. Irgendwie gefiel mir Kyles Stimmung nicht. Was ging nur in ihm vor? Fand er es etwa komisch, dass ich immer noch bei ihm war? Oder wollte er mich sogar loswerden?

Tapfer versuchte ich, diese neue aufkeimende Angst hinunterzuschlucken und riss mich zusammen. Du meine Güte! Ich dachte mal wieder nur an mich selbst. Natürlich war Kyle nach seinem Unfall traumatisiert. Wie konnte ich nur so naiv gewesen sein, mir einzubilden, dass wir so weiter machen könnten. So, als wären all diese schlimmen Stunden der letzten Tage nie passiert …

„Wissen deine Eltern mittlerweile Bescheid?", fragte Kyle ein paar Minuten später. „Ich meine, wissen sie, dass du in Tirol bist?"

„Ja, klar. Da ist alles gebongt. Ich habe am Silvestertag und auch gestern ziemlich lange mit meinem Vater und auch mit meiner Mutter telefoniert. Und mein Vater hat mit Toni gesprochen. Es ist okay, dass ich noch hierbleibe. Ich werde ja auch bald achtzehn."

Überrascht blickte Kyle mich an. Dann nickte er kurz und tat wieder so, als würde er diesen *Star Wars-Film* schauen. Doch er wirkte immer angespannter.

„Möchtest du lieber schlafen?", fragte ich. „Ich kann dich gerne ein, zwei Stunden allein lassen und runter zu Maria gehen."

„Nein. Nein, bleib' hier. Ich muss mit dir reden", sagte Kyle gepresst und nahm wieder meine Hand. Dann blickte er mir fest in die Augen.

„Lara! Es ist lieb von dir, dass du dich so um mich kümmerst und jetzt auch alles sausen lassen willst, nur weil du denkst, du musst bei mir bleiben, aber das will ich nicht …"

„Was?", fragte ich alarmiert. „Wie meinst du das?"

„Nun, dass du jetzt deinen Praktikumsplatz für mich sausen lässt, und wohlmöglich noch Ärger mit deinen Eltern bekommst."

„Kyle, das ist doch Quatsch. Ich werde nächste Woche achtzehn", sagte ich schnell. „Und das Praktikum kann ich verschieben."

„Aber das will ich nicht. Nicht wegen so einem Idioten, wie ich es bin."

„Aber wieso bist du denn ein Idiot? Kyle, jeder macht mal Fehler. Vielleicht kann dir später ein Psychologe helfen. Aber jetzt musst du erstmal gucken, dass du wieder auf die Beine kommst. Und mir ist das wirklich egal, was du da verbockt hast, oder auch nicht. Nur *du* bist mir wichtig, weißt du?"

„Mag schon sein. Aber ich will, dass du weißt, dass es mir leid tut, dass ich dich da mit reingezogen habe."

„Das weiß ich doch."

„Und das nächste ist, dass ich nicht vorhabe, noch mal nach Hamburg zurückzugehen."

„Wie bitte?" Alarmiert blickte ich auf. „Wo willst du denn hin?"

Nun wich Kyle meinem Blick aus und starrte stattdessen an die Wand, als er sagte:

„Lara, ich werde hierbleiben. Ich bin ja meinen Job in Hamburg sowieso los und weiter studieren kann ich auch hier in der Nähe. Ich bin da wohl in den falschen Kreis geraten. Das muss ich erstmal verdauen."

„Das verstehe ich", presste ich langsam hervor. – „Aber vielleicht solltest du jetzt einfach mal ein wenig schlafen."

Vorsichtig kletterte ich aus dem breiten Bett. Ich wollte vermeiden, dass die Matratze zu sehr schaukelte und ihm die Bewegungen vielleicht Schmerzen verursachten. „Was möchtest du denn später essen?", fragte ich dann so unbefangen wie möglich. „Ich kann dich in zwei Stunden wecken und dir was hochbringen. Maria hat Hühnersuppe gekocht. Aber natürlich hat sie auch ein paar *Kaspressknödel* gemacht."

„Ja, das wäre toll, gerne ein bisschen Brühe. Aber später, bitte."

„Okay. Und jetzt schlaf einfach."

Bemüht, mir meine innere Bestürzung nicht anmerken zu lassen, holte ich eine Steppdecke aus dem Bettkasten und deckte Kyle sorgfältig zu. Dann drückte ich ihm noch einen kleinen Kuss auf die Wange und verließ mit gesenktem Blick den Raum.

Als ich Sekunden später draußen auf dem Flur stand, fing ich an zu zittern und konnte auch nicht mehr verhindern, dass die Tränen liefen. Traurig setzte ich mich auf die breite Holzbank, die dort kurz vor dem Treppenabstieg stand und versuchte, mich wieder in den Griff zu bekommen.

War das jetzt echt wahr? Wollte Kyle mich loswerden?

Ich war so enttäuscht, dass ich überhaupt nicht mehr wusste, was ich denken oder fühlen sollte. Ich wusste nur eins: Auf keinen Fall sollten mich jetzt Toni oder Maria so aufgelöst sehen. Also ging ich nicht hinunter, sondern schlüpfte kurzentschlossen in den Raum, der direkt gegenüber lag. Als ich die Tür von innen verschlossen und mich umgedreht hatte, atmete ich auf: Es war der *Grüne Raum*. War Grün nicht die Farbe der Hoffnung? Ich betete, dass es für mich ein gutes Omen war.

Langsam schritt ich durch das Zimmer, bis ich vor der Fensterfront stehenblieb und zog die Vorhänge zur Seite. Dann öffnete ich die beiden Fenster sperrangelweit und atmete tief durch. Hier war die Aussicht ganz anders. Dieses Zimmer lag an der Rückseite des Hauses und man blickte auf Felder und auf den Wald. Gequält seufzte ich auf. Dieser Wald! Wer hätte am Anfang gedacht, dass er uns so zum Verhängnis werden sollte. Doch der Sauerstoff-Flash tat mir gut. Vor allem auch, weil der Raum zwar eingerichtet, aber schon lange nicht mehr benutzt worden war. Oder eben noch nie. Überall lag eine Staubschicht und auch die Fensterscheiben waren schmierig.

Nach ein paar Minuten, als es mir wieder besser ging, setzte ich mich in einen der grünbezogenen Sessel und versuchte, mich zu sammeln. Und dabei konnte mir nur eine helfen.

Seven!

Also friemelte ich mein Smartphone aus der Hosentasche und klickte auf die altvertraute Nummer.

Kapitel 27

Seven

Ich war gerade dabei, zu Hause in Hamburg in meinem WG-Zimmer Staub zu saugen, als ich merkte, wie mein Handy hinten in der Jeanstasche ohne Unterlass vibrierte. Genervt ignorierte ich das. Ich hatte das Staubsaugen so lange vor mir hergeschoben ... Ich wollte diese Aktion jetzt auf keinen Fall unterbrechen!

Doch das Handy gab keine Ruhe, bis zusätzlich auch noch einige *Whats App*- und *SMS-Nachrichten* einklingelten. Da gab ich auf, schaltete den Staubsauger aus und ließ mich aufs Sofa fallen. Wer so massiv bei mir anklopfte, musste einen wichtigen Grund haben. Ich zückte das Handy, schaute aufs Display - und war überrascht. Das war Lara! Sie wollte sich doch erst abends wieder melden?

„Lara, was ist denn?", zischte ich daher genervt ins Telefon. „Brennt's bei euch?"

„So in etwa. Ich bin so froh, dass ich dich endlich erreiche."

Und dann stockte auch schon ihre Stimme und ich konnte am anderen Ende der Leitung hören, wie sie mit den Tränen kämpfte.

„Lara", lenkte ich betroffen ein. „Erzähl!"

Eine Stunde später brachte ich dann die Putz- und Aufräumarbeiten in meinem Zimmer zu Ende. Das war aber auch wirklich mal nötig gewesen. Seit ich Mitte Dezember zu meinem Pa nach Berlin gereist war, hatte ich hier keinen Handschlag mehr getan. Nicht einmal meine Reisetasche hatte ich ausgepackt und die ganze Zeit nur die Klamotten schnell durchgewaschen und erneut getragen, die ich am liebsten hatte. Ich rückte meinen Sessel zurück an seinen alten Platz, räumte noch schnell Staubsauger, Glasklar und Staubtücher in die Abstellkammer im Flur zurück und ließ mich dann erschöpft auf mein Bett fallen.

Im Gegensatz zu Lara hatte für mich schon wieder der Schulalltag begonnen. Ich hatte nämlich die Schule nicht so wie sie im letzten Sommer abgebrochen, sondern bereitete mich nun auf mein Abitur vor. Und damit kam ganz schön was auf mich zu.

Aber egal, Lara war jetzt wichtiger. Irgendwie schon komisch, was sie mir da über Kyle erzählt hatte – und doch so typisch. - Da lernt man einen tollen Typen kennen, kommt sich näher und kaum wird es richtig kuschelig, versucht der Herr der Schöpfung auch schon einen Rückzieher zu machen.

Mit Dylan war das vor Weihnachten nicht anders gewesen. Streng gesehen war ich mit Dylan nicht viel länger zusammen, als Lara mit Kyle, und doch war unsere Beziehung irgendwie anders. Zwar hatte auch Dylan nach dem ersten schicksalsträchtigen Näherkommen versucht, wieder Abstand zwischen uns zu gewinnen, so nach dem Motto: Er sei zu alt für mich und was nicht alles; aber irgendwie waren wir seitdem, also nachdem wir diese Krise gemeistert hatten, fast schon so was wie ein eingeschweißtes Ehepaar geworden. Auf Dylan konnte ich mich tausendprozentig verlassen und ich persönlich empfand den etwas größeren Altersunterschied einfach perfekt. Denn im Gegensatz zu den meisten gleichaltrigen Typen, die ich so kannte, war Dylan bereit, Verantwortung zu übernehmen. Er machte sich um alles unheimlich viel Gedanken, war nie kopflos, überlegte auch immer vorher, wie es mir bei einer Sache gehen könnte … Und das gefiel mir.

Und das hatte ich dann auch Lara gesagt: Mensch sei doch froh, dass du einen Typen hast, der überhaupt so gewissenhaft ist und bei allen Schwierigkeiten auch noch an dich denkt. Denn nichts anderes tut er doch, obwohl es ihm gerade so mies geht. Denn dass Kyle nach seinem Unfall traumatisiert war, lag klar auf der Hand. Und da war es doch verständlich, dass er ein wenig Ruhe brauchte, um sich neu zu sortieren.

Also habe ich Lara beruhigt und ihr geraten:

„Nicht drängeln. Lass ihm alle Zeit, die er braucht; aber bleib in seiner Nähe. Quartier dich doch einfach ganz in diesen *Grünen Raum* ein, als dich dort nur auszuheulen. Das wird ihm imponieren. Wenn du ihm zeigst, dass du seine Gefühle ernst nimmst, aber dich trotz alledem in seiner Nähe am wohlsten fühlst."

Überhaupt musste ich über diese ganze Angelegenheit schmunzeln. Denn auch Dylan hatte ich damals erst richtig rumgekriegt, nachdem ich ihm unmissverständlich klar gemacht hatte, wie ernst es mir mit ihm war. Dass er für mich kein Abenteuer war, das man nach ein paar Tagen einfach mal wieder so abhaken konnte. – Natürlich hatte ich nach dieser Zeit, wo es zwischen uns permanent hin und her gegangen war, auch noch auf einen anderen kleinen Trick zurückgreifen müssen. – Und nun hieß es abwarten.

Aber wenn Kyle auch nur annähernd so für Lara empfand, wie sie für ihn, dann würde auch sie ihn mit diesem kleinen Trick rumkriegen.

Kapitel 28

Kyle

Am nächsten Morgen, einen Tag nach meiner Entlassung, wusste ich immer noch nicht, wie es mit Lara und mir weitergehen sollte. Ich hatte fast die ganze Nacht wachgelegen und mir den Kopf zermartert, wie ich Lara möglichst schonend dazu bringen könnte, mich zu verlassen. Lara hatte am Vortag natürlich gemerkt, dass ich an einigen Problemen knabberte und hatte mich für den Rest des Abends allein gelassen. Zwar hatte sie mir abends noch eine Hühnersuppe gebracht und etwas selbstgebackenes Brot, aber zum Schlafen hatte sie sich in den *Grünen Raum* zurückgezogen.

Natürlich hatte ich gesehen, dass sie unglücklich war und hätte sie am liebsten in den Arm genommen und mich bei ihr für mein unmögliches Verhalten entschuldigt.

Aber das hätte alles nur komplizierter gemacht.

Und dann hatte ich eine Idee:

Das Einfachste wäre doch, Laras Reisetasche zu packen und sie gut sichtbar auf den Tisch zu stellen. Wenn Lara später auch aufgewacht war und hereinkam, würde sie die gepackten Klamotten sofort sehen, und ich müsste nicht mehr so viel erklären.

Gedacht, getan. Kurzentschlossen krempelte ich mir die Ärmel hoch, ging zum Kleiderschrank und schritt zur Tat. Natürlich kam ich mir dabei schäbig vor, aber ich hatte doch keine Wahl!

Als ich mit dem Taschenpacken fertig war, setzte ich mich erschöpft auf einen der Stühle, die beim Tisch standen und wartete. Das war seit meinem Unfall das erste Mal gewesen, dass ich so lange vom Bett aufgestanden war. Das Licht im Raum war mäßig; denn nur meine kleine Nachttischlampe brannte, und draußen war es noch nicht ganz hell. Nachdenklich rieb ich mir die Stirn und seufzte.

Lara und ich, wir hatten so schöne Tage zusammen verbracht. Und jetzt sollte ich diese tolle Frau tatsächlich davon überzeugen, dass sie ohne mich in Zukunft besser dran war? Es war zum Verrücktwerden. Bevor ich mich jedoch noch weiter in meine verzweifelten Gedanken hineinsteigern konnte, hörte ich, wie die Tür ging.

Lara stand im Türrahmen.

„Du bist schon wach?", fragte sie leise, und ihr fürsorglicher und besorgter Blick dabei versetzte meinem Herzen einen schmerzhaften Stich. Warum war das Schicksal nur so beschissen zu mir? So eine tolle Frau würde ich nie wieder finden.

„Ich konnte wegen der Schmerzen nicht mehr schlafen", antwortete ich knapp, auch um meine Verlegenheit zu überspielen. „Aber wieso bist *du* denn schon wach?"

Ein flüchtiges Lächeln huschte über ihre Lippen. „Ich habe dich herumtrampeln hören und wollte einfach mal fragen, ob du etwas brauchst?"

„Ach, das ist lieb von dir. Aber ich brauche gerade nichts, Lara. Wie du auf dem Tisch siehst, hab' ich einfach schon mal versucht, deine Sachen ein bisschen zusammenzuräumen. Du merkst ja selbst, ich werde noch lange brauchen, bis ich wieder richtig fit bin, und da dachte ich ..."

„Was dachtest du?"

Nervös blickte Lara zur Reisetasche und dann wieder zu mir.

„Nun, ich dachte, es ist das beste, wenn du heute abreist."

„Wieso?"

„Lara, ich habe dich in Gefahr gebracht. Ich war ein Idiot. Ich muss das jetzt erstmal alles sacken lassen und das geht am besten, wenn ich allein bin. Außerdem wartet auf dich in Hamburg ein Praktikumsplatz. Du hattest dich so darauf gefreut."

„Ich hab' den Platz doch gar nicht mehr, Kyle. Ich hab' dir das schon gestern erklärt."

„Nun, ich habe gestern Abend noch mit deinem Vater telefoniert und der hat mir vergewissert, dass du den Platz noch haben kannst, wenn du heute zurückfährst. Du könntest auch morgen noch beginnen."

„Du hast *was* gemacht? Du hast mit meinem Vater gesprochen?"

„Ja, warum denn nicht? Er hatte sich sehr gefreut, mich kennenzulernen. - Lara, es ist sehr rührend von dir, dass du dich um meine Zukunft sorgst, aber ich sorge mich auch um deine."

Nun sagte Lara gar nichts mehr. Sie stand nur da, als wäre sie zu Stein erstarrt. Am liebsten wäre ich erneut zu ihr hingestürzt, um sie in die Arme zu nehmen. Doch nein, ich musste standhaft bleiben. Meine Güte, was hatte ich mich in diese Frau verliebt. Wie sie jetzt so da stand und mich mit ihren blaugesprenkelten Augen taxierte. Ich konnte ihr regelrecht ansehen, dass sie mir kein Wort abkaufte.

„Kyle, du sagst mir jetzt bitte, wieso du mich wirklich loswerden willst!"

„Ich will dich doch nicht loswerden!"

„Doch, das willst du. Und ich will jetzt den Grund wissen."

„Den Grund. Den Grund. Nun, es wäre einfach nicht gut für dich, hierzubleiben. Du versaust dir wegen mir deine Zukunft."

„Aber Kyle", versuchte Lara sofort einzulenken. „Wir haben doch gestern besprochen, dass ich so lange hierbleibe, bis es dir wieder besser geht. – Und ich wüsste auch gar nicht, wie ich hier wegkommen sollte. Ich habe gar kein Geld dabei."

„Ich hab' dir gestern Nacht noch online ein Ticket nach Hamburg gekauft. Du kannst zurückfliegen. Toni wird dich nach dem Mittagessen zum *Münchner Flughafen* bringen. Das ist von hier aus mit dem Auto ein Katzensprung. Ich kann leider noch nicht Auto fahren, sonst hätte ich dich selbstverständlich selbst gebracht", antwortete ich, während ich weiter versuchte, ihrem Blick standzuhalten. Mein Herz bummerte und ich schloss kurz die Augen. Wahrscheinlich würde sie mir gleich eine riesengroße Szene machen.

Doch zu meiner großen Überraschung blieb genau das aus. Lara dachte gar nicht daran. Stattdessen versuchte sie, weiter zu lächeln und kam langsam auf mich zu.

„Okay, Kyle, aber nur unter einer Bedingung. Wir setzen uns jetzt zusammen und du erzählst mir noch einmal ganz genau, was eigentlich in der Nacht vor Silvester passiert ist und wieso."

Ich seufzte. Sie hatte ja recht. Genau das war ich ihr schuldig.

„Also gut, und wo fangen wir an?", fragte ich, während ich ergeben die Schultern hängen ließ.

„Nun, du stellst jetzt einfach meine Reisetasche wieder vom Tisch, damit wir uns ransetzen können, und dann erzählst du mir alles!"

Also ging ich zum Tisch, nahm Laras Reisetasche, stellte sie vor den Kleiderschrank auf den Boden und legte wieder die blaukarierte Tischdecke auf, die ich vorübergehend über eine Stuhllehne geschmissen hatte. Lara huschte derweil auf den Flur zurück, um Sekunden später mit einem von Marias großen geflochtenen Körben in der Hand wiederzukommen. Er musste die ganze Zeit auf dem Flur gestanden haben. Leise und in sich hineinlächelnd ging sie zum Tisch und packte unter meinen erstaunten Blicken nach und nach zwei Teller, zwei Kaffeebecher, eine Thermoskanne Kaffee und einige Muffins aus. Sogar einen Strauß Tulpen und eine kleine Vase zauberte sie hervor. Unangenehm berührt betrachtete ich die gedeckte Tafel. Puh! Auch das noch! Diese Frau machte es mir wirklich schwer.

Verzweifelt biss ich die Zähne zusammen und versuchte, dieses Spiel mitzuspielen. Und dann, als wir saßen, platzte es aus mir heraus:

„Lara, ich mache mir unheimliche Vorwürfe. Ich kann jetzt nicht einfach so tun, als wäre nichts passiert. Ich war ein kompletter Idiot. Gut, ich habe dafür bezahlt, aber dich wollte ich da nie mit reinziehen."

Aufmerksam sah Lara mich an.

„Ich verstehe immer noch nicht genau, was du meinst?"

Behutsam nahm sie die schwere Thermoskanne und goss erst mir und dann sich selbst einen Becher Kaffee ein. Dann grinste sie und fragte ein wenig zynisch: „Willst du deinen Kaffee wie immer *schwarz*, oder darf es heute auch mal mit Milch und Zucker sein?"

„So wie immer, bitte", antwortete ich knapp.

Als wir dann beide so am Tisch saßen und die ersten Schlucke Kaffee getrunken hatten, nickte Lara mir aufmunternd zu. Und schon sprudelte es aus mir heraus:

„Ich hätte nie mit dir hierhinfahren dürfen, Lara. Jonathan, mein bester Freund war einen Tag vor Weihnachten in eine gefährliche Bandenrangelei, in eine Schießerei, verwickelt gewesen. Ich weiß nicht, warum. Ich habe keine Ahnung. Ich kam erst dazu, als es schon zu spät war."

„Wurdest du denn auch bedroht?", fragte sie schockiert.

„Nein. Aber als ich sah, dass auf einmal jemand blutend auf dem Boden lag, hab' ich mir einfach die

Tatwaffe geschnappt, die kurz zuvor in hohem Bogen durch die Luft geflogen war, und bin getürmt."

„Du hast was gemacht!?"

„Ja, ich weiß auch nicht. Ich stand total unter Schock. Ich hab' einfach im Affekt gehandelt. Es war auch so dunkel gewesen, dass man das ganze Gerangel nicht richtig erkennen konnte. Natürlich standen auch jede Menge Schaulustige um die Kämpfenden herum. Als dann Polizeisirenen ertönten, flog auch schon eine Knarre durch die Luft und landete quasi vor meinen Füßen, direkt vor mir in irgend so einem ollen Blumentopf."

„Das ist krass." Lara war kalkweiß geworden.

„Ja, natürlich. Aber irgendwie sind das auch ganz normale Bandenkonflikte, Lara. So was passiert in bestimmten Gegenden in Hamburg an jeder Ecke – an jedem Abend."

„Ach, und du bist dann bei sowas dabei? Also, das hätte ich jetzt echt nicht von dir gedacht."

„Nein. Natürlich bin ich nicht bei sowas dabei. Ich wollte Jonathan helfen, deswegen war ich da. Er hatte mir kurz vorher eine SMS geschickt. Mir geschrieben, wo er war. Und dann bin ich da hingeeilt. Keine Ahnung, wieso er so einen Brassel hatte ..."

„Schöne Scheiße."

„Ja. Vor allem, weil bei dem ganzen Brassel ein Mensch ums Leben gekommen ist. "

Ich starrte auf den schwarzen Kaffee in meiner Hand, bis ich den Becher entnervt auf den Tisch knallte. Irgendwie bekam ich jetzt keinen Schluck mehr runter. Mir kam die ganze Situation sowieso total makaber vor.

Was hatte sich Lara bloß mit diesem Kaffeekränzchen gedacht? Wollte sie die ganze Angelegenheit ins Banale ziehen? In eine Lappalie, die nicht so schlimm war und die jedem mal passieren konnte? Und bei der man auch noch Kuchen essen sollte?"

Besorgt und mit traurigem Blick verfolgte Lara jede meiner Bewegungen.

„Es tut mir leid", sagte sie dann. „Ich hatte keine Ahnung, dass es so schlimm war. Und trotzdem - jetzt ist es doch vorbei, Kyle."

„Lara, ich kann aber nicht mehr nach Hamburg zurück. Wer immer für diese Fehde verantwortlich war, wird mir nachstellen. Gerade jetzt. Nämlich, weil durch meine Aktion bald der richtige Täter im Knast sitzt."

„Aber deswegen müssen wir uns doch nicht trennen, Kyle. Ich möchte bei dir bleiben. Einen Fehler macht doch jeder mal", versuchte Lara mich weiter zu trösten.

„Einen Fehler macht doch jeder mal? Lara, ich bekomme wegen dieser Sache ein Bußgeld und eine Anzeige. Willst du mit einem Vorbestraften zusammen sein? Willst du das irgendwann deinen Eltern erzählen? Mama und Papa, hergehört: Hier kommt Kyle, der Vorbestrafte. Ist es das, was du willst?"

Entsetzt blickte sie mich an. Dann fing sie an zu lachen.

„Kyle! Wie kommst du eigentlich nur auf so einen Quatsch? Die Beamten im Krankenhaus haben dir doch selbst gesagt, du musst wahrscheinlich nur ein Bußgeld zahlen. Toni hat mir das erzählt."

„Ja, aber trotzdem."

„Was trotzdem?"

„Lara, ich hab' dich von Anfang an nur belogen. Ich heiße ja noch nicht einmal Kyle."

„Ja, ich weiß", erwiderte sie leise, während sie sich ein erneutes Schmunzeln nicht verkneifen konnte. „Du heißt Fabricio Farone. Und ich finde auch, das passt sehr gut zu dir. Es klingt irgendwie verwegen."

Ein wenig mit den Wimpern klimpernd und ziemlich glücklich strahlte sie mich plötzlich an.

Entschlossen blickte ich an ihr vorbei. Mir dämmerte allmählich, was sie vorhatte, doch ich wollte mich jetzt nicht von ihr einlullen lassen.

„Lara! Sei vernünftig. Ich bin einfach zu schlecht für dich. Ich bin nicht der nette Junge von nebenan."

„Kyle, wer ist das schon? Und dieser ganze Vorfall, der hat doch gar nichts mit dir und mir zu tun. — Kyle, ich liebe dich!"

„Du tust was!?"

Mein Herz fing an wie wild zu klopfen, während ich wie ein Holzklotz da saß. Ich wusste überhaupt nicht mehr, was ich sagen sollte. *Sie liebte mich? Hatte sie das gerade wirklich gesagt?*

Auch Lara saß bewegungslos da und beobachtete mich, diesmal ohne mit der Wimper zu zucken. Und dann tat sie etwas, womit ich nie im Leben gerechnet hätte. Sie sprang plötzlich auf, rannte zur Tür und drehte den Schlüssel, der wieder im Türschloss steckte, einmal herum. Dann packte sie sich ihn in die Hosentasche und grinste mich an.

„Lara, was machst du?", rief ich vollkommen perplex.

„Was soll ich machen?", fragte sie grinsend.

„Hast du uns jetzt eingeschlossen?"
Doch Lara antwortete nicht.

Stattdessen spazierte sie seelenruhig, aber ohne mich aus den Augen zu lassen, zu einem der Fenster, öffnete es und warf den Zimmerschlüssel in hohem Bogen hinaus in den glitzernden Schnee …

Vier Monate später

Lara

„Lara, wo bleibst du denn?!"

Bereits zum dritten Mal rief Kyle nach mir. Genervt saß er bei offenem Fenster und Radiomusik hinter dem Steuer seines neuen Wagens, während seine Hand den Zündschlüssel umklammerte, denn er wollte endlich den Motor anlassen …

„Ich komme schon", rief ich, zog schnell die Haustür von außen zu und schloss ab. Ich war superstolz, dass ich mit Kyle hier in dem kleinen Fachwerkhäuschen in *Rettenschöss* eine neue Bleibe gefunden hatte, und konnte noch immer nicht so richtig glauben, dass ich jetzt fest mit einem Österreicher zusammen war. Und dass ich in Tirol lebte.

Glücklich lief ich über den Hof, um zu Kyle ins Haus zu steigen. In das schöne, neue Auto, das Kyle von seinem Onkel geschenkt bekommen hatte. Einfach so, weil der sich so darüber gefreut hatte, dass Kyle nach vier Jahren Abwesenheit wieder ins *Rettenschösser* Familienunternehmen einsteigen wollte. Natürlich war auch dieses neue Auto wieder weiß, denn so war es Kyle leichter gefallen, sich von seiner alten Karre zu trennen.

„Mein altes Auto ist mir immer treu gewesen. Wenn ich jetzt auch noch die Farbe wechsle, bringt das Unglück."

Nun, natürlich war das Mumpitz, aber da die Farbe *Weiß* mir auch gefiel, hatte ich mich bislang gehütet, das in seinem Beisein auszusprechen. *Männer und Autos*. Nun ja, jede Frau weiß, dass das ein Kapitel für sich ist.

Es war Samstag und Kyle drängte an jenem Morgen deswegen ein wenig zur Eile, weil wir einen Termin in *Walchsee* in einem Küchenstudio hatten. Wir wollten uns für unser neues Häuschen eine Küche aussuchen.

Als ich dann so auf dem Beifahrersitz saß, öffnete ich leicht mein Fenster und atmete tief durch. Es war mittlerweile Mai und die wunderschöne Landschaft hier hatte auch im Frühling ihren besonderen Reiz. Es war genauso schön wie im Winter, doch der Vorteil war jetzt, dass man in Jeans, T-Shirt und Strickjacke unterwegs sein konnte, und sich nicht mehr mit Skianzug und Schneeschuhen herumplagen musste.

Es war der blanke Wahnsinn, was in den letzten Wochen und Monaten mit Kyle und mir passiert war. Noch nie in meinem Leben hatten sich die Ereignisse dermaßen überschlagen … Aber wenn sowas passiert, dann ist es wohl Schicksal.

Kyle und ich, wir hatten uns nach seinem Unfall zu Silvester wieder richtig zusammengerauft. Besser noch: Wir hatten uns entschieden, in Zukunft zusammen zu leben. Und da für Kyle eine Rückkehr nach Hamburg nicht mehr in Frage kam, hatte ich kurzerhand mein altes Leben in Hamburg hinter mir gelassen und war ihm in seinen Heimatort gefolgt.

Und wie ging es nun für mich weiter?

Nun, ich hatte tatsächlich schon im Februar, einen Ausbildungsplatz bei einem Goldschmied in *Walchsee* ergattern können. Natürlich hatten Toni und Maria mir dabei geholfen und mächtig Fürsprache gehalten. Ich hatte mich so sehr darüber gefreut. Zwar hätte ich zur Not auch eine andere Ausbildung angefangen, aber Goldschmiedin zu werden, war schon seit Kindheitstagen mein Traum gewesen.

Sogar meine Eltern waren nun mit mir zufrieden. Auch wenn sie eine Weile daran zu knabbern gehabt hatten, dass ihre knapp achtzehnjährige Tochter so mir nichts dir nichts die angestammte Hamburger Heimat verließ. Natürlich vermisste ich sie und auch meinen kleinen Bruder und unseren alten Schäferhund und natürlich meine allerbeste Freundin Seven. Aber es war traumhaft, nun in einem Ort zu leben, der für den Rest der Welt ganz einfach ein wunderbarer Urlaubsort war. Mitten hier im *Kaiserwinkel* – umgeben von frischer Luft und wundervollen Bergen.

Ach ja, und von Kyle …

Die kleine Blockhütte, die Kyle sich als Kind mit seinem Bruder gebaut hatte, und die durch das Unglück zu Silvester in unser aller Blickpunkt gerückt war, hatten wir im April mit Tonis und Marias Hilfe liebevoll restauriert und auch das kleine Grundstück drum herum wieder ein wenig hergerichtet. Mit Blumen und Ziersträuchern und einem kleinen Grillplatz. Wir besaßen nun also nicht nur ein eigenes kleines Haus, sondern auch noch unser eigenes, perfektes kleines Liebesnest.

Unser Leben konnte nur traumhaft werden.

-Ende-

Weitere Bücher von Tara Princeley

Eine Weihnachtszicke zum Verlieben

Klappentext:

Seven, 17 Jahre alt, lebt normalerweise mit ihrer Mutter in einer WG in Hamburg. Als sie erfährt, dass sie ausgerechnet die Weihnachtsfeiertage bei ihrem Vater in Berlin verbringen soll, ist sie alles andere als begeistert. Doch dessen neue Lebensgefährtin ist überraschend ins Krankenhaus gekommen. Nun soll Seven in den Ferien ihre jüngeren Halbgeschwister hüten und alles für das große Fest vorbereiten. Übellaunig stürzt sie sich in die Weihnachtsvorbereitungen, und wäre am liebsten schon am ersten Abend wieder abgereist. Wenn da nur nicht der geheimnisvolle Dylan wäre, der Sohn der Nachbarin von nebenan …

Sing me your Song for Christmas

Klappentext:

Als Lillian kurz vor Beginn der Adventszeit einen Anruf aus London erhält, ist sie mehr als „not amused". Ihre Schwester Claire hat sich ein Bein gebrochen und bittet Lillian, sie auf ihrem Weihnachtsschmuck-Stand zu vertreten. Normalerweise macht Lillian um alles einen großen Bogen, was mit Weihnachten zu tun hat, doch schon der erste Tag im wundervollen Attraktions-Park *Winter Wonderland* stimmt sie um. Und das liegt nicht nur an ihrer fünfjährigen Nichte Joleen … Ihre Entscheidung bereut sie erst, als ihr der arrogante Geschäftsmann Stephen über den Weg läuft. Doch als Joleen plötzlich verschwindet, ist Stephen der einzige, der Lillian helfen kann.